Rainer Taëni

Der Weg nach Yulunga

Rainer Taëni, dessen Vater als Jude im Nazi-Deutschland verfolgt wurde, lebt seit 1950 in Australien. Er studierte Philosophie und Literatur, lehrte an Universitäten in Melbourne, Köln und Berlin und war Gründungsmitglied der Straßentheatergruppe »Mixed Media Company«, die auf der Spielstraße der Münchner Olympiade 1972 auftrat.

Die Resonanz auf sein Buch »Das Angst Tabu und die Befreiung« führte ihn Ende der siebziger Jahre über eine dreijährige Primärtherapie zur Entwicklung des »Creative Refocussing«, das er in Intensiv-Seminaren in Verbindung mit Rebirthing vermittelt. Auch im deutschsprachigen Raum führt er alljährlich mehrere Seminare durch. Heute lebt er in dritter Ehe mit seiner Frau Gudrun und insgesamt sechs Kindern am Rande des Regenwalds im Norden von New South Wales, wo er das kleine Zentrum 'Yulunga' leitet.

Weitere Veröffentlichungen von Rainer Taëni:

»Umkehr zur Liebe«
»Fühlen als Therapie«
»Vom Opfer zum Schöpfer« (Cassettenkurs)
sowie der Märchencassetten:
»Prinzessin Faidi«, »Der Trollkönig« und » Benzindrache Jaxibur«

alle erhältlich beim: brainLight Verlag, Hauptstr. 52, D-63773 Goldbach

Rainer Taëni

Der Weg nach Yulunga

Ein Märchen

Arbor Verlag
Freiamt

Titelgestaltung: Design Studio Erhard Würfel, München
Titelbild: Rodney Birkett / Aquamarin Verlag
Zeichnungen: Erich Plettenbacher
Druck und Verarbeitung: Fuldaer Verlagsanstalt

gedruckt auf chlor- und säurefreiem Papier

Die Deutsche Bibliothek – CIP Einheitsaufnahme

Taëni, Rainer:
Der Weg nach Yulunga : ein Märchen / Rainer Taëni. -
1. Aufl. - Freiamt : Arbor-Verl., 1995
ISBN 3-924195-23-4

1. Auflage 1995

Printed in Germany
ISBN 3-924195-23-4

INHALT

Yulunga ist der Ort, wo diese Geschichte endet.
Das Wort »Yulunga« (aus einer Sprache der australischen Urbevölkerung) steht für Spielen und Tanzen und liebenden Austausch in der Gemeinschaft.

Es ist der Ort, wo Menschen zusammenkommen,
um ihr Leben zu feiern als Teil der Großen Schöpfung.

Der Ort, wo du lernst,
wenn die Jammergedanken vertrieben sind
und die Angst-Monster sich zurückgezogen haben,
daß du die Quelle der Liebe in dir trägst
und im Grunde deines Wesens
unversehrt bist.

I. AUFBRUCH

* *

* * * * * * * * * *

1

Ein Abschied und neue Freunde

Der neue Junge hatte fast den ganzen Tag geschlafen. Es war spät am Nachmittag, als er schließlich erwachte. Verwirrt blickte er um sich. Er hatte noch nie in einem Krankenhaus gelegen. Es war eine freundliche Station, mit großen Fenstern, die in einen Park blickten, lustigen Tierbildern an den buntgestrichenen Wänden und Blumen auf den Tischchen.

»Er ist aufgewacht!« Die Stimme gehörte Luzie, einem zierlichen, braunhäutigen Mädchen im Nebenbett. Sie redete zu ihrem etwas älteren Freund Daniel, der auf ihrer anderen Seite sein Bett hatte.

»Na prima«, kam die Antwort. »Los, frag ihn aus!«

Mit einem fröhlichen Kichern sprang sie aus dem Bett.

Der Junge versuchte, einen klaren Gedanken zu fassen. Auf jeden Fall schienen diese Kinder freundlich; das gab ihm ein Gefühl der Sicherheit.

»Tach!« Ihr schmales Gesicht erschien jetzt dicht neben ihm. Strahlend lächelnde Augen. »Ich bin Luzie. Wie heißt du?«

»Jesse«, erwiderte er. »Ist das hier das Krankenhaus?«

Die braunen Augen lachten ihn an. »Klar, was sonst. Hast du gestern abend geschlafen, wie sie dich herbrachten?«

Nein, geschlafen hatte er nicht. Er erinnerte sich deutlich an das freundliche Gesicht des Arztes, der ihn untersuchte, und wie er zu der Schwester gesagt hatte: »Es ist hauptsächlich emotionale Erschöpfung. Er braucht vor allem ein Beruhigungsmittel.«

Emotionale Erschöpfung. Kriegte das jeder, wenn die Mutter starb?

»Weswegen bist du denn hier?« verlangte Luzie zu wissen, ohne seine Antwort auf ihre letzte Frage abzuwarten.

Emotionale Erschöpfung – nein, das konnte er ihr unmöglich sagen. Er war sich ja selber nicht klar, was das bedeutete.

»Meine Mutter ist gestorben«, sagte er langsam.

Sie erwiderte etwas, aber er hörte es nicht mehr. Unwillkürlich hatte er die Augen geschlossen, und da sah er wieder die Leinwand. Genau wie vorhin, als er auf die Untersuchung gewartet hatte; und das Gefühl dabei war ähnlich schlimm für ihn.

Es war wie im Kino, wenn zu Beginn in bunt strahlenden Buchstaben der Filmtitel aufleuchtet. Bloß, anders als dort, fügten sich die Buchstaben auf jener Leinwand, die er vor den geschlossenen Augen wahrnahm, zu Sätzen zusammen, die mit schrecklichen Gefühlen zu tun hatten.

»Ich bin ganz allein«, hatte da gestanden, und: *»Nun hab ich niemanden mehr, der mich lieb hat.«* Und jetzt, auf die Frage des Mädchens hin, erschien: *»Die kann mir auch nicht helfen«,* gefolgt von: *»Mir hilft überhaupt nichts mehr.«* Krampfhaft riß er die Augen auf, voller Angst vor dem nächsten Satz, der bestimmt noch schrecklicher sein würde.

»...Echt traurig« vernahm er jetzt die Stimme des dunklen Mädchens an seinem Bett. Sie schien wirklich Mitgefühl für ihn zu empfinden.

Ihm war, als hätte er für so etwas wie Trauer noch gar keine Zeit gehabt. Seine Mutter war lange krank gewesen, aber sie wollte auf keinen Fall in ein Krankenhaus. Als es schließlich zu Ende ging, hatte er gemeint, gar nichts mehr darüber zu verspüren. Ihr Gesichtsausdruck war so friedlich, als sie noch einmal seine Hand ergriff, während sie das letztemal auf den Arzt warteten.

»Mein liebes Kind.« Sie streichelte schwach mit den Fingern seine vor Aufregung heiße Hand, ehe sie mühsam weitersprach. »Ich gehe jetzt fort.« Er erinnerte sich genau an jedes ihrer Worte. »Und ich kann dich nicht mitnehmen, weil die Engel meine Seele heimholen zu Gott. Aber nimm's nicht schwer, mein Junge: es wird mir dort gut gehen und ich werde glücklich sein.«

»Aber wer kümmert sich um mich, wenn du weg bist!« stammelte Jesse verwirrt.

»Mach dir keine Sorgen.« Ihre Stimme war schwach, doch die Worte kamen ganz klar. »Ich werde mich um dich kümmern. Ich versprech's dir. Ich will von dort aus besser für dich sorgen, als ich es bisher getan habe.«

Es stimmte schon: früher, als es ihr noch gut ging, war sie keine sehr liebevolle Mutter gewesen. Sie war immer weg bei der Arbeit, und wenn sie nachmittags zwei Stunden nach ihm nach Hause kam, meistens todmüde. Oft hatte sie Versprechungen gemacht, die sie nicht einhielt. Diesmal jedoch war Jesse fest überzeugt, daß sie es wirklich ernst meinte.

Und das hatte ihn, wenigstens ein ganz klein bißchen, getröstet.

»Du bist wohl sehr traurig?«

Die leise Stimme des Mädchens an seinem Bett zog ihn sanft in die Gegenwart zurück. Verwirrt erwiderte er: »Ein bißchen schon.« Und war selber erstaunt, als er sich fortfahren hörte: »Aber es geht ihr ja gut dort, wo sie jetzt ist. Und sie hat mir auch ein Versprechen gegeben.« Jetzt machte ihm die Erinnerung daran wieder Mut.

»Ein Versprechen?« Diesmal kam die Frage von Daniel. Er war hinter Luzie aufgetaucht – ein breitschultriger, stämmiger Junge, der ein bißchen älter schien als er selbst, mit schwarzen Kringellocken und einem noch dunkleren Gesicht als Luzie.

»Hier, das ist mein Freund Daniel«, stellte Luzie ihn vor. »Wir kommen beide aus dem gleichen Ort. Einem Kinderheim.«

»Happy Village«!« gab Daniel verächtlich von sich. »Bei mir heißt es Schreckstadt.«

»Hör mal, so schlimm ist es doch gar nicht! – Mir gefällt's dort schon«, erklärte sie Jesse. »Aber er ist dort, weil es heißt, er wäre 'schwer erziehbar'.«

Daniel lachte. »Weil ich die Erwachsenen nicht ausstehen kann.«

»Und – aber bitte nicht petzen! – er ist —« Hier mußte sie kichern, so daß es eine Minute dauerte, ehe sie weiterreden konnte. »... Er ist in Wirklichkeit gar nicht krank, er tut nur so.«

»Lügnerin, ich war schon krank!« rief Daniel aus und versetzte ihr einen freundlichen, aber kräftigen Rippenstoß. »Kränker als du!« Er streckte ihr die Zunge heraus, bevor er sich wieder an Jesse wandte: »Hör nicht auf sie. – Was war das für ein Versprechen?«

»Es war das letzte, was sie zu mir sagte, als der Doktor da war, bevor der Krankenwagen kam. 'Ich werde dir ein Geschenk machen, das dir helfen soll, wenn ich weg bin – das ist ein Versprechen!'.«

»Und sie hat nicht gesagt, was?«

»Nein, sie haben sie dann weggeholt. Aber sie hat es zweimal gesagt.« Eigentlich, fiel ihm jetzt ein, waren das gar nicht ihre letzten Worte gewesen. Kaum hörbar und mit großer Anstrengung, schon mit geschlossenen Augen, hatte sie noch einmal hinzugefügt: »Bitte, sei nicht allzu traurig, wenn ich fort bin. Denke daran: meine Liebe wird immer bei dir sein.« Doch diese letzten Worte seiner Mutter behielt er für sich.

»Echt?« sagte Daniel nur, während Luzie neben ihm laut überlegte:

»Wo das wohl herkommen wird?«

Ja, er hatte selber über dieses Geschenk nachgedacht, als er nach jenem Abschied von der Mutter in der heißen Frühjahrssonne ziellos durch die Straßen gestolpert war. Und nicht nur über das Geschenk – auch darüber, wo er nun hinsollte. Wenn er nach Hause zurückging, traf er dort bestimmt Leute, die auf ihn warteten, um ihn mitzunehmen – irgendwohin, wo man sich um elternlose Kinder kümmerte. Und genau da wollte er nicht hin! Viel lieber würde er zu Tante Millie nach Melbourne ziehen, doch er wußte die Adresse nicht. Sie war jedenfalls immer nett zu ihm gewesen.

Was seinen Vater anbetraf: er konnte sich kaum erinnern, wie der aussah. Es mußte wohl sechs Jahre her sein – er war noch ganz klein gewesen –, seit er ihn das letztemal gesehen hatte: ein bärtiges Gesicht mit müden Augen, die selten lächelten. Aber es war ihm noch gut im Gedächtnis, daß es unter den Eltern ständig Streit gab, pausenlose Auseinandersetzungen, Geschrei und Türenknallen; so daß es ihm eigentlich kein bißchen leid tat, als Vater eines Tages, nachdem er die Mutter ins Gesicht geschlagen hatte, für immer auszog. Da hatte die Streiterei wenigstens ein Ende.

Nein, sein Vater war nicht einer, der für ihn sorgen würde, das stand fest. Doch wen gab es sonst?

Niedergedrückt, ohne eine Antwort zu finden, war Jesse immer weitergelaufen, vorbei an langen Reihen von Vorstadthäusern mit den immer gleich aussehenden Rasenflächen und Blumenbeeten davor, an Verkehrsampeln über belebte Kreuzungen... Straßen entlang, wo es hinter großen Schaufenstern unzählige Dinge gab, für die er keinen Gebrauch hatte und die er sich sowieso nicht hätte kaufen können, auch wenn er gewollt hätte.

In allen Richtungen hasteten Leute an ihm vorbei, mit Plastikbeuteln voller Einkäufe – stiegen in Autos ein und fuhren los. Was immer sie tun mochten, ihn betraf es nicht. Ihm war, als sei sein kurzes Leben, mitsamt allem, was ihn einmal erfreut hatte und mit allen Menschen, die er gern mochte, urplötzlich zu Ende gegangen. Dann endete auch diese Wanderung. Da er den ganzen Tag nichts zu sich genommen hatte, wurde ihm mit einem Mal sehr übel, und er mußte sich auf den Boden setzen. Zwei ältere Damen mit blumigen Hüten, die gerade vorbeikamen, blieben stehen und redeten ihn an, als es auch schon schwarz um ihn wurde.

»Mein Gott – einen Krankenwagen!« waren die letzten Worte, die sein Bewußtsein erreichten. –

Jesse lebte sich in den nächsten Tagen gut ein in der Kinderklinik. Der eine

Grund dafür waren seine neuen Freunde, Luzie und Daniel. Vor allem Luzie hatte etwas ganz Besonderes an sich. Sie war offenbar indischer Herkunft, hatte jedoch ihre Eltern nie gekannt. Dennoch war sie von allen Kindern hier das fröhlichste. Und obwohl recht klein für ihre neun Jahre, war sie doch aufgeweckter als viele der älteren. Ja, sie war es, die die anderen tröstete, wenn es ihnen schlecht ging, die ihnen manchmal Witze erzählte, und die bei jeder Gelegenheit ansteckend kichern konnte,

Der andere Grund war Schwester Lynn. Sie war zu allen Kindern wie eine Mutter. Sie kümmerte sich persönlich um jedes Kind, brachte auch zuweilen kleine Geschenke oder erzählte am Bett eine Geschichte. Mehr als die anderen Schwestern gab sie allen das Gefühl, immer für sie da zu sein.

Der kleinen Luzie hatte sie es besonders angetan. Das Mädchen wäre lieber weniger schnell gesund geworden, nur um länger dort bleiben zu können, wo Schwester Lynn war. Und Daniel, der sich oft weigerte, den Erwachsenen zu gehorchen, machte mit dieser Schwester eine Ausnahme. Zu ihr war er weniger frech als zu den anderen. Ja, oft behandelte er sie fast wie die Kinder um ihn. Denen galt er als zuverlässiger Freund und Beschützer, den alle gern mochten und viele bewunderten. In der Klinik fühlte sich Daniel nicht gerade wohl, wobei es ihn noch weniger reizte, nach 'Happy Village' zurückzukehren.

In den folgenden Tagen hatten Jesse, Luzie und Daniel viel Spaß miteinander. Die 'Leinwand' hatte Jesse noch eine Weile zu schaffen gemacht, aber sie erschien immer seltener. Seine neuen Freunde, denen er davon erzählte, fanden das ganze eher komisch und lachten darüber. Wie konnte er ihnen klarmachen, was es für ihn bedeutete? Er war jetzt entschlossen, niemandem mehr etwas davon zu erzählen.

Das machte die Sache jedoch erst richtig schlimm. Wie er abends im Bett darüber nachdachte und dabei vor Müdigkeit die Augen schloß, erblickte er sie wieder – diesmal mit dem schrecklichen Satz: *»Vielleicht werde ich verrückt...?«* Da mußte er an sich halten, nicht laut aufzuschreien.

Sofort kam Lynn, die gerade vorbei ging, zu seinem Bett und setzte sich neben ihn. Sanft strich sie ihm über das Haar und fragte ihn, was los sei. Und so erzählte er ihr doch von der schrecklichen Leinwand.

Lynn hörte aufmerksam zu. »Sieh mal, so schlimm ist das vielleicht gar nicht«, sagte sie, als er geendet hatte. »Wir alle haben solche Gedanken; aber meistens kennen wir sie überhaupt nicht und wissen so auch nicht, was eigentlich mit uns los ist. Bei dir aber ist es so gekommen – vielleicht durch den Schmerz über den Verlust deiner Mutter – daß du sehen kannst, was bei dir, in deinem Herzen, vorgeht. Das ist doch eigentlich ein sehr wertvolles Geschenk, oder?«

Da war Jesse, als würde mit einem Mal ein Tor in ihm aufgehen, das etwas versperrt gehalten hatte. Der Satz *»Ein richtiger Junge weint nicht«* flog ganz kurz vorüber. Aber im gleichen Moment stimmte er schon nicht mehr, und Jesse ließ seinen Tränen hemmungslos freien Lauf. Es war so wunderbar, daß er sich dabei an Schwester Lynn anlehnen konnte und von ihr sanft gestreichelt wurde! Da schien sich die Leinwand zwischen seinen Tränen hindurch plötzlich zu verändern, während nun der Satz aufleuchtete: *»Weinen kann sehr erleichternd * sein«*. Sie begann zu strahlen wie ein nächtlicher Sternenhimmel. Die Buchstaben darauf glitzerten hell, und Sternchen tanzten zwischen ihnen, und wie er ganz genau hinsah, hatten sie wieder einen neuen Satz gebildet: *»Ich* hab doch wirklich * gute Freunde!«*

»Na?«, vernahm er Schwester Lynns Stimme dicht neben sich. »Geht es dir wieder besser? Wenn du dich erst mal ausgeweint hast, kommen bestimmt auch andere Gedanken.«

Zwischen seinen Tränen nickte Jesse. Und dann mußte er auf einmal loslachen, als der sternchenglitzernde Satz erschien: *»Diese *Schwester istt wirklich * nett.«* – »Sie sind schon da!«, freute er sich.

Am folgenden Tag, als feststand, daß sie alle wieder gesund waren, schworen die drei Kinder einander ewige Freundschaft.

Es war der dritte Tag nach Jesses Ankunft. Daniel, an dessen Bett sie sich versammelt hatten, leitete die Zeremonie als 'Medizinmann'.
Diesmal preßte Jesse absichtlich die Augen fest zusammen, weil er genau wissen wollte, was es für ihn bedeutete. *»Mit * diesen Freunden *geht es mir* gut«*, las er; und es tat ihm richtig leid, daß er die Leinwand nicht mit ihnen teilen konnte. War sie nicht ungemein wichtig? fand er jetzt auf einmal. Es war, als stand die Leinwand jedesmal, wenn er sie sah, für den Beginn eines Weges. Und er selber konnte sich entscheiden.

Luzie tippte ihn an: »Komm raus aus deinem Kino, es geht los!«

»Sie verstehen mich doch nicht« erschien ihm noch, bevor er die Augen wieder öffnete. In diesem Satz leuchteten keine Sternchen mehr. Aber diesmal beschloß er, am besten gar nicht auf ihn zu achten.

Sie hatten ein kleines Stück weißer Pappe auf das Bett gelegt. Daniel stach sich mit einer Stecknadel in den Daumen und zeichnete dann mit dem Blutstropfen, den er herauspreßte, einen Kreis darauf. Dann spuckte er in die Mitte des Kreises und sprach feierlich:

»Dies ist für Freundschaft – auf immer und ewig!«

Die beiden anderen hatten von ihm genaue Anweisungen erhalten. Nun sprachen sie ihm feierlich nach, während auch sie in den Kreis spuckten:

»Freundschaft – auf immer und ewig!«

Daniel spuckte ein zweitesmal: »Und dies ist für ewiges Zusammenhalten.«

»Ewiges Zusammenhalten«, kam das Echo der beiden, während auch sie wieder in den Kreis spuckten. Ausnahmsweise war dabei kein Kichern von Luzie zu hören.

»Was auch immer passiert!« fügte Daniel hinzu; und seine Freunde sprachen ihm folgsam nach: »Was auch immer passiert!«

Dann jedoch stellte Luzie die Frage: »Und wenn wir hier weg sind?«

Es entstand eine ganz kleine Pause.

»Auch dann natürlich«, erwiderte Daniel, jedoch klang es nicht mehr so überzeugend. Doch bevor sie darüber nachdenken konnten, endete er, feierlich wie zuvor, mit dem Satz: »Ich habe gesprochen.« Diesmal spuckte er nicht, sondern besiegelte die Zeremonie mit einem Kreis, den er in die Luft zeichnete.

»Ich habe gesprochen«, wiederholten die beiden und taten es ihm nach.

In kurzer Zeit ging dann doch wieder das Gekicher los, und den Rest des Nachmittags lachten und redeten sie recht ausgelassen miteinander.

Doch hinter ihrer Fröhlichkeit nagte bei allen die Frage, wie es mit ihnen weitergehen würde. Würden sie denn bestimmt gemeinsam nach 'Happy Village' entlassen werden?

Und wenn nicht, – was dann?...

2

Noch ein Geschenk

Am Tag, nachdem die drei ihren Pakt geschlossen hatten, kam ein riesiges Paket mit gestiftetem Spielzeug in der Klinik an. Jedes Kind sollte ein Geschenk erhalten. Nein, es war noch nicht Weihnachten, sondern ein ganz gewöhnlicher Tag. Das heißt, gewöhnlich für alle anderen, außer für Jesse. Denn es war der erste Oktober; und er wußte, daß dies der Geburtstag seiner Mutter war. Was immer also die anderen darüber sagen mochten: für ihn stand fest, daß das Paket irgendwie von seiner Mutter gekommen war. Bei dieser himmlischen Überraschung konnte es sich doch nur um die Erfüllung ihres Versprechens handeln!

Die meisten Kinder waren begeistert über das, was sie bekamen. Luzie erhielt eine schwarze Puppe, die sie »Sonnenschein« taufte, und Daniel ein Buch mit Abenteuergeschichten. Aber Jesse, der sich anfangs auch gefreut hatte, fand sein Geschenk dann doch recht enttäuschend. Es war zwar bestimmt teurer gewesen als manche der anderen, war aber doch nicht das, was er selber sich ausgesucht hätte. Ein kleines Computer-Spiel. Auf dem winzigen Bildschirm sah man ein Kind durch einen Zauberwald voller Gefahren laufen. Wer es fertigbrachte, es sicher nach Hause zu geleiten, konnte eine hohe Punktezahl erringen.

Jesse war so den ganzen Tag in seinem Bett mit kaum etwas anderem beschäftigt gewesen – außer, als er mal kurz mit Daniel die Geschenke getauscht hatte. Daniel jedoch hatte sich nicht für das Spiel begeistern können – »Ein Baby-Spiel!« spottete er –, und jetzt machte es auch ihm keinen Spaß mehr. Er beneidete Luzie, die ihre Puppe anzog und kämmte und mit ihr spielte wie mit einer kleinen Schwester. Und er konnte es kaum erwarten, in Daniels Buch weiterzulesen.

Seine eigene Mutter! Hätte sie ihm nicht einen richtigen Computer schenken können, mit interessanten Spielen? Einen Sega hatte er sich schon lange gewünscht! Indem er jetzt daran dachte, kam ihm immer wieder der Gedanke in den Sinn: »Ich kriege nie das, was ich will!«

Jesse unterdrückte das Weinen, das sich in ihm meldete. In seiner Wut auf das blöde Spiel preßte er es fest zwischen seinen Händen. Am liebsten hätte er es weggeworfen. Doch stattdessen sah er es sich noch einmal an.

Wenn es nun doch von seiner Mutter kam?

Jesse zwinkerte und rieb sich die Augen. Was war da los? Der kleine Bildschirm blitzte wie ein Spiegel, in dem er schwach den Umriß seines eigenen Gesichts wahrnahm. Doch genau in der Mitte stand jetzt in winzigen Buchstaben geschrieben: *»Ich kriege nie das, was ich will!«*

Was war das für ein Zauber? Kaum hörte er auf, den kleinen Computer zu drücken, als die Schrift auch schon wieder verschwand.

Während er das Spiel etwas sorgfältiger untersuchte, nahm er eine flache Taste an der Seite wahr, die er bisher nicht bemerkt hatte. Das Drücken dieser Taste hatte die Schrift zum Vorschein gebracht. Neugierig, ob der Satz wieder erscheinen würde, drückte er erneut. Erstaunt las er diesmal: *»Das wird mir auch nicht helfen.«*

Genau, was er soeben zutiefst empfunden hatte! Es war ein Satz, wie er ihm auch auf jener 'Leinwand' vor den geschlossenen Augen hätte erscheinen können. Im selben Augenblick, als ihm das einfiel, veränderte sich der Satz zu: *»Wieder bloß solche Jammergedanken!«*

Und das sollte die Erfüllung des Versprechens seiner Mutter sein? – *»Ich brauche endlich Hilfe!«* kam als nächster Satz auf dem kleinen Bildschirm.

Aber eigentlich hatte Jesse jetzt schon ein besseres Gefühl. Es schien ihm, als könne er mit diesem Gerät etwas beweisen. Rasch sprang er hinüber an Daniels Bett. Der schien zu schlafen.

»Wach auf!« rief Jesse und schüttelte ihn. »Guck mal, hier!«

Daniel reckte sich gähnend. Luzie war hinter Jesse getreten und sah ihm über die Schulter auf den kleinen Computer, den er vor Daniels Augen hochhielt.

»Mannomann!« rief sie aus. »Wie machst du denn das?«

Jetzt blickte auch Daniel auf. »Was heißt das?« fragte er verwundert. »Was sollen die Sternchen da?«

Jesse sah hin. Tatsächlich – die Schrift hatte sich schon wieder verändert! Diesmal jedoch waren die Buchstaben anders – rund und blitzend, mit silbernen Sternchen dazwischen, genau wie die bei den aufbauenden Gedanken auf jener Leinwand. Und da stand: *»Jetzt werden * die anderen *mich endlich * verstehen!«* – Genau, das war es gewesen, was ihn so rasch an Daniels Bett getrieben hatte!

»Hast du das geschrieben?« fragte Daniel. Dumme Frage – es war doch keine Tastatur angeschlossen, das konnte doch jeder sehen!

»Natürlich nicht«, erwiderte er. »Hier – nimm du's mal.« Er reichte Daniel das Spiel und zeigte ihm, wo er drücken mußte. Und da lasen sie dann erstaunt zu dritt: *»Ich sitze in der Falle.«*

»Mann, das gibt's doch nicht!« wunderte sich Daniel.

»Ist das, wie du dich gerade fühlst?« fragte Jesse gespannt. Daniel nickte langsam, während die Schrift sich veränderte zu: *»Es nützt mir nichts, gesund zu werden.«*

Luzie hatte offenbar schneller als Daniel begriffen, worum es bei dem Spiel ging. Sie war zwar von den dreien die jüngste, aber sehr aufgeweckt, und sie konnte gut lesen. »Darf ich den Wunderspiegel mal halten?« bat sie jetzt. Und wieder lasen sie einen jener glitzernden Sätze mit Sternchen dazwischen: *»Alle* hier mögen *mich.«*

Luzie starrte lange darauf und fing dann wieder zu lachen an, während der Satz sich veränderte zu – abermals Sternchen! –: *»Ich * kann mir * gut selber * helfen.«* Es war klar, daß sie das glaubte; man sah es an ihren leuchtenden Augen, wie sie jetzt fröhlich durchs Zimmer zu hopsen begann und sang: »Es stimmt, es stimmt – ich weiß, daß alles stimmt!«

Die Kinder in den Betten ringsum reckten die Köpfe, und im gleichen Augenblick kam eine der Schwestern herein. Sollten sie ihr etwas sagen? Nein, beschloß Jesse, während er Luzie am Ärmel zerrte und ihr Zeichen machte, sie solle aufhören. »Nicht!« flüsterte er ihr zu. »Sag nichts davon. Der Wunderspiegel muß unser Geheimnis bleiben!«

»Ja, klar!« erwiderte sie mit einem Zwinkern und begab sich leise kichernd zurück zu ihrem Bett.

Daniel nickte zustimmend: »Laßt bloß niemanden davon wissen!«

Trotzdem schwirrten schon kurz darauf Gerüchte und Vermutungen durch die ganze Station. »Es ist ein Spiegel, der Wünsche erfüllt!« – »Eine Geheimkamera!« – »Es zeigt, was in anderen Ländern vorgeht!« – »Mit diesem Computer kann man Gedanken kontrollieren!« waren einige der geäußerten Meinungen. Manche Kinder taten zwar, als ob sie nichts davon glaubten, doch insgeheim wünschten sich alle, dieses Spielzeug – oder was immer es war – ansehen und ausprobieren zu können.

Jesse war stark versucht, sein Geschenk überall herumzuzeigen. Doch der Computer selber bedeutete ihm, was ihm im Grunde seines Herzens klar war – er hatte es ja schon gesagt –: *»Er muß * unser Geheimnis *bleiben!«* Offenbar zeigte dieser 'Wunderspiegel' immer genau das wichtigste Gefühl an, das sein Benutzer gerade empfand, und zwar auch dann, wenn es hinter allen möglichen anderen Gedanken versteckt war.

Bei der seltsamen Kinoleinwand, die er vor seinen geschlossenen Augen gesehen hatte, war das genauso gewesen. Jetzt ahnte er, weshalb die ihm wohl erschienen war. Sie sollte ihn bestimmt irgendwie auf den Wunderspiegel vorbereiten. Eine Verbindung bestand da jedenfalls. Seit er das Geheimnis seines Computer-Spiels entdeckt hatte, erschien die Leinwand nicht wieder, so fest er auch die Augen zudrücken mochte.

Als Schwester Lynn den Kindern später Gutenacht sagen kam, setzte sie sich nochmal zu Jesse ans Bett.

»Ich habe Gerüchte gehört über dein großartiges Geschenk«, sagte sie und nahm seine Hand. »Es scheint ja was ganz Besonderes zu sein.«

Jesse überlegte einen Moment. Konnte er ihr sein Geheimnis anvertrauen? Dann fiel ihm ein, wie sie ihn bei seiner Verzweiflung über die innere Leinwand getröstet hatte.

»Ja, das stimmt schon«, sagte er langsam und lächelte sie an.

»Willst du es mir zeigen?«, fragte Lynn. »Aber nur, wenn du magst.«

»Versprechen Sie, niemandem davon zu erzählen?« bat Jesse.

Lynn lächelte. »O ja, das kann ich versprechen. Weißt du, ich gehe sowieso weg. Ende nächster Woche höre ich hier auf und gehe auf Reisen.«

Jesse überlegte einen Moment. Der Gedanke behagte ihm gar nicht. Dann holte er den Computer hervor. »Mein Wunderspiegel«, sagte er stolz; die Bezeichnung gefiel ihm. Er zeigte ihr, wo sie drücken mußte.

Als sie es tat, erschien vor ihren Augen der Satz: *»Neue * Abenteuer * erwarten *mich.«*

Jesse war klar, daß es mit ihrem Weggehen zu tun hatte. Sie wird mir fehlen, dachte er. Und Luzie wird echt traurig sein. Er sah zum Bett seiner neuen Freundin hinüber. Schwester Lynn hatte ihr schon Gutenacht gesagt und sie zugedeckt, wie eine Mutter es tun würde. Sie schien bereits tief zu schlafen.

Schwester Lynn wies auf den kleinen Bildschirm. »Ist das nicht so etwas, wie du es bei geschlossenen Augen gesehen hast?«

Jesse nickte nur.

»Dann ist es etwas ganz Wichtiges. Vergiß nie, daß es nicht bloß dazu da ist, dir deine verborgenen Jammergedanken zu zeigen. Viel wichtiger sind die Kraftgedanken – die aufbauenden, die hinter den Jammergedanken nur daruaf warten, dir zu helfen. Nach denen kannst du dich immer richten, wenn du mal nicht weiter weißt.«

Ja, das leuchtete ihm ein. Doch auf der Seele lag ihm jetzt eher ein Jammergedanke. »Müssen Sie wirklich weg?« fragte er.

Die Schwester nickte. »Ich hab es euch nur nicht eher mitgeteilt, um euch nicht traurig zu machen. Aber jetzt macht es nichts mehr. Du und Luzie, ihr seid ja beide wieder gesund.«

»Und Daniel auch?« wollte Jesse wissen.

»O ja, er auch.» Lynn lachte. »Ich glaube, der spielt schon eine ganze Weile nur krank. Ihr seid bestimmt alle drei schon vor mir hier raus. Vielleicht schon morgen. – Weißt du«, fügte sie mit einem aufmunternden Lächeln hinzu, »ich glaube, du kommst in eine nette Familie.«

Jesse schwieg erstarrt.

Lynn wünschte ihm noch einmal Gutenacht und gab ihm einen Kuß. Doch ehe sie sich zum Gehen wandte, sagte sie noch: »Wegen dieses Computers: Ich meine, du tust recht daran, ihn nicht herumzuzeigen. Die Erwachsenen würden entweder denken, es sei ein Trick daran, oder ihn dir wegnehmen, um ihn zu untersuchen und alles Mögliche damit anzustellen. Also, behalte dein Geheimnis für dich. Er wird dir im Notfall eine Hilfe sein.«

Ja, dachte Jesse, als sie gegangen war; und das war doch der Beweis, daß er von seiner Mutter kam – oder? Eigentlich sollte er sich doch darüber freuen. Aber irgendein unklarer Kummer nagte an ihm.

Er drückte den Wunderspiegel. Mit Mühe konnte er bei der schwachen Nachtbeleuchtung den Satz ausmachen: *»Sie wollen uns trennen!«* Jetzt war ihm klar: er mußte Luzie aufwecken und mit ihr darüber reden!

Im selben Moment hörte er sie leise rufen. »He! Bist du noch wach?«

»Du auch?« Rasch sprang er aus den Decken und schlich an ihr Bett.

»Ich hab nur so getan, als hätt' ich geschlafen, und euch zugehört. Schwester Lynn will gehen? Stimmt das?«

»Macht dich das traurig?«

»Ein bißchen schon«, gab Luzie zu. »Aber was anderes noch viel mehr – du weißt schon, was.«

»Ja, ich weiß«, sagte Jesse. »Mich auch.«

»Zurück nach 'Happy Village' – das ist für mich okay. Aber Daniel haßt es dort. – Und du? Ich hab nicht alles verstanden, aber hat sie nicht auch was über dich gesagt?«

»Ich komme zu einer Familie«, sagte er kleinlaut. Es fiel ihm schwer, ein Schluchzen zu unterdrücken. »Was machen wir jetzt bloß!«

Als Antwort nahm Luzie den Wunderspiegel und drückte ihn. *»Irgendwie müssen wir es schaffen, daß wir zusammenbleiben!«* entzifferten sie mühsam. Also auch sie, die sonst immer so fröhlich war, sorgte sich über ihre bevorstehende Trennung! Jesse war klar: wenn jetzt er wieder den Spiegel drückte, würde da etwas ganz ähnliches stehen. Das half ihnen gar nichts.

Er gab sich Mühe, erst einmal völlig ruhig zu werden und möglichst überhaupt nichts zu denken. Dann erst drückte er. Und diesmal machten sie einen Satz aus, den er schon vorher mal gedacht hatte: *» Will *ich Jammergedanken* hinterherhinken oder *Kraftgedanken folgen?«*

Luzie brach in ein unterdrücktes Lachen aus, so daß Jesse, aus Angst, andere Kinder aufzuwecken, ihr eine Hand vor den Mund hielt. »Laß mich, laß mich!« bat sie flüsternd und streckte die Hand aus.

»Nein, guck mal!« Jesse hielt den Spiegel, über den beide gebeugt waren, dicht vor seinen Augen. Der Satz auf dem Bildschirm hatte sich verändert. Jetzt lautete er: *»Wenn ich * vertraue, * kommt auch *Hilfe.«*

Ja, das wars. Der Kraftgedanke, an den er sich halten mußte!
Luzie war von dem Gedanken schon angesteckt. Was bei ihr jetzt erschien, war: *»Mir* kommt immer * eine rettende * Idee!«*

Sie sahen sich an. – Mir auch, wollte Jesse sagen, aber es war schon nicht mehr notwendig. Beiden war schon klar, um welche Idee es sich handelte. Aber noch wagten sie nicht, sie auszusprechen.

»Und? Willst du wieder drücken?« bot Luzie an.

»Nein, du. Halt ihn fest.«

Sie zögerte. »Und wenn jetzt ein Kraftgedanke kommt?«

»Na und? – Das wollen wir doch. Du etwa nicht?«

»Aber danach ... ?« flüsterte sie.

Jesse zögerte, ehe er langsam sagte: »Dann machen wir ihn wahr.« Und sich selbst Mut einredend fügte er hinzu: »Auf jeden Fall!«

»Okay«, sagte Luzie kurz entschlossen und drückte wieder. Beide beugten sich so dicht über das Gerät, daß ihre Köpfe einander berührten.

*» Gemeinsam * ausreißen ist die* einzige Lösung!«* lasen sie, und atmeten gleichzeitig tief auf. Irgendwie war ihnen fast, als sei es nun schon getan.

»Rasch – zeig's Daniel!«

Der räkelte sich schläfrig, als sie ihn weckten. Doch wie sie ihm den Spiegel vor die Augen hielten, war er sofort hellwach. –

Sie sprachen kein Wort mehr. Eins der anderen Kinder bewegte sich schon unruhig. Wenn jetzt bloß niemand aufwachte!

So leise sie konnten, zogen sie alles an, was sie an Kleidung bei sich hatten, und steckten etwas Obst ein, das vom Abendessen übrig war. Luzie überlegte kurz, ob sie ihre Puppe Sonnenschein mitnehmen sollte; dann küßte sie sie rasch entschlossen und legte sie auf ihr Bett zurück. Stattdessen nahm sie ihre schöne Decke und schlug sie sich um die Schultern.

Auf Zehenspitzen verließen sie den Raum.

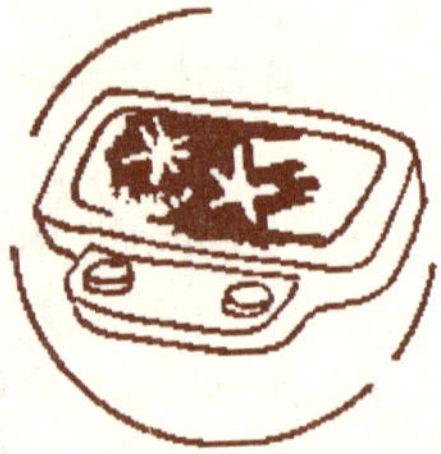

3

Nächtliche Begegnung

Etwa um die gleiche Zeit kreuzte nicht weit entfernt ein großer, alter Wagen durch die nächtlichen Straßen der Vorstadt. Am Steuer saß ein junger Mann mit einer lockigen, gelben Haarmähne. Soeben verlangsamte er die Fahrt.

»So, das wär's, Esthia«, wandte er sich an die dunkelhäutige Frau neben ihm. Ihre auffallend strahlenden Augen waren wie die seinen auf die Straße vor ihnen fixiert. »Etwa drei Minuten geradeaus, meintest du. Und jetzt? – Ich hab keine Ahnung, wie es weitergeht.«

»Ich auch nicht, Jimmy«, erwiderte Esthia. »Jedenfalls nicht, wenn ich nachdenke.« Sie klang müde. »Aber meinem Gefühl nach müßten wir jetzt bald da sein. Noch etwas weiter; und dann, meine ich, rechts um die nächste Ecke.«

Ohne zu antworten bog Jimmy nach rechts in eine stille, von Bäumen umsäumte Straße.

»Weißt du, Jimmy«, fuhr sie fort, »ich wundere mich immer noch, wieso wir beide in derselben Nacht genau den gleichen Traum hatten.«

»Ja«, lachte er. »Und wieso wir ihm tatsächlich gefolgt sind – bis hierher, hunderte von Kilometern von Zuhause entfernt.«

»Die Stimme im Traum beharrte darauf, daß es ungeheuer wichtig sei. Wir müßten unbedingt zur Stadt fahren, um 'die Kinder' zu finden.«

»Und du müßtest deiner Eingebung folgen – wie du es ja getan hast. Wir dürften die Gelegenheit nicht versäumen ...«

Sie nickte. »Ich hab es getan, ohne nachzudenken. Bis jetzt. Aber ob wir hier richtig sind? Ich weiß es auch nicht.« Sie seufzte tief. »Wenn nicht bald etwas geschieht... ich weiß nicht, ob ich das noch lang durchhalte.«

»O doch – ich verlaß mich auf dich. Mir wurde ja aufgetragen, dir zu folgen.« Er lachte wieder. »Sonst würde ich jetzt nicht hier durch die Nacht kurven ...«

»Halt, stop!« unterbrach ihn Esthia, während Jimmy schon heftig bremste. »Mitten auf der Straße – der ist doch betrunken!«

Mit quietschenden Reifen kam der Wagen schleudernd zum Stillstand. Vor ihnen, mitten auf der Fahrbahn unter der Straßenbeleuchtung, hatte ein Mann gesessen. Als sie sich näherten, war er jedoch rasch aufgestanden und beiseite getreten. Jetzt winkte er ihnen zu, als wolle er mitgenommen werden.

Aus der Nähe betrachtet, schien er eigentlich nicht betrunken. Er machte einen klugen und freundlichen Eindruck. Selbst hier im schwachen Licht ließ sich erkennen, daß er schwarz war – dunkler noch als Esthia. Sein Alter war schwer zu bestimmen. Das Gesicht war von tiefen Furchen durchzogen und fast vollständig von einem eisgrauen Bart bedeckt. Man hätte ihn für einen Ältesten der Aborigines halten können. Esthia jedoch fühlte sich an das Bild eines biblischen Apostels erinnert, wenngleich er in ein T-shirt und zerrissene Shorts gekleidet war.

»Na, ihr habt es also geschafft!« begrüßte er sie. »Es wird auch Zeit.«

»Zeit – wofür?« stotterte Jimmy. Er stand noch unter dem Eindruck des plötzlichen Schrecks.

»Wer sind Sie denn und was wollen Sie von uns?« verlangte Esthia zu wissen.

»Ihr könnt mich Kianga nennen«, sagte der Mann. »Tut mir leid, euch erschreckt zu haben. Aber ich wollte sicher gehen, daß wir uns nicht verfehlen.«

»Was wissen Sie denn von uns?« Esthias Stimme klang irritiert.

»Mein Gott, den kenne ich doch!« wandte sich Jimmy an sie. »Aus dem Traum! Es war seine Stimme, die mich rief. Ich hatte nur sein Gesicht vergessen. Erkennst du ihn nicht?«

»Ja, erkennst du mich nicht, Esthia?« wiederholte Kianga, als sie noch zögerte. Sie nickte verwirrt. »Ja, jetzt erinnere ich mich. Aber ich will nicht. In dem Traum sagtest du mir, ich solle die Kinder finden und auf der Reise ihr Führer sein. Was immer das für eine Reise sein soll – ich möchte dir gleich sagen: ich kann sowas nicht. Ich weiß ja nicht mal, wo ich sie finden, geschweige denn, wohin ich sie führen soll...«

»Nun, bis hierher hast du es geschafft; also wirst du auch das Weitere schaffen.« Kianga sprach, als sei alles ganz selbstverständlich. »Darf ich einsteigen? Ich möchte dabei sein und euch eine Weile begleiten.« Schon hatte er die Autotür geöffnet, um sich vorn auf den Sitz neben Esthia zu zwängen. »Den Rücksitz müssen wir ja für die Kinder freihalten, nicht wahr?«

»Wer bist du denn, und wo kommst du her?« beharrte Jimmy, für den das alles keineswegs selbstverständlich war.

»Na, ihr kennt doch die alten Geschichten von den Geistwesen«, erwiderte Kianga mit einem Zwinkern. »In der Stadt reden die Menschen, die noch daran glauben, von Schutzengeln. Ich hätte ja auch als ein solcher erscheinen können – so mit gewaltigen Schwingen, nicht wahr? Oder etwa als Tier, vielleicht in Vogelgestalt? – Bloß, ich will doch den Kindern keinen Schrecken einjagen. Also bin ich so erschienen, wie ihr mich seht... Stellt euch einfach vor, ich gehöre zu euch in Yulunga, wo ihr doch herkommt.«

Für einen Moment verschlug es den beiden die Sprache. Dann stellte Esthia die Frage:.»Und woher bist du wirklich?«

»Aus dem Reich, wo jene Macht herrscht, an die dieser Tage kaum einer noch so recht glaubt«, kam die Antwort. »Dem Reich der Liebe.«

»Dem Reich der Liebe?« fragte Jimmy. »Ist das ein wirklicher Ort?«

Kianga nickte. »Er liegt im Innern aller Dinge und Geschöpfe, und er ist mit Sicherheit wirklicher als alles andere. Ihr werdet sehen. Und du, Esthia, wirst dich bald wieder an alles erinnern, was du darüber weißt.« Er warf ihr einen vielsagenden Blick zu, dem sie jedoch auswich.

»Aber fahren wir – es ist an der Zeit, die Kinder zu treffen! Drei mutige Kinder, voll des Geistes der Liebe und des Abenteuers, die eine Nacht lang niemand vermißt – mit ihrer Hilfe läßt sich so manches erreichen, was normalerweise nicht möglich ist. – Esthia, tausch mal mit Jimmy und setz dich selber ans Steuer! Ich zeig dir den Weg.«

Noch etwas benommen tauschten Esthia und Jimmy die Plätze. Esthia startete den Wagen. Sie war erleichtert, daß sie eine Zeitlang den Anweisungen eines anderen folgen konnte. Doch zugleich verspürte sie eine unbestimmte Angst, die sich allmählich noch verstärkte – ohne daß ihr im geringsten klar war, wovor.

4

Die Flucht

Die Luft war kühl, doch die Kinder waren in bester Laune, als sie ihre Wanderung durch die Nacht antraten. Sie hatten beschlossen, nach Melbourne zu trampen, um dort irgendwie Jesses Tante Millie ausfindig zu machen. Wie das geschehen sollte, wußten sie freilich noch nicht; doch Jesse hatte sich entschieden, an seinem im Wunderspiegel erschienenen Kraftgedanken über das Vertrauen festzuhalten. Er vertraute ebenso auf den Einfallsreichtum seines älteren Freundes beim Herausfinden der Adresse, wie auf das Wohlwollen seiner ihm fast unbekannten Tante.

Ganz selbstverständlich hatte Daniel als der Älteste die Führung der kleinen Gruppe übernommen. Er war es auch, der den anderen klarmachte, sie würden wohl bis zur Morgendämmerung laufen müssen. Denn welcher Autofahrer würde wohl so spät abends drei Kinder mitnehmen, ohne sie schnurstracks zur nächsten Polizeiwache zu befördern? –

Die Flucht aus der Klinik war unerwartet leicht gewesen. Die Nachtschwester, an deren Tisch sie vorbei mußten, hatte den Kopf in einem offenbar spannenden Buch und blickte nicht auf.

Gleich außerhalb der schwingenden Glastür auf ihrer Station war der Fahrstuhl, der sie zum Erdgeschoß brachte. Vor diesem Teil war ihnen am meisten bange. Wie würde es da unten weitergehen?...

Doch der Aufnahmeschalter zur Linken, als sie aus dem Lift stiegen, war nicht zu übersehen. Zu ihrer Erleichterung war er gerade von einer italienischen Großfamilie in Beschlag genommen, die lautstark – Mutter, Vater und Oma alle gleichzeitig, wie es schien – mit der Schwester debattierte. Obwohl es nach neun war, befanden sich etliche Kinder darunter; dieser Umstand war sicherlich die Rettung unserer Freunde.

Langsam waren sie herangeschlendert – und schon hätte man glauben können, sie gehörten mit zu der Familie... Dann aber ging es weiter auf die große Eingangstür zu. Noch während die Schwester sich verzweifelt abmühte, den wild gestikulierenden Besuchern etwas zu erklären, waren sie von ihr unentdeckt ins Freie gelangt.

»Ich bin totmüde«, gähnte Jesse. »Können wir uns nicht endlich in unsere Decken wickeln und ein wenig schlafen?«

»Mann, hab dich nicht so!« mahnte Daniel. »Denk doch mal nach: drei Kinder, die nachts auf der Straße liegen – das würde bestimmt bei irgendwem Verdacht erregen. Nee, wir müssen weiter, bis wir aus der Stadt raus sind. Dann vielleicht, wenn wir eine gute Stelle unter einem Baum finden...«

»Aber wann hört die Stadt denn mal auf?« rief Jesse. »Wir sind bestimmt schon mehr als eine Stunde unterwegs!«

»Genau 35 Minuten«, korrigierte ihn Daniel, der eine Uhr besaß. »Das ist nix. Guck mal, da sind noch überall Häuser um uns!«

»Na klar, Adelaide ist riesig!« protestierte Jesse. »Und noch eine Stunde macht auch keinen Unterschied!«

»Weißt du genau, daß wir richtig gehen?« gab Luzie zu bedenken. Weil es sicherer schien, hatten sie die Hauptstraßen vermieden und liefen durch stille Seitenstraßen.

»Klar weiß ich das, der Himmel ist wolkenlos«, versicherte Daniel, der sich mit den Sternen auskannte. »Nach Norden geht's, und in der Richtung laufen wir auch.«

»Ich bin auch müde«, gestand Luzie. In Wahrheit war sie fast am umkippen. »Vielleicht finden wir einen Park?«

»Okay, wenn wir einen Park finden, suchen wir da einen Platz zum Ausruhen«, gab Daniel nach. Auch er sehnte sich nach Schlaf, obwohl er es nicht zugegeben hätte. »Aber bis dahin...«

»Ich kann nicht mehr.« Jesse hielt sich nur noch mit Mühe aufrecht. Nach so vielen Tagen Bettruhe schien schon eine Stunde Laufen zuviel. Es wunderte ihn, woher Daniel so viel Energie nahm. Doch der hatte freilich die ganze Zeit nur so getan, als wäre er krank – jedenfalls seitdem Jesse in der Klinik war. Irgendwie hatte er es fertiggebracht, seine Temperatur zu erhöhen und seine Pillen wegzuwerfen. Bestimmt hatte ihn nur die Freundlichkeit von Schwester Lynn, die vor seinen Mätzchen die Augen zudrückte, davor bewahrt, ertappt zu werden.

»Mensch, mach schon! Denk nicht lange drüber nach.« Damit gab Daniel ihm einen freundlichen Schubs, der eigentlich aufmunternd gemeint war. Doch er hatte die gegenteilige Wirkung: Jesse stolperte und wäre fast hingefallen.

Genau in diesem Augenblick näherte sich ein Auto. Mit kreischenden Bremsen machte es einen Bogen um den auf der Fahrbahn umhertaumelnden Jungen und blieb stehen.

»Jetzt ist Sense!« rief Daniel. »Los, abhauen!« Und er rannte los, in der Richtung, aus der das Auto gekommen war.

Aber Jesse war einfach zu schlapp, um es ihm nachzutun. Erschöpft ließ er sich aufs Pflaster fallen. Luzie rannte ihm zu Hilfe. Daniel blieb unwillig stehen.

Das Auto war ein großer Kombi. Es schien uralt und war völlig verdreckt. Eine der Türen öffnete sich und ein Mann sprang heraus.

»Kann ich helfen?« fragte er.

Daniel gab seinen Fluchtversuch auf und kehrte langsam zurück.

»Nein, danke, wir kommen schon zurecht«, sagte Luzie so höflich, wie sie nur konnte, während Jesse, noch immer mit zitternden Knien, aufstand und sich bemühte, normal auszusehen. Als ob drei todmüde Kinder, die gegen zehn Uhr nachts seltsam gekleidet durch die Vororte stolperten – das Mädchen mit einer Decke über der Schulter – als ob sie das je fertigbringen könnten: normal auszusehen!

»Kommt, ihr braucht keine Angst zu haben. Wir helfen euch«, versicherte der Mann. Seine blonden Locken glänzten im schwachen Licht der Straßenbeleuchtung.

Daniel zögerte mißtrauisch, da stieg ein zweiter, älterer Mann aus dem Wagen. Sein Gesicht, soweit sie es erkennen konnten, war dunkel und voller Falten und von einem struppigen, grauen Bart bedeckt. Zu ihm faßte Daniel leichter Zutrauen. Vielleicht lag es daran, daß er selber einen Aborigine zum Vater hatte?...

»Bitte, fahrt uns weg aus der Stadt!« wandte er sich an ihn.

Der jüngere Mann warf dem älteren einen fragenden Blick zu.

»Ist in Ordnung, das sind sie«, sagte der zu ihm und stellte sich dann vor: »Ich bin Kianga. Das da ist mein Freund Jimmy.«

Luzie und Jesse sahen sich an – zu benommen, um etwas zu erwidern. Doch Daniel kletterte bereits ins Auto. »Kommt schon, worauf wartet ihr noch!« rief er ihnen zu. Für ihn stand fest: Nichts wie weg!

Luzie folgte ihm zögernd. Jesse starrte auf den Wunderspiegel, den er zitternd mit einer schweißnassen Hand gedrückt hielt. Doch obwohl die Schrift auf dem Bildschirm schwach leuchtete, reichte das Licht nicht aus. Was stand da wohl jetzt? Welches Gefühl war im Moment bei ihm am wichtigsten? Mißtrauen? Erleichterung? Müdigkeit? Angst? – Komisch, wie man manchmal selber nicht wußte, was man fühlte! Er hätte es nicht sagen können und hätte es doch zu gerne gewußt.

Er kletterte zu seinen Freunden auf den Rücksitz.

Die Fahrerin vorne, eine junge Frau, war ebenfalls von dunkler Hautfarbe. Ihre Augen glänzten in dem schwachen Licht, als sie sich zurücklehnte, um sie zu begrüßen. »Hallo, Kinder! Ihr seid hier richtig, fühlt euch nur wie zu Hause. Ich heiße Esthia. Und ihr?«

Die Kinder sagten ihre Namen, während die Männer wieder auf dem Vordersitz Platz nahmen.

»Wenn euch kalt ist – da unten liegt noch eine Decke«, sagte Kianga, über den Sitz gelehnt. »Wartet, ich mach' euch Licht, daß ihr's euch bequem machen könnt. Und legt euch die Gurte um!«

Er sah ihnen freundlich lächelnd zu, während seine Begleiter sich mit gedämpfter Stimme unterhielten. Es war beruhigend, daß diese Erwachsenen keine Fragen stellten. Als hätte der Himmel sie geschickt, nur um uns zu helfen, dachte Jesse.

Müdigkeit umwölkte ihm die Augen, als er den Wunderspiegel drückte und dann ins Licht hielt. Luzie sah ihm über die Schulter. Mit Mühe lasen sie: *»Wenn ich* vertraue, * kommt * auch* Hilfe.«*

Ja, das Gefühl kannte er schon. Jener tiefere Teil in ihm, der sich hier spiegelte, hatte offenbar Zutrauen zu diesen Fremden. Als ihm das klar wurde, fiel es ihm leicht, die letzte Spur von Angst wegzuwischen.

»Die sind okay«, flüsterte er Luzie zu. »Sie helfen uns.«

»Ich weiß«, gab sie leise zurück. Ihr Gesicht sah schmal und blaß unter der Decke hervor. Im nächsten Augenblick schon war sie eingeschlafen. Jesse, an ihre Schulter gelehnt, kämpfte noch darum, die Augen offen zu halten.

»Schlaf du auch«, sagte Daniel, als das Licht ausgeknipst wurde.

»Gute Nacht, Kinder, es geht los!« rief die dunkle Frau am Steuer, die sich Esthia genannt hatte. Der Wagen startete mit einem keuchendem Stottern, das klang, als müßte jemand schwer husten.

»Wohin fahren wir?« erkundigte sich Daniel bei Jimmy, der nochmal über die Schulter zu den Kindern zurückblickte.

»Oh!« Der junge Mann lachte, ein bißchen überrascht, wie es schien. »Ich denke, nach Hause. – Stimmt's, Boß?« rief er der Fahrerin mit einem kleinen, gutmütigen Rippenstoß ins Ohr.

Esthia schien darüber durchaus nicht erfreut. »Hör bitte auf, mich Boß zu nennen«, murmelte sie mürrisch.

»Aber nicht auf dem kürzesten Weg«, ließ sich der Alte neben ihr vernehmen. Seine Stimme klang in diesem Augenblick wie die eines Erzengels, fand Jesse. Und Esthias Antwort, die er nicht verstand, erschien ihm wie ein Protest.

»Ich bin dem nicht gewachsen, ich sags euch doch!« rief sie aus.

»Das kommt schon noch, und du weißt es«, gab Kianga, ruhig aber bestimmt, zurück.

Einen Augenblick herrschte Stille. Jesse wollte schon nachfragen, was sie meinten, als Jimmy beruhigend hinzufügte: »Auf jeden Fall fahren wir euch an keinen schlechten Ort. Das kann ich versprechen.«

»So ist es«, bestätigte Kianga. Und zu den Kindern zurückgelehnt: »Ihr seid ausgerissen, wie?«

Jesse stockte der Atem. Was konnten sie darauf erwidern?

»Ja, und wir gehen nicht zurück!« gab Daniel mutig zu.

»In diesem Fall tut ihr sicher recht daran«, murmelte Kianga.

»Wir haben keine Eltern«, erklärte Daniel.

»Ist schon klar.«

«Sonst wärt ihr ja jetzt wohl bei ihnen, oder?« lachte Jimmy.

»Ihr braucht euch nicht zu sorgen«, versicherte Kianga beruhigend. »Wir kümmern uns um euch, wo immer wir hinfahren.«

Wer waren diese Leute? Und wo fuhren sie hin?...

Jesse sah auf den Spiegel in seiner Hand. Jetzt war es wieder zu dunkel, um etwas zu erkennen. Doch es war ihm eigentlich schon egal, was er empfand. Nur schlafen...

Sie standen im Begriff, die Lichter der Vororte hinter sich zu lassen und schienen mit jeder Minute schneller zu fahren. Immer nach Norden, direkt ins Herzland des gewaltigen Kontinents, der Australien hieß... In eine Landschaft hinein, die mit der Zeit offener wurde und zugleich immer karger, bis sie von der Weite des sternenübersäten Firmaments über ihnen kaum noch zu unterscheiden war.

Doch die Kinder hatten kein Auge mehr dafür. Auch Jesse und Daniel waren bald eingeschlafen.

5

Jags und Krags

Als Jesse erwachte, hatte sich soeben die Sonne über den Horizont erhoben. Eine große, rötliche Scheibe, die allmählich gelb wurde, kleiner und heißer, während sie langsam am Himmel emporwanderte. Das Auto fuhr mit ruhigem Gang eine schnurgerade Straße entlang, die sich vor ihnen weit bis zum Horizont erstreckte.

Nach einer Weile wurde sie zu einer staubigen Schotterstraße. Die Landschaft war hier fast baumlos. Es gab kaum noch Gras, dafür aber allenthalben kleine Büsche und bunte Blumen. Mit gleichbleibender Geschwindigkeit von knapp über hundert Stundenkilometern drangen sie immer tiefer ins Innere der riesigen Landmasse vor.

Jetzt saß Jimmy am Steuer. Esthia hockte zurückgelehnt neben ihm, den Arm des älteren Mannes um ihre Schulter. Sie sah bleich und erschöpft aus. Daniel und Luzie schienen noch fest zu schlafen. Jesse fiel sein Wunderspiegel ein. Hatte er ihn überhaupt bei sich? – Ja, er war noch in seiner Tasche. Als er ihn befragte, erhielt er den beruhigenden Satz: *»Dies * ist der Beginn* eines richtigen *Abenteuers!«* – Bestimmt, das war es. Die Gedanken, die sich hier spiegelten, schienen sich immer auch zu bewahrheiten. Sicherlich hatte dieser Umstand ihre Flucht gelingen lassen. Weshalb also jetzt sich Sorgen machen?

Jimmy vorne am Steuer begann eine fröhliche Melodie zu pfeifen. Sein blonder Haarschopf flatterte im staubigen Fahrtwind, der durch das offene Seitenfenster hereinwehte.

Jesse stieß Daniel sanft an der Schulter an, um zu testen, ob er wirklich noch schlief. Er öffnete die Augen.

»He, möchtest du mal?« Jesse reichte ihm den kleinen Computer und sah ihn erwartungsvoll an. Daniel war offenbar noch nicht ganz wach. Etwas verwirrt blickte er um sich. Dann nahm er den Wunderspiegel und drückte.

»Unserem Fahrer trau' ich nicht; der ist mir unheimlich!«, lasen sie gemeinsam. Jesse durchfuhr ein plötzlicher Schreck. Er schielte nach vorn zu Jimmy. Der pfiff unbekümmert weiter vor sich hin. Esthia neben ihm lag noch immer im Arm des Aborigines, der sie beruhigend streichelte. Wer waren diese Menschen? Und wo ging es überhaupt hin?...

»Du, Daniel«, erklang Luzies Stimme. Sie war erwacht und sogleich völlig munter. »Findest du nicht auch, daß unser Fahrer genauso aussieht wie Mr. Tideman?«

Daniel antwortete nicht. Er brütete stumm vor sich hin.

»Das ist der Leiter von 'Happy Village'«, raunte sie Jesse zu. »Daniel kriegt dauernd Ärger mit ihm; ich weiß nicht, wieso.«

Doch Jesse hörte ihr kaum zu. Wieder drückte er den Spiegel. *»Wer weiß, wohin die uns entführen!«* las er diesmal und bekam erneut einen Schreck.

Luzie, die mitgelesen hatte, gab ihm einen aufmunternd gemeinten Rippenstoß. Als Antwort reichte er ihr nur stumm den Spiegel. Sein Blick war ängstlich, als sie ihn drückte. Aber noch ehe er ihren Satz gelesen hatte, sah er die Sternchen. Also doch ein Krag! So nannte er jetzt für sich die 'Kraftgedanken', während er für 'Jammergedanken' – das waren wohl alle, die keine Sternchen aufwiesen – die Abkürzung 'Jag' erfunden hatte.

Er war richtig neidisch auf seine Freundin. »Wieso kriege ich einen blöden Jag und du einen Krag?« fragte er sie.

Was diese Worte bedeuteten, mußte er ihr erst erklären. Sie begriff es rasch. Jags und Krags – ja, das fand sie auch gut; es war einfach zu sagen.

*» Wir haben * Glück; das* sind echt tolle* Menschen!«* las er dann. »Warum kriege ich nicht auch so einen Krag? Ich fühl' mich doch gar nicht nach Jammern!«

»Na, du hast dich von ihm anstecken lassen.« Sie zeigte auf Daniel. »Von dem, was er gerade fühlt. Wahrscheinlich ein bißchen Angst, oder?«

»Ja, schon. Aber du siehst doch:« – er wies auf den Spiegel – »mit gutem Grund. Der lügt doch nicht.«

»Nee, bei mir auch nicht. Der zeigt nur, was man gerade verspürt. Und das kannst du vielleicht ändern und dich besser fühlen.«

»Wieso denn? Ich kann doch meinen Jag nicht einfach in einen Krag umwandeln!«

»Nein, das wohl nicht.« Luzie dachte angestrengt nach. »Aber ich denke – du kannst vielleicht nachschauen, wo der Jammergedanke herkommt. Das ist doch einer von Daniel. Und der hat nichts mit Jetzt zu tun, mit diesen Leuten hier. Das weiß ich.«

»Wieso nicht?«

Statt einer Antwort reichte Luzie den Spiegel ihrem Freund hinüber. »Hier, Daniel. Drück du ihn nochmal.«

Daniel folgte ihrer Aufforderung mechanisch, ohne aufzusehen.

»Der Tidemann ist ein fieser Tyrann«, lasen sie.

Luzie war hocherfreut. »Siehst du – ein echter Jag! Es ist zwar kein richtiges Jammern, aber der Gedanke zeigt an, daß er sich mies und unzufrieden fühlt. Und er stammt aus seiner Zeit in dem Heim, das siehst du doch. Ich finde, alle solche Gedanken – egal wo sie herkommen, die einem irgendwie ein schlechtes Gefühl machen, sind immer Jags, meinst du nicht auch?«

Jesse nickte nur.

»Und wenn du so einen denkst, wie kannst du dann gleichzeitig einen Kraftgedanken haben – einen Krag, der dich stark und zufrieden macht?«

Ja, das leuchtete Jesse ein. Beides zugleich ging nicht. »Aber woher weißt du denn, daß Daniel Unrecht hat und ich keine Angst zu haben brauche?«

Luzie senkte die Stimme. »Na, guck dir doch die Leute da vorn mal richtig an. Weil ihr diese komischen Jags habt – ihr beide –, könnt ihr sie ja gar nicht richtig sehen! Die Jags lassen euch nicht, deswegen sind es ja Jags.«

Jesse wurde nachdenklich. Sie konnte da recht haben. Ja, vielleicht war es mit den Jags sogar immer so? Daß sie einen daran hinderten, richtig zu sehen?...

Luzie war ganz begeistert darüber, diesen Zusammenhang erkannt zu haben. »Und nun versuch mal sie dir genau anzusehen – ohne Daniels Erinnerung an Mr. Tideman und die Angst, die dir das gemacht hat – schau einfach, was jetzt wirklich für dich stimmen könnte. «

»Okay, wenn du meinst...«

In diesem Augenblick wandte sich Kianga vom Vordersitz zu ihnen um. »Na, Kinder – schon so munter? Wollt ihr einen Apfel?«

Luzie nahm sofort einen an, während Daniel stumm den Kopf schüttelte. Jesse blickte zu Daniel, dann auf Kianga. Die Augen des Alten zwinkerten so freundlich... »O ja, bitte!« sagte er.

»Ich will doch einen«, besann sich plötzlich auch Daniel und nahm den Apfel höflich dankend entgegen. Wie zur Erklärung sagte er dabei zu Jesse: »Ich hab euch zugehört.« Er biß hinein, und sein Ausdruck wurde zusehends fröhlicher. »Der Tideman hat nie Lieder gepfiffen«, erinnerte er sich. »Gib mir den Spiegel nochmal, bitte.«

Einen Augenblick saß er stumm da, ehe er drückte. Diesmal wies auch sein Satz kleine Sternchen auf! *»Eigentlich sehen* diese Erwachsenen * ganz okay aus«,* stand auf dem Bildschirm.

Luzie strahlte, und Jesse griff sofort auch wieder zum Spiegel. Auch sein Satz war jetzt wieder ein Krag: *»Ich bin * gespannt, was * wir mit denen * erleben.«*

»Guckt mal«, erklärte Luzie nun ihren Freunden, als hätte sie es schon immer gewußt. »Ich denke, es ist so: wenn wir uns irgendwie mies oder unzufrieden fühlen, zeigt uns der Wunderspiegel immer genau die Jags, die uns das blöde Gefühl gemacht haben.«

Jesse staunte, wie zuversichtlich sie redete, doch es leuchtete ihm sofort ein.

»Und dann sind alle Krags, die wir vorher hatten, wie weggewischt. Aber was wir dann tun können: ich glaube, wir können uns dann trotzdem erinnern – an Krags, die immer noch für uns stimmen, und die uns helfen würden. Wenn wir denen glauben, kann es gut sein, daß die Jags verschwinden. Weil die nämlich oft gar nicht wahr sind – so wie gerade eben Daniels Jag, der auf Mr. Tideman paßte, nicht auf Jimmy.«

»Aber woher weißt du denn, daß die Krags stimmen?« verlangte Daniel zu wissen.

Luzie lachte ihn an. »Bei mir stimmen die immer. Und die zeigt mir der Spiegel. Das geht bei dir auch: du mußt dir beim Drücken der Taste nur sagen, du willst wissen, was jetzt wirklich für dich stimmt. Dann kriegst du die Krags, die hinter deiner Angst und den ganzen schlechten Gefühlen nur darauf warten, daß sie von dir... warte mal, wie ist das richtig? Ja: ...verspürt werden dürfen. – So war es doch gerade bei dir, oder?«

Daniel nickte.

Ja, das kann ich auch von ihr lernen, dachte Jesse, während Luzie sich anschickte, ihre Theorie durch das Drücken eines weiteren Krags zu bekräftigen. Mich nach Kraftgedanken umsehen, die zutreffender sind als irgendwelche Jags, die eine Angst gerade bei mir hervorgebracht hat.

So ganz klar jedoch war ihm das alles noch immer nicht.

Esthia war aus ihrem Halbschlaf erwacht. Sie sah sich verwundert um, als wüßte sie nicht, wo sie sich befand. Dann nahmen ihre Augen mit einem Mal einen Ausdruck des Schreckens an. »Halt, halt!« rief sie mit verzweifelter Stimme. «Bitte, bitte, nicht weiter!«

Alle wurden still. Jimmy fuhr langsamer, während Esthia im Sitz neben ihm jetzt keuchte und heftig um sich zu schlagen begann. Es war, als wehrte sie sich gegen etwas, das sie niederzwang und fesselte. Jimmy konnte unmöglich so weiterfahren. Das Auto hielt.

»Raus – laß sie raus!« rief Kianga. Erstaunt sahen die Kinder zu, wie die Männer die Tür öffneten und versuchten, Esthia hinauszuheben, was nicht leicht war. Die Frau schrie jetzt unverständliche Worte in einer fremden Sprache, während sie sich wand und mit dicht aneinandergepreßten Fäusten durch die Luft boxte.

So sanft sie konnten, legten die Männer sie auf dem kahlen Boden nieder. Ihre Augen waren weit aufgerissen, doch sie schien die anderen nicht wahrzunehmen, während sie schreiend um sich schlug.

»Einer ihrer Anfälle«, erklärte Jimmy. »Keine Sorge, es wird bald vorbei sein.«

»Kriegt sie die oft?« fragte Luzie flüsternd.

»Ab und zu schon. Aber ihr braucht euch nicht zu beunruhigen. Sie hat's bald überstanden.«

Esthia sah jedoch noch immer recht wild aus, während sie sich weiterhin gegen unsichtbare Angreifer zu wehren schien. Sich windend und offenbar in Angst und Schmerzen schluchzend, rang sie um Luft. Dazwischen schrie sie Worte wie: »Ja, ja, ich geb's zu, ich hab mich geirrt! – Ich bekenne mich schuldig. – Ja, ich schade den Menschen mit dem, was ich weiß! ... Ach, ich muß mit dem Leben bezahlen...«

Plötzlich bäumte sie sich mit dem ganzen Körper auf, wobei sie ein qualvolles Stöhnen von sich gab. Dann lag sie still da und war stumm. Es war, als sei sie gestorben, obwohl sie die Augen noch immer offen hatte.

Verwirrt und ein wenig ängstlich starrten die Kinder sie an.

»Ihr Anfall ist vorüber«, verkündete Jimmy. »Gleich können wir weiter.«

»Was war denn los?« fragte Jesse. »Warum ist sie so?«

»Versteh ich selber nicht«, gestand Jimmy. »Keinem, den ich kenne, ist etwas ähnliches je begegnet. Es ist nicht sowas wie Epilepsie – das kommt häufig vor, ist aber ganz anders.«

»Ein Angstanfall«, erklärte Kianga. »Aber es ist nicht eine Angst, die mit irgendetwas zu tun hat, das *jetzt* ist. Diese Angst stammt von einer uralten Erinnerung. Oder vielleicht auch von etwas, das sie sich einbildet – da ist kein großer Unterschied.«

»Das kann stimmen«, sagte Jimmy. »Sie meint dann immer, sie würde als Hexe angeklagt und umgebracht – in einem fernen Land, vor Jahrhunderten. So verstehe ich es jedenfalls von dem, was sie hinterher sagt.«

»Und diese Vorstellung erzeugt die Angst. Wie ja so viele unserer Ängste weit mehr zu tun haben mit dem, was wir denken oder uns einbilden, als mit der Wirklichkeit. Ich bin sicher, euer Wunderspiegel wird ihr helfen, das zu verstehen. Dann wird sie diese Anfälle nicht mehr kriegen.«

»Ist sie jetzt okay?« wollte Luzie wissen.

»Wird noch'n Weilchen dauern, bis sie wieder die Alte ist«, sagte Jimmy. »Aber – seht ihr? Sie steht schon auf und will wieder ins Auto.«

Esthia ging noch recht schwankend und unsicher. Kianga sprang auf sie zu, um sie zurückzuhalten. »Noch nicht«, schlug er vor. »Ruh dich erst noch ein wenig aus. Wunderschöner Platz hier zum Frühstücken.«

Und so war es auch. Nur wenige Schritte von ihrem Halteplatz gab es ein von großen Eukalyptusbäumen umringtes Wasserloch. Dorthin gingen sie jetzt, wobei Jimmy Esthia stützte, während Kianga das Auto hinter den anderen her in den Schatten fuhr. Die Männer holten Knäckebrot, Bananen und Apfelsinen aus dem Wagen und bereiteten allen unter den Bäumen ein köstliches Frühstück.

Luzie jedoch konnte ihre Gedanken nicht von Esthia lösen, die sich etwas abseits auf einen Baumstumpf gesetzt hatte. Langsam ging sie zu ihr.

»Geht's dir jetzt wieder gut?«, erkundigte sie sich. Esthia wandte ihr ihre dunklen Augen zu, und Luzie bemerkte noch immer einen Ausdruck der Angst in ihnen. Woran dachte sie wohl?

»Sie bringen mich um wegen dem, was ich weiß«, murmelte Esthia, anscheinend tief versunken in eine Erinnerung. »Nennen es Zauberei, und böse. Aber stimmt das denn? Schade ich damit wirklich den Menschen? Das möchte ich wissen!« Sie hielt einen Moment inne. Luzie kam es vor, als nähme sie sie gar nicht wahr.

»Vielleicht«, fuhr sie fort, »vielleicht ist das, was ich jetzt tue, ja auch alles falsch?«

Wovon redete sie bloß? Luzie kam das alles sehr seltsam vor. Daniel und Jesse waren herbeigeeilt, um zuzuhören; aber auch sie konnten sich die Sache nur so erklären, daß Esthia sich etwas einbildete.

Esthia fuhr fort, und diesmal stand fest, daß sie mit sich selbst redete: »Aber am Anfang war mir doch alles klar! Und ich wußte, daß es richtig war, und daß ich es tun mußte!«

»Wir müssen es zusammen tun«, sagte Kianga, der gleichfalls herbeigekommen war. »Ja, am Anfang war dir das klar. Und du hast eingewilligt, die Führerin zu sein – aufgrund dessen, *was du weißt!* «

Esthia schüttelte den Kopf. »Ich hab nur zugestimmt, weil der Traum so stark war, und weil doch Jimmy den gleichen hatte. Aber jetzt... Ich kann nicht.«

Kianga nahm ihre Hand und blickte ihr in die Augen. »O doch, du kannst! Jetzt, in diesem Augenblick, in der Wirklichkeit, hast du eine Aufgabe. Und dafür mußt du diese Angst überwinden. Du mußt begreifen, daß sie, wo sie auch herkommen mag, nichts mit dem, was jetzt ist, zu tun hat. Sie ist bloß eine Ansammlung von Jammergedanken, die nicht in dein jetziges Leben hineingehören.«

Jesse horchte auf. Hatte nicht Luzie etwas ganz Ähnliches gesagt? Esthia starrte den Alten an, als würde ihr ein tiefes Geheimnis anvertraut.

»Sieh mal, du hattest doch das Wissen«, fuhr Kianga eindringlich fort. »Du hast den Weg hergefunden – bis zu den Kindern! Das war doch richtig und gut, vergiß das nicht!«

»Ja, ich hatte das Wissen.« Sie erhob die Stimme und rief laut: »Ich hab gewußt, daß es richtig und gut ist! Ich hab gewußt...» Laut schluchzend unterbrach sie sich wieder. »Und dann kam dieser Schleier über mich, wie eine furchtbare Erinnerung, zu schrecklich... und ich kann einfach nicht...«

Luzie machte Jesse ein Zeichen. Er begriff sofort. Bestimmt würde sich jetzt erweisen, wie sie das mit den Jags und Krags gemeint hatte. Aufgeregt zog er den Wunderspiegel hervor und hielt ihn Esthia hin.

»Hier, versuch es mal damit«, sagte er. Sie hörte zu schluchzen auf und blickte ihn traurig an. »Halte ihn hier fest und drück da. Er lügt nie. Sag dir beim Draufdrücken, du möchtest rausfinden, was – « Er stockte und sah Luzie fragend an.

»Was wirklich für dich stimmt«, ergänzte seine Freundin. »Er wird es dir zeigen.«

Esthias Ausdruck veränderte sich. Sie nahm den Wunderspiegel entgegen, und ihre dunklen Augen begannen wieder zu leuchten, während sie langsam und laut sagte: »Ich möchte jetzt über mich rausfinden, was wirklich wahr ist!« Dabei drückte sie kräftig.

Die Kinder drängten sich eng um sie, um besser sehen zu können. Auch die Männer standen beide dabei.

*»In mir * ist das *Wissen um *alle Dinge«,* verkündete der Spiegel.

»... Was wirklich stimmt!« wiederholte Esthia, und jetzt lächelte sie.

*»Ich will und darf * den Menschen * mein Wissen *mitteilen«,* lasen die Kinder mit weit aufgerissenen Augen.

Esthia schien selbst überrascht. Ihr Lächeln verstärkte sich. »...Was *wirklich* stimmt!« Diesmal war es ein Flüstern.

*»Mein * Wissen hilft* allen«,* kam als Antwort.

»Was wirklich stimmt!« wiederholte sie ein letztesmal.

Und jetzt kamen zur allgemeinen Überraschung gleich zwei Sätze: *»Ich * bin in Wahrheit * unverletzbar«,* und: *»Meinem inneren * Wissen kann * ich gänzlich* vertrauen.«*

»Es stimmt, es ist wahr!« rief Esthia in plötzlicher, heller Freude aus, wobei sie Jesse den Spiegel in die Hand drückte und aufsprang. »Und ich wußte es immer: natürlich hatten sie unrecht! Ich bin überhaupt nicht böse, das steht fest – und ich werde gebraucht!«

Sie beruhigte sich, sah dann alle der Reihe nach an und fügte leise hinzu: »Natürlich hab ich das längst gewußt – auch vorhin. Aber immer wieder hörte ich auf, daran zu glauben. Als ob irgendwas mich daran hindern wollte, meine Aufgabe zu erfüllen.«

»Nicht irgendwas, sondern *jemand*«, verbesserte Kianga.

Einen Moment blickte sie verwundert, dann lachte sie. »Ja, auch das weiß ich.«

Jesse hätte sie liebend gefragt, wer dieser Jemand sei, und was für eine Aufgabe das denn war, an der er sie hindern wollte. Doch es schien nicht die rechte Zeit für Fragen. Esthia stand mit ausgebreiteten Armen, als wolle sie etwas empfangen. Es war, als sei eine schwarze Wolke von Scham und Elend, die sie gänzlich umhüllt hatte, endlich von den Strahlen der Sonne aufgelöst worden. Sie war nicht mehr die gleiche wie vorher – jetzt war sie eine junge Frau von großer Schönheit, deren Augen noch viel heller leuchteten als zuvor.

Eins nach dem anderen hob sie die Kinder in die Höhe und wirbelte sie einmal herum – selbst Daniel, der doch recht schwer war. Dann grinste sie den Männern zu und begann, in der kargen Landschaft umherzutanzen.

»Mein Gott, wieso hab ich das vorher nicht gesehen – warum wollte ich es denn bloß nicht sehen!!« rief sie immer wieder. »Ich weiß es alles, und natürlich stimmt es! Aber immer meinte ich, mich für schlecht halten zu müssen... Und glaubte, den Auftrag, den ich im Traum erhielt, nicht durchführen zu können, weil die Gedanken, die mir zuflogen, falsch wären. Was für ein Unsinn!«

»Ich hab dir doch immer gesagt, daß sie stimmen«, erinnerte Jimmy sie mit einem Lächeln.

»Ja, du hast an mich geglaubt – ich selber nicht. Sogar jetzt, mit dieser klaren Aufgabe vor uns, konnte ich das Gefühl nicht loswerden, es würde mein Tod sein, wenn ich verkündete, was ich weiß. Aber das war – wenn es je wirklich war, dann waren es Stimmen aus einem anderen Leben, vor Urzeiten – an einem Ort, den es längst nicht mehr gibt. Ich bin frei!« Erneut nahm sie ihren Tanz auf.

»Was es auch gewesen sein mag... frei warst *du* immer schon«, ergänzte Kianga.

»Danke, danke«, rief Esthia, während sie sich fröhlich drehte. »Und dir, Jimmy: danke für deine Unterstützung bei meiner Aufgabe! – Bei *unserer* Aufgabe«, verbesserte sie sich. – Dann hielt sie inne. »Ich bin gleich wieder da.« Sich die Stirn wischend, wanderte sie zur anderen Seite des Wasserlochs hinüber und verschwand hinter den Bäumen.

Die Kinder fanden dieses Gespräch recht seltsam, doch die Männer gaben keine Erklärung ab. Still begannen sie zusammenzupacken und forderten sie auf, sich wieder ins Auto zu setzen.

»Und was ist mit ihr?« fragte Luzie und zeigte auf Esthia, die unter einem riesigen Flaschenbaum saß.

»Keine Angst, wir fahren nicht ohne sie«, lachte Kianga. »Aber wir müssen jetzt weiter. Es ist noch eine ganze Strecke.«

»Wohin fahren wir denn?« Daniel stellte die Frage, die allen dreien auf dem Herzen lag.

Jimmy blickte auf Kianga.

Der schüttelte den Kopf. »Jetzt muß man *sie* fragen. Sie weiß den Weg. Und sie führt uns bestimmt richtig, ihr werdet sehen.«

Esthia kam soeben zurück. Ihre Augen strahlten. Jimmy öffnete ihr die Wagentür, und sie begab sich ans Steuer.

Während sie hinter den beiden Jungen ins Auto kletterte, fragte Luzie noch einmal: »Wohin fahren wir?«

Esthia sah sie lächelnd an. Sie schien wirklich eine andere Person, fand Jesse – so wunderschön mit ihrer dunkelbraunen Haut, den großen, leuchtenden Augen und dem schwarzen Haar. »Wohin möchtest du denn fahren?« erkundigte sie sich freundlich.

Luzie schwieg und senkte den Kopf. Dann sagte sie flüsternd: »Nach Hause. An einen Platz – ach, ich weiß nicht, wo das ist.«

»Da kommt ihr auch noch hin«, versicherte Esthia. Sie blickte die drei Kinder nacheinander ernst an. »Aber zuerst gibt es noch einiges zu tun und zu lernen.«

Jesse wollte es genauer wissen. »Was müssen wir lernen?«

Statt einer Antwort sagte sie: »Was dein Wunderspiegel bedeutet, habe ich jetzt selbst erfahren. Er wurde dir aus einem bestimmten Grund geschenkt.«

»Hast du ihn mir denn geschickt?« fragte Jesse erstaunt. »Ich dachte immer, es war meine Mutter.«

»Sagen wir mal, es war ihre Liebe zu dir.« Mehr schien sie hierzu nicht sagen zu wollen, sondern fuhr fort: »Eigentlich – wie du vielleicht schon bemerkt hast – kam der Spiegel ja zu euch dreien. Und auch das hat eine Bedeutung. Es gibt nämlich auf der ganzen Welt nur diesen einen. Ihr drei wart auserwählt, ihn zu bekommen.«

»Wieso ausgerechnet wir?« fragte Daniel.

»Nun, es hätte auch jedes von tausenden anderer Kinder sein können. Nur mußten sie sich die Liebe bewahrt haben und gewillt sein, sich bei gemeinsamen Abenteuern gegenseitig zu unterstützen. Und natürlich sollten es auch Kinder sein, die ein paar Tage lang niemand ernsthaft vermissen würde. Da wart ihr gerade richtig.«

Jesse pochte das Herz. Was wollte sie damit sagen?

Die Antwort kam sofort, wenn sie auch etliche Fragen offen ließ.

»Der Spiegel ist nur der Beginn eines großen Abenteuers – wenn ihr das wollt.« Sie hielt inne und sah die Kinder bedeutungsvoll an.

Ja, er wollte – obwohl ihm ein klein wenig mulmig zumute war. Es war alles so unerwartet, und so ungewiß – und das war gerade das Aufregende daran.

Wie aus weiter Ferne hörte er Esthias Stimme fortfahren: »Jetzt stellt sich die Frage an euch: möchtet ihr mehr über euch selbst herausfinden? Und wollt ihr erfahren, was alles dahinterliegt? Hinter dem, was der Spiegel euch zeigt?«

»O ja, schon!« rief Luzie sofort, und Daniel nickte. Jesse drückte etwas verwirrt den Spiegel und las: *»Ich will *alles, was * ich kann, über* mich herausfinden.«*

»Ich will alles, was ich kann, über mich herausfinden«, versicherte er.

»Es freut mich, daß du das sagst«, meinte Esthia. »Daß ihr euch auf dieses Abenteuer einlassen wollt, vor dem viele sich fürchten würden.«

»Ist es denn gefährlich?« fragte Daniel, in einem Ton, als könne er es nicht abwarten, der Gefahr zu begegnen.

»Überhaupt nicht«, erwiderte sie.

»Wovor haben sie denn dann Angst?« wollte Luzie wissen.

»Sie fürchten, etwas herauszufinden, das neu für sie ist und vielleicht nicht das, was sie erwarteten.«

»Für mich ist das okay«, sagte Daniel. Er mochte es, wenn Unerwartetes geschah, vorausgesetzt, es war nicht allzu unangenehm.

»Ich will das gern 'rausfinden!« rief Luzie, und: »Ich auch!« stimmte Jesse ihr bei. Obwohl ihm, um die Wahrheit zu sagen, ein leichtes Flattern durch den Bauch ging.

Esthia nickte lächelnd. Hatte sie wieder den Spiegel gedrückt?

Als sie ihn Jesse zurückgab, las dieser zu seinem Erstaunen auf dem Bildschirm: *»Kinder* sind so * viel mutiger *als Erwachsene.«* Das hätte er nie gedacht; fast machte es ihm Angst. War es möglich, daß die Erwachsenen Feiglinge waren, selbst wenn es nur darum ging, etwas Neues über sich selbst zu erfahren?

»Also gut, dann vertraut mir.« Esthia wies auf die Männer neben sich. »Und ihnen auch. Kianga hat das alles eingefädelt. Und Jimmy ist mein Helfer. Wir machen das gemeinsam – und lernen noch selber dabei.«

»Aber du weißt doch schon alles, nicht wahr?« fragte Luzie. Dabei war ihr gar nicht klar, was Esthia eigentlich wissen sollte.

»O ja«, kam die Antwort. »Ich hatte es schon immer: das Wissen um alles, was für uns wichtig ist. Ich bin sicher, jeder Mensch hat es; nur haben fast alle es vergessen. Ich selber wollte auch viel lieber vergessen – wollte aus Angst lieber unwissend sein. Aber das ist jetzt vorbei. Dein Wunderspiegel hat dabei geholfen. – Und nun schnallt euch an, es geht weiter!«

Alle hatten es sich inzwischen in dem geräumigen Wagen wieder bequem gemacht. Esthia betätigte den Starter. Hustend erwachte der Motor zum Leben, und in einer Staubwolke ging es los.

»Ich kapier' das alles ja nicht ganz«, murmelte Daniel. »Ihr etwa?«

Die beiden anderen schüttelten den Kopf.

»Aber sie sind bestimmt in Ordnung! Auch Jimmy, denke ich.«

Jesse nickte. Er fühlte sich aufgeregt und gelassen zugleich in der Erwartung des Ungewissen, das da auf sie zukam. Alles schien so wunderbar an diesem zauberhaften Morgen. Er zwickte sich ins Kinn, um nachzuprüfen, ob es nicht vielleicht doch nur ein Traum war.

»Ist das wahr, oder träume ich?« fragte Luzie in diesem Augenblick, als hätte sie seine Gedanken gelesen. Beide lachten.

»Traumland«, verkündete Esthia mit lauter Stimme. »Ja, so kann man's nennen. Wo wir hinfahren. Aber dieses Traumland ist wirklich.« Nach kurzer, nachdenklicher Pause fuhr sie fort: »Es ist ein Teil der Innenwelt, und die ist Wirklichkeit. Es ist jener Teil, wo alles, was sich im menschlichen Geiste abspielt, offenbar wird.«

Es schien egal ob sie alles verstanden, oder nicht. Auf jeden Fall fühlten sie sich wohl.

Und wurden immer fröhlicher im Laufe der Fahrt – durch eine Landschaft, die mehr und mehr zur Einöde wurde. Der Tag schritt voran, während die Sonne höher stieg, in einem vom Frühling des Binnenlands bereits warm durchglühten Himmel. Mit jeder Minute wurde es heißer, aber keinen schien das besonders zu stören.

»Bis Mittag sind wir da«, versprach Esthia.

Sie rasten die schnurgerade Schotterstraße entlang... Sie schienen sich nicht mehr in einem Auto zu befinden, sondern in einem Flugzeug, das in einer Staubwolke stetig dahinflog...

Bis Mittag, dachte Jesse vergnügt. Die Uhr an Daniels Arm zeigte wenige Minuten nach zehn.

Schläfrig von der Hitze und dem Staub schliefen die Kinder, eines nach dem anderen, alsbald wieder ein.

6

Der Weg hinüber

Als Jesse erwachte, war es kühler. Das Auto stand im Schatten eines riesigen Baumes, des einzigen weit und breit. Vor ihnen blockierte eine gewaltige Felswand den Weg. Direkt davor schlängelte sich ein Fluß diese natürliche Mauer entlang, was ihr das Aussehen einer von einem Wallgraben geschützten Burg verlieh.

Irgendwie war diese Landschaft gänzlich unwirklich. Der Boden flach wie eine Tischplatte, ohne jegliches Grün – jenen einsamen Baum ausgenommen – und übersät mit rotbraunen Steinen und Felsbrocken. Manche hatten die Größe kleiner Ameisenhügel, andere waren fast haushoch. Am Himmel hing die Sonne wie eine feurige Scheibe hinter einem gelben Dunstschleier.

Tief hinter der Felsmauer ließ sich von innen dumpf das Geräusch tosenden Wassers vernehmen, wie ein in weiter Ferne herniederprasselnder Wolkenbruch. Und dahinter ein helles Geräusch wie von tausend winzigen Stimmen – jetzt immer lauter anschwellend, um dann wieder abzuebben. Zickaden vielleicht? Doch wo hielten sie sich auf? Nichts war zu sehen …

Das muß Traumland sein, vermutete Jesse. Auf dem Sitz neben ihm regten sich jetzt auch Luzie und Daniel.

Draußen stand Esthia und blickte auf den riesigen Felsen. In dieser strengen Landschaft wirkte ihre Schönheit noch beeindruckender. Sie schien von einer Art Heiligenschein umstrahlt, eher ein Naturgeist als ein Mensch. Oder auch, wie sie so regungslos dastand, wie ein Schutzengel. Vielleicht war sie das wirklich? Ein Engel, den seine Mutter geschickt hatte, um ihm zu helfen? Und nicht nur ihm, sondern auch seinen Freunden, die sich mit ihm zusammengetan hatten.

Wer sie auch sein mochte, ein gewöhnlicher Mensch war sie jedenfalls nicht. Womöglich war sie die Königin der Träume, von der er einmal in einer Geschichte gelesen hatte. Die hatte die Macht, das, was man sich im Traum wünscht, Wirklichkeit werden zu lassen…

Und wer waren dann die beiden Männer? Sie konnte er jetzt nirgends erblicken. Halb erwartete er, sie würden urplötzlich als Märchenprinzen wieder auftauchen, ein blitzendes Schwert in der Hand…

Luzie und Daniel waren wach geworden. Auch sie staunten.

Esthia wandte sich ihnen zu. »Kommt raus!« rief sie. »Laßt uns noch was essen, ehe wir losgehen. Unsere Freunde dort drüben werden uns nachher folgen.« Sie wies auf einen Felsen diesseits des Flusses, in dessen Schatten Kianga und Jimmy zu sehen waren. »Wir sollten uns beeilen, sonst kommen wir bis Mittag nicht hinüber.«

Hinüber wohin? Die Kinder blickten sich fragend an. Dann stiegen sie schläfrig aus dem Auto. Auf einer Decke hatte Esthia eine Wasserflasche, Gläser und Knäckebrot hingestellt, und die Kinder stellten fest, daß sie schon wieder hungrig waren. Keines von ihnen redete ein Wort. Es war, als habe die unwirkliche Umgebung ihnen die Sprache verschlagen.

Esthia hatte sich zu ihnen gesetzt. »Jetzt beginnt der schwierigere Teil«, erklärte sie. »Die Reise ins Innere.« Der Ton, in dem sie sprach, schien keine Fragen zuzulassen. Doch Jesse verspürte ein erregtes Prickeln. Endlich nahm das wirkliche Abenteuer seinen Anfang!

»Ihr wollt bestimmt wissen, worum es hier geht«, fuhr Esthia fort. »Habt noch ein bißchen Geduld. Es würde einiges verderben, wenn ich jetzt schon alles erklärte; außerdem weiß ich selber noch nicht alles genau. Aber ihr könnt mir vertrauen. Ich weiß genug, um euch eine gute Führerin zu sein. Solange ihr euch dicht bei mir haltet, kann euch nichts passieren.«

»Warst du hier schon mal?« fragte Luzie. Die Frage hatte auch Jesse schon stellen wollen, ohne sich jedoch zu trauen. Manchmal waren Mädchen wohl doch mehr auf Draht. An seiner kleinen Freundin liebte er das.

Doch Esthia überhörte die Frage. »Ich werde euch sicher führen, darauf könnt ihr euch verlassen«, wiederholte sie nur.

Schweigend packten sie zusammen, und Esthia verstaute die Reste in ihrem kleinen Rucksack. Dann folgten die Kinder ihr an den Rand des schnell dahinfließenden Wassers.

»Sie war bestimmt schon mal hier«, flüsterte Jesse seinem Freund zu. Der nickte. »Sie kennt sich hier aus.«

Auch die beiden Männer vertrauten offenbar darauf. Tief im Gespräch folgten sie langsam in einiger Entfernung.

Am Fluß angelangt, blieb Esthia stehen, die Kinder hinter ihr.

Sie hatten offensichtlich eine Grenze erreicht. Der Fluß und der riesige Felsen, der sich dahinter weit in beiden Richtungen erstreckte, hielten etwas Neues verborgen. Etwas Geheimnisvolles, das sich in dem entfernten Rauschen des Wassers hinter dem Felsen ankündigte. Doch solange sie nicht den Weg hinüber und hindurch gefunden hatten, lag es außer Reichweite.

Esthia wandte sich stromabwärts nach links. Der Fluß, an dessen Ufer sie entlang gingen, war an manchen Stellen eher ein Bach, der flach und weit ausgedehnt zwischen tausenden kleiner Steine dahinplätscherte. Anderswo wiederum sammelte er seine Wasser zu einem recht tiefen, rauschenden Strom. Doch auch dort, wo er flach war, konnte man ihn nicht überqueren; die Felsmauer auf der anderen Seite ließ es nicht zu.

Wie sie so hinter Esthia dahinwanderten, rief Daniel plötzlich aus: »Ich weiß, wohin wir gehen!«

»Ich auch«, gab Jesse zurück. Er hatte die ganze Zeit darüber nachgedacht und brannte jetzt darauf, seine Überlegungen den anderen mitzuteilen. »Wir kommen an ein Lagerfeuer, um das viele schwarze Männer sitzen, und kriegen die Einweihung, die uns zu Mitgliedern des Stammes macht.«

»Dazu bist du noch viel zu jung«, lachte Daniel, der stolz darauf war, der älteste zu sein. »Nee, ich glaube, das Land, wo wir hinkommen, ist ganz anders. Grün, und voller Obstbäume, wie das Paradies. Und da werden unsere Träume wahrgemacht.«

»Was denn für Träume – und wie?« wollte Luzie wissen.

Esthia bereitete den Vermutungen ein Ende. »Es kann schon sein, daß einige davon wahr werden – aber noch nicht gleich. Ihr werdet es früh genug merken.« Sie blieb stehen. »Hier gehen wir rüber.«

Hier hinüber?... Auf der anderen Seite war, genau gegenüber dieser Stelle, eine kleine Schlucht in die Felswand eingeschnitten. Sollte es da wohl hineingehen?

Schon begann Esthia, durch das Wasser hindurch, das hier zunächst recht seicht war, zum Felsen hinüberzuwaten. Die Kinder folgten ihr lachend. Ausgelassen hüpften und stolperten sie über die Steine. Immer wieder rutschten sie aus und wurden naß; das machte ihnen viel Spaß.

Dann wurde das Wasser tiefer und gebot ihnen Halt. Vor sich hatten sie jetzt den Hauptteil des Flusses, der hier viel rascher dahinfloß. Sie standen still und sahen hinüber zum Felsen, auf den höhlenartigen Eingang zwischen den hohen Wänden. Wie ein enger Weg führte er vom Rande des Wassers nach oben – wohin wohl? In kurzer Entfernung machte er eine Biegung, was sie daran hinderte, weiterzusehen.

Es stellte sich die Frage, wie sie das Wasser weiter durchqueren könnten, um dorthin zu gelangen. Luzie konnte nicht gut schwimmen, und der Fluß war hier viel zu tief und reißend, als daß sie sie hätten hindurchtragen können.

Einen Augenblick lang war auch Esthia ratlos. »Bitte, Jesse, reich mir mal den Wunderspiegel«, bat sie. As sie ihn drückte, kam der Satz: *«Ich muß* Geduld * haben, dann* wird mir alles* gezeigt.«*

»Ja, wie auch anders«, sagte sie. »Wir müssen eben warten.«

Und das taten sie nun. Die Füße vom Wasser umspült, saßen die Kinder auf den Steinen und genossen die Kühle. Bald begannen sie sich gegenseitig naßzuspritzen. Sie kamen damit gerade so richtig in Fahrt, als Esthia laut rief: »Ich glaube, jetzt haben wir's!«

Ein großer Baumstamm kam langsam den Fluß herabgeschwommen und näherte sich der Stelle, wo sie saßen. Es war wie ein verabredetes Treffen, zu dem sie sich gerade rechtzeitig eingefunden hatten.

Als er nahe genug war, lehnte Esthia sich vor und packte mit beiden Händen einen Aststumpf, der an einem Ende des Stammes hervorragte. Dieses Ende schwang sie mit großer Anstrengung in ihre Richtung. Die Kinder halfen dabei. Vor einem großen Felsbrocken zu ihren Füßen kam es zur Ruhe. Das andere Ende reichte genau bis zum Ufer gegenüber, wo es zwischen einigen massiven Steinen steckenblieb. Nun stellte der Baumstamm eine natürliche Brücke dar, die förmlich dazu einlud, hinüberzugehen.

»Da ist sie«, sagte Esthia. »Unsere Brücke. Wer Angst hat, kann sich an meiner Hand festhalten.«

Daniel war schon auf dem Stamm und balancierte hinüber. Luzie folgte ihm mutig nach; und obwohl es Jesse etwas mulmig zumute war, nahm auch er Esthias Hand nicht in Anspruch. Tatsächlich hatte er sich verstohlen an seinen Spiegel gewandt und dort gelesen: *«Das Schlimmste, was * passieren kann,* ist, daß ich *ins Wasser * falle«* – und schließlich konnte er ja schwimmen. Wiewohl die Strömung hier doch recht stark war. Doch entschlossen gebot er seinen Angstgedanken zu verschwinden; und sobald die Jags verscheucht waren, war er in wenigen Sekunden hinüber.

Der Weg durch die kleine Schlucht, an dessen Beginn sie sich nun befanden, war felsig und recht steil. Nach wenigen Schritten schon bog er nach rechts und brach dann unvermittelt ab, wie von dem Felsmassiv abgeschnitten.

Doch Esthia verlor nicht den Mut. Hinter einem schmalen Felsvorsprung entdeckte sie vor sich in Schulterhöhe der Kinder eine Höhlenöffnung. Leichtfüßig schwang sie sich auf diese Plattform und zog dann die Kinder nacheinander zu sich herauf. Das machte ihnen großen Spaß. Sie kamen kaum hoch vor Lachen.

Jesse folgte den anderen in die Höhle ohne eine Spur von Angst. Und doch klopfte ihm das Herz vor Erregung über dieses Abenteuer. Es ginge ins Innere, hatte Esthia geheimnisvoll gesagt. Aber sie schien damit nicht nur den Felsen zu meinen. – Ins Innere wovon?

Die ersten paar Schritte war es drinnen dunkel und eng, dann erweiterte sich der Gang. Zugleich wurde ihr Weg jetzt von einem geheimnisvollen Glanz vor ihnen immer mehr erhellt. Das Rauschen, das sie schon vorher am Fluß gehört hatten, war nun deutlicher vernehmbar. Während sie sich in dem dämmrigen Schein langsam vorwärtsbewegten, wurde es stetig lauter.

Sie gingen im Gänsemarsch, von Esthia angeführt; Jesse als letzter. Es war schon etwas unheimlich, so durch das Halbdunkel zu stolpern. Er hielt sich dicht hinter den anderen. Sie waren nicht weit gekommen, als er hinter sich durch das Rauschen hindurch ein unterdrücktes Husten vernahm. Erschrocken beschleunigte er seine Schritte und hätte Luzie, die vor ihm ging, fast umgerannt. Doch eine Stimme hinter ihm beruhigte ihn.

»Keine Angst, wir sind's bloß.« Es war Jimmy. Bildeten die beiden Männer eine schützende Rückendeckung? Jedenfalls war es gut, sie so nahe zu wissen.

Der geheimnisvolle Glanz vor ihnen hatte sich zu einem hellen Nebel verdichtet. Das Rauschen wurde allmählich so laut, daß es alle anderen Geräusche übertönte und jedes Reden sinnlos machte. Und dann, als ihr Weg nach rechts abbog und die Höhle breiter wurde, sahen sie ihn – nur wenige Schritte vor sich, und spürten ihn als einen erquickenden Regenschauer von allen Seiten her gleichzeitig. Einen riesigen, breiten Wasserfall, der aus einer gewaltigen Höhe wie aus dem Nichts herniederschoß. Es war ein Wunder der Natur. Ein Fall von Millionen silbersprühenden Tropfen, wie ein dichter Vorhang aus Sternennebel.

Und woher dieses Licht? Kam es von hinten? Oder von hoch oben, wo die Quelle des Wassers war? Unmöglich, das zu entscheiden; die Sicht war versperrt.

Schweigend standen sie in einer donnernden Wolke silbernen Sprühnebels und starrten auf die Wasserwand, die ihnen den Weg abschnitt.

Zu ihren Füßen sammelte sich das Wasser zu einem kleinen Teich und floß dann nach rechts, wo es zwischen den Felsen verschwand – sicherlich, um irgendwo wieder ins Freie zu fließen. Vielleicht als jener Fluß, den sie durchquert hatten?...

Doch wo konnten sie jetzt weitergehen? War dies etwa schon das Ende ihrer Wanderung? – Jesse nahm seinen Spiegel, drückte ihn und hielt ihn sich dicht vor die Augen, um die Schrift zu erkennen. »*Wir * müssen da * durch*«, stand dort. Die Sternchen wiesen es aus als einen Kraftgedanken, den er selbst im Sinn gehabt hatte!

»Wir müssen da durch«, verkündete Esthia im selben Augenblick. Sie mußte schreien, um sich über dem Rauschen Gehör zu verschaffen. Hatte der Spiegel vielleicht doch nicht seine, sondern ihre Gedanken angezeigt?

Es blieb sich wohl gleich. Einen anderen Weg gab es jedenfalls nicht. Esthia wies nach links, wo ein kleiner Felsvorsprung in den Teich hineinführte. Auf jener Seite war der Teich klarer und der Wasserfall im Vergleich zu seinem Hauptteil nur ein dichter Sprühregen. Tatsächlich schien hier das Wasser direkt in den Höhlengang hinabzufallen, der sich dahinter also wohl fortsetzen mußte.

Esthia gab Luzie ein Zeichen. Das Mädchen ergriff nur allzu gern ihre Hand. Rasch hob Esthia sie in die Arme. Mit einem aufmunternden Nicken zu den Männern, die hinter ihr standen, schritt sie kühn ins Wasser, das ihr an der tiefsten Stelle bis ans Knie reichte, und watete langsam weiter – geradewegs durch den schimmernden Schleier hindurch.

Sie war im Wasserfall verschwunden! Jesse fand jedoch kaum Zeit, weiter darüber nachzudenken. Neben ihm stand Kianga und machte eine auffordernde Geste. Jimmy war bereits im Begriff, Daniel hochzuheben. So ließ denn auch er sich von starken Armen aufnehmen und dicht an eine dunkle Brust halten. In diesem warmen Nest fühlte er sich sicher. Nichts konnte ihm passieren, während er von diesem liebevollen Alten, der alle Geheimnisse dieses gewaltigen Kontinents zu kennen schien, getragen wurde.

Ob Daniel in den Armen eines weißen Mannes ähnliches verspürte? Nur kurz flog ihm der Gedanke durch den Sinn. Schon schwebte er dicht über dem dunklen Wasser dahin, während er sich vertrauensvoll an jenen schützenden Körper klammerte. Und jetzt fühlte er die Tropfen des Wasserfalls seinen Kopf benetzen – gewaltige Tropfen wie Tropenregen, warme Tropfen, die den Duft von Blättern und Knospen und sommerlichem Wachstum in sich bargen und ihm für einen Augenblick den Atem nahmen.

Doch nur für ein paar Sekunden, dann waren sie hindurch! Und mit wenigen weiteren Schritten auf trockenem Boden außerhalb der Höhle. Gleißendes Licht vor ihnen, das sie für einen Moment zwang, die Augen zu schließen, während das Geräusch des fallenden Wassers hinter ihnen schon leiser wurde.

7

Im Grübel-Labyrinth

»Wir sind drüben!« verkündete Esthia und setzte Luzie ab. Ihre Stimme klang verändert – hell wie die eines jungen Mädchens, und voll Zuversicht: gänzlich die Stimme einer verläßlichen Führerin. Die Kinder, jetzt alle auf festem Boden, blickten sich um. Noch waren sie geblendet von dem plötzlichen Licht und konnten kaum etwas erkennen.

Ihnen war klar: Esthia meinte eigentlich nicht: »...drüben, jenseits des Felsens«, sondern etwas ganz anderes. Undeutlich spürten sie, daß es mit der Frage zu tun hatte, wer sie denn waren, außer Menschen oder Kindern – und weshalb sie überhaupt auf der Welt waren...

Jesse fand sich mit einem Mal überwältigt von dem Gefühl, daß es noch so viel für ihn zu lernen gab. So vieles gab es, was er nur vage und allgemein wußte, aber nicht genau, alles andere als klar – so, wie man etwa weiß, wenn man beim Wandern durch die Landschaft eine gewaltige Masse vor sich sieht, daß das ein Berg ist, und vielleicht kennt man gar seinen Namen. Doch um jenen Berg zu erklettern, müßte man schon mehr wissen – etwa, ob er hoch und steil ist, von felsigen Abgründen umringt, oder sanft aufwärts führt auf Wegen, die dazu einladen, innezuhalten und die Landschaft zu betrachten...

Er hatte jedoch die eigenartige Gewißheit, daß ihm durch dieses Abenteuer klarer werden würde, wer er eigentlich war. Wer dieser kleine Mensch war, den er sah, wenn er in den Spiegel blickte, der ihm in der Gestalt eines heranwachsenden Zehnjährigen so vertraut vorkam. Und vielleicht auch, welche anderen Menschen – Erwachsene, zu denen er werden könnte – sich noch in jenem Jungen verbargen. Etwa ein Clown oder ein Polizist, ein Schäfer oder ein Pilot, ein kleinlicher Ladenbesitzer oder ein weiser Lehrer...

Verwirrt von den Gedanken, die ihn bedrängten, drückte Jesse seinen Spiegel und las: *»Ich bin * jeder und* jeder ist* ich.«* War das wirklich, was er gerade dachte? – »Ich geb's auf«, hörte er sich sagen.

»...Fast drüben«, verbesserte sich Esthia. «Nur noch durch diesen zweiten Vorhang...«

»Sieht aus wie ein Lichtvorhang«, sagte Jimmy.

Noch standen sie, wartend und still. Aus dem Dunkel der Höhle kommend, mußten sie sich erst langsam an die Helligkeit gewöhnen. Ja, was hier in breitem Strahl von hoch oben herabfiel, war blendendes Licht, das ihnen zunächst jeden weiteren Blick verwehrte.

»Es ist mehr als ein Vorhang«, sagte Kianga in das Schweigen hinein. »Es ist das offene Tor. Ich weiß ein Zauberwort, das mit dem Licht zu tun hat. Es hat die Kraft, alle Türen, auf die es ankommt, zu öffnen.« Und feierlich sprach er:

«Das Wesen des Lichts ist die Liebe,
und sie ist der Schlüssel zu allem.
Das Licht ist in mir, und ich bin das Licht.
Kein Wall kann mich halten, vergeß ich das nicht!«

Er wiederholte den Spruch und forderte sie dann auf: »Denkt darüber nach, wenn ihr hindurchgeht. Es könnte euch noch mal zu Diensten sein.«

Den Kindern war unklar, was er meinte. Sie ahnten nur, daß es irgendwie wichtig war. Jesse setzte soeben an, ihn zu fragen, da gewahrten sie weiter vorn eine hastige Bewegung.

Im nächsten Moment ertönte ein gellender Schrei wie ein Schlachtruf, gefolgt von dem Befehl: »Halt! Keinen Schritt weiter!!«

Der Befehl war überflüssig, denn sie standen noch immer reglos.

Ein großer Zwerg, fast so groß wie Jesse, sprang aus dem Licht heraus auf sie zu. Mit einschüchternder Gebärde hielt er ihnen eine Lanze entgegen. Er war sehr häßlich, hatte einen Buckel, und sein linkes Auge fehlte. Die Augenhöhle war zugenäht. Gekleidet war er in eine mittelalterlich anmutende, zerschlissene Uniform.

»Halt!« schrie er erneut, obwohl sie sich weder gerührt noch etwas gesagt hatten. Die Kinder waren erstarrt vor Schreck, und die Erwachsenen warteten ab, was kommen würde. Jesse mußte schlucken und klammerte sich an Kianga, der ihn noch an der Hand hielt. Auch seine beiden Freunde hielten sich dicht an ihre Beschützer.

Der Zwerg sprang drohend vor ihnen hin und her. Seine hektischen Bewegungen wirkten beinahe komisch. »Wo wollt ihr hin?!« schnauzte er.

Ins Traumland, dachte Jesse. Ob das hier schon Traumland war? Gefährlich war diese Begegnung wohl nicht, denn die Erwachsenen blieben ganz ruhig. Vielleicht träumte er alles nur? – Doch in diesem Augenblick verspürte er Kiangas aufmunternden Händedruck; und er erinnerte sich an Esthias Worte, wie sie betont hatte, dieses Traumland sei Wirklichkeit.

»Ins Innere«, gab Esthia zur Antwort.

Der Zwerg lachte meckernd, als hätte sie ihm einen Witz erzählt. »Ins Innere, so – hahahaha!« Dann streckte er den Kopf ruckartig nach vorn und krächzte: »Das hab ich schon mal gehört, wißt ihr? Das wollen nämlich viele. Wollen, jaja. Oder sie tun so, vor sich selber. Aber ...« Er wackelte mit dem Zeigefinger seiner freien Hand dicht vor Esthias Gesicht, »... aber sich anzusehen, was es dort alles zu sehen gibt – der inneren Wahrheit standzuhalten, geschweige, sie zu erfahren – das ist eine ganz andere Sache ... Hehehe!« Er trat einen Schritt zurück und hielt seine Lanze quer wie einen Schlagbaum. »Hier jedenfalls geht's nicht so einfach weiter!«

»Aber dies ist der Weg!« gab Esthia zurück.

»Der Weg, der Weg! Wer weiß denn schon den Weg nach Innen! Wer möchte ihn denn wirklich wissen, ohne sich selber was vorzumachen! Eh?« Er senkte die Lanze und trat nahe an Esthia heran. »Du etwa? Du meinst also, du traust dich?« Geringschätzig musterte er sie von oben bis unten.

»Ja«, sagte sie ruhig. »Und nicht nur ich. Wir alle gemeinsam.«

»Soso – auch die Kinder, was? Kinder ... tch, tch ...« Er richtete den Blick seines einzigen Auges auf Daniel, der trotzig zurückstarrte, wobei er Jimmys Hand fest umklammert hielt.

»Ihr denkt wohl, Kindern fällt sowas leichter als Erwachsenen? Sehr scharfsinnig gedacht, das muß ich zugeben.« Wieder ertönte sein meckerndes Lachen.

Esthia war entschlossen, sich nicht auf lange Argumente einzulassen. »Bitte laß uns durch!« forderte sie ihn auf.

Er zwinkerte verwundert mit dem Auge und schien etwas entgegnen zu wollen, doch besann sich dann offenbar eines Besseren. »Na schön, wenn ihr meint – Hehehehe!« In dem Lachen lag Schadenfreude. »Guckt mal, hier!« Er wies mit seiner Lanze zur Rechten von Esthia, seitlich der Lichtsäule, aus der er erschienen war. »Da geht's rein!«

Jetzt blickten sie alle in diese Richtung. Hier war das Licht weit schwächer. Sie gewahrten eine bogenförmige Hecke aus stacheligem Gestrüpp. Es sah aus wie der Eingang zu einem Garten, der von derselben Hecke ringsum eingezäunt war.

Esthia schüttelte den Kopf. »Unser Weg geht nach vorn.«

»So? Meinst du?« Wieder stellte er sich direkt vor ihr breitbeinig auf, die Lanze quergerichtet. »Dann versucht's doch mal! So ganz einfach nach vorn, an mir vorbei! – Oder?«

Esthia wandte sich den beiden Männern zu. »Er ist ein Ablenker«, erklärte sie. »Ich hätte damit rechnen sollen. Was meint ihr dazu?«

»Es liegt ganz bei dir«, sagte Kianga ruhig. »Da du die Führung hast, kann ich nicht führen. Meine Aufgabe hier ist eine andere. Doch ich vertraue und folge dir.«

»Ich auch«, stimmte Jimmy ihm bei.

Der Zwerg wurde ungeduldig. »Na, wird's bald? Ich denke, ihr habt es eilig? Also bitte: da geht's rein für euch! Unterwegs werdet ihr weitere Instruktionen erhalten ... Hehehe!«

Zögernd traten sie durch die Hecke, Esthia mit entschlossenen Schritten voran, die Kinder an den Händen der Erwachsenen. Hier drinnen war es weit dunkler und recht kühl. Sie befanden sich in einem schmalen Gang, der zu beiden Seiten von der hohen, stacheligen Hecke umsäumt war. Da er vorn eine Biegung machte, war ihre Sicht begrenzt. Es roch nach modrigem Laub. Der schmale Streifen Himmel, den sie über sich sehen konnten, war tiefblau, doch strahlte kein Sonnenlicht zu ihnen hinab.

Jesse hätte gern gefragt, wie es nun weiterging; aber er ahnte, daß er keine klare Auskunft bekommen würde. Auch die anderen waren still. Es war, als habe ihnen die Begegnung mit dem Ablenker-Wächter die Sprache verschlagen.

Gleich hinter der Biegung zweigte ein weiterer Weg, so schmal wie der ihre, nach rechts ab. Direkt vor ihnen war schon wieder eine Biegung, über die sie nicht hinaussehen konnten; und davor noch ein Weg nach links.

»Wo geht's jetzt weiter?« verlangte Daniel zu wissen. Sein Ton war recht forsch; er jedenfalls schien das Abenteuer zu genießen.

»Ich denke, geradeaus«, erwiderte Esthia. »Da verirren wir uns wenigstens nicht.«

Doch sie hatte sich geirrt. Hinter der Biegung war der Weg versperrt. »Eine Sackgasse«, sagte Esthia »Es bleibt uns nichts übrig, als umzukehren und dann rechts oder links zu gehen.«

Sie drehte um und ging ein paar Schritte zurück. Die anderen folgten.

»Und was meinst du nun?« fragte Jimmy. »Rechts oder links?«

Noch ehe sie antworten konnte, ertönte von der linken Abzweigung her, der sie sich soeben näherten, eine seltsam hohe, zwitschernde Stimme: »Hier geht's lang, wenn ich bitten darf!«

»Mannomann!« lachte Daniel. »Da spielt jemand ein Tonband mit doppelter Geschwindigkeit.«

Luzie brach in ihr fröhliches Kichern aus.

»Psst!« machte Jesse. »Ich versteh nichts!«

»Seid mal still!« bat auch Esthia.

Alle lauschten.

»Na, kommt schon: hier lang! ... Hier kann nichts schiefgehen!« zwitscherte es weiter, ohne daß eine Person zu sehen war, zu der die Stimme gehören könnte. »Hier ist für alles gesorgt, hier---«

Worauf eine andere, ganz ähnliche Stimme von der gegenüberliegenden Abzweigung her unterbrach: »Hört nicht auf ihn, er will euch nur irreführen! Hier ist euer Weg!«

»Glaubt das bloß nicht!« Die linke Stimme überschlug sich kreischend. »Da ist alles zu Ende!«

»Im Gegenteil!« kreischte es von rechts zurück. »Hier erwartet euch die Glückslotterie!«

»Die Pechlotterie! Das Glück liegt hier! – Auf diesem Weg gibts wirklich was zu gewinnen!«

So ging der Streit der Stimmen noch eine ganze Weile weiter.

»Sind das Menschen?« fragte Jimmy.

»Na, hörst du nicht? Schlümpfe sind das!« kicherte Luzie.

»Gibts die denn wirklich?«

»Blödsinn!« mischte sich Daniel ein. »Das ist 'n Tonband!«

Luzie drückte Esthias Hand fest und sah fragend zu ihr auf.

»Es sind einander widersprechende Stimmen – ich glaube, es ist egal, woher sie stammen. Das Wichtige für uns ist, daß wir uns entscheiden. – Wir gehen hier rein«, entschied Esthia und wandte sich nach links.

»Recht so, gut gewählt!« begleitete sie die eine Stimme, während die andere enttäuschte Laute von sich gab. »Und nun immer geradeaus!«

»Nein, hier rein!« unterbrach eine neue, ähnlich zwitschernde Stimme zur Rechten, wo sich eine weitere Abzweigung aufgetan hatte. »Ein lohnender Gewinn winkt euch nur hier!«

»Ihr seid Idioten, wenn ihr dem folgt!« zwitscherte es von links, während die Schlumpf-Stimme von vorn weiterlockte: »Bleibt unbeirrt – mir könnt ihr vertrauen! Die Glückslotterie erwartet euch!«

Aber dem war nicht so: vorn ging der Weg wieder nicht weiter. Als sie das bemerkten, brach die Stimme in ein schadenfrohes Lachen aus.

Wieder standen sie unschlüssig, und die Kinder kicherten jetzt alle drei um die Wette.

»Ich weiß, wo wir sind«, sagte Esthia. »Es ist das Grübel-Labyrinth.«

»Kommen wir da denn überhaupt wieder raus?« fragte Jesse, noch immer kichernd.

»O ja – wenn wir uns einfach entscheiden! Wofür, ist hier zweitrangig. Nur, grübelnd in Unentschlossenheit zu verharren, das kann tödlich sein.«

Kianga nickte lachend. »Das kann man wohl sagen!«

»Also weiter!« meinte Jimmy und bog kurzerhand in den rechten Gang ein.

Von nun an ließen sie sich von den Zwitscherstimmen nicht mehr beeindrucken. Von jeder Abzweigung her ertönten die Stimmen und versuchten, sich gegenseitig zu übertrumpfen und niederzuschreien. Immer wieder endete der Gang, und immer wieder wandten sie sich kurzentschlossen mal nach rechts, mal nach links. Bald wetteiferten die Kinder darin, die Führung zu übernehmen. Es schien tatsächlich nur darauf anzukommen, daß irgendwer sich als erster entschied und voranmarschierte.

Begleitet wurden sie dann jeweils von der anfeuernden Stimme, der sie gerade folgten, sowie enttäuschten Lauten von der Gegenseite her.

Schließlich ging es dann doch nicht mehr weiter. Der Gang endete in einer Sackgasse, ebenso wie der letzte, kurz davor, in den sie abgebogen waren, um dann wieder umzukehren.

Hier jedoch gab es eine Art Rastplatz. Grünbemalte Tische, Bänke und Gartenstühle luden vor der Hecke zum Verweilen ein.

»Guckt mal, Menschen!« rief Daniel aufgeregt.

Tatsächlich – auf zwei Stühlen und einer Bank saßen Leute, die ihnen den Rücken zukehrten.

»Sind wir endlich durch?« fragte Jesse hoffnungsvoll.

Doch Esthia schüttelte zweifelnd den Kopf.

»Ich frage die mal, wo's jetzt weitergeht, okay?« Daniel rannte bereits voraus, auf ein Pärchen zu, die sich an der Hand hielten.

»Nicht so eilig!« warnte Esthia.

Doch der Junge hörte sie schon nicht mehr. Er rannte um die Bank herum, auf der die beiden saßen, um sie von vorn anzureden.

Statt der erwarteten Worte jedoch vernahmen die anderen einen markerschütternden Schrei. Daniel hatte ihn ausgestoßen. Er stand keuchend vor den beiden und wies mit ausgestrecktem Finger auf sie, während er eine

Weile lang weiterschrie. Die beiden auf der Bank schienen keinerlei Notiz von ihm zu nehmen. Sie rührten sich nicht. Auch die anderen beiden Fremden auf dem Platz blickten nicht auf.

»Was hat er denn?« wunderte sich Luzie.

»Ob die tot sind?« spekulierte Jesse. Es schien ihm die einzige Erklärung für Daniels Schrei und das reglose Verharren des Pärchens.

Esthia war vorangelaufen und schon fast bei der kleinen Gruppe angelangt, als Daniel die Sprache wiederfand. »Ein Gerippe!« schrie er atemlos. »Nein, zwei Gerippe – zwei Leichen!!«

Auch seine Freunde kamen um die Bank herum angerannt, gefolgt von den Männern. Tatsächlich – da saßen zwei Skelette in sonntäglicher Kleidung, wie Liebende eng aneinandergelehnt.

Luzie hielt sich erschrocken die Hand vor den Mund, einen Schrei unterdrückend. Jesse hatte eine Gänsehaut bekommen. Ihm war ganz kalt geworden und er zitterte. Vor lauter Aufregung vergaß er diesmal sogar, seinen Wunderspiegel zu Rate zu ziehen.

Aber Esthia ging unerschrocken auf das Paar zu und nahm dem Mann kurzerhand den Hut vom Kopf. »Das ist kein Skelett!« rief sie den anderen zu. »Kommt ruhig näher. Die sind bloß aus Plastik.«

Nun traten auch die Kinder näher heran. Es währte keinen Augenblick, da lachten sie schon wieder und begannen, die Plastik-Skelette von allen Seiten zu befühlen. Luzies Kichern wurde immer ansteckender.

Wiederum ließ sich die Zwitscherstimme vernehmen, die jetzt in das Gekicher mit einstimmte. »Na, wie gefallen euch meine Schreckgespenster, ihr Lieben?«

»Ein dummer Hund bist du!« schrie Daniel erbost zurück. Er schämte sich seines Schrecks von vorhin.

Die Stimme blieb unbeeindruckt. »Also, erholt euch von der Überraschung!« lud sie ein. »Ihr seid's, die hier hingehören. Und gut tut ihr daran, zu warten, denn gleich, im nächsten Augenblick, wird das Ergebnis der Lotterie verkündet, jawoll! – in die ihr Glücklichen automatisch mit einbezogen worden seid! Nur ein bißchen Geduld ...«

»Mensch – vielleicht haben wir da was gewonnen!« meinte Jesse.

»Vielleicht den ersten Preis?« überlegte Luzie.

Jesse war dabei, die Skelette eingehend zu untersuchen. »Guckt mal, die sind ganz wie richtige Skelette! Wir könnten doch hier ein bißchen mit denen spielen, bis die das Ergebnis verkünden!«

»Mann, hier rumhängen bei den Gerippen, das ist doch langweilig!« widersprach Daniel. »Wenn wir was gewonnen haben, teilen sie uns das auch so mit!«

Esthia schüttelte den Kopf. »Kommt. Das ist alles nur Gerede, genauso wahr wie die Stimmen selber und diese Schreckfiguren. Die sollten uns bloß zeigen, was aus uns wird, wenn wir auf die Stimmen hören.«

»Gerippe?« fragte Luzie mit weit geöffneten Augen. »Aus uns?«

»Du meinst, wir könnten hier verwesen?« Jesse war skeptisch.

Esthia nickte lachend. »Na, sicher. Wenn wir uns nicht entscheiden, unseren Weg weiterzugehen, dann können wir in alle Ewigkeit hier sitzenbleiben und verrotten. – Ich denke, wir gehen lieber weiter.«

»Wo denn lang ?«

»Von hier gibts nur eine Richtung... zurück!'

Von den Kindern kamen Protestrufe. »Den ganzen Weg zurück?« maulte Jesse. Ihm war viel mehr danach, hier ein Weilchen zu spielen.

»Nicht den ganzen Weg«, sagte Esthia. »Nur bis zur nächsten Abzweigung, die wir noch nicht genommmen haben.«

Die Männer lachten zustimmend und gingen gleich wieder los. Die Kinder folgten nur zögernd und murrend. Allmählich hatten sie genug von dem Wandern durchs Labyrinth.

Diesmal jedoch waren sie kaum losgezogen, als schon wieder etwas Neues kam. Auch hier war der Weg bald zu Ende und von der Hecke versperrt. Doch verbreiterte er sich an dieser Stelle zu einer Art Lichtung. Und dort, direkt vor ihnen, hüpfte ein seltsames Wesen auf und ab.

»Guckt mal: Rumpelstielzchen!« rief Jesse.

Es sah jedoch eher aus wie ein Strichmännchen. Etwa einen halben Meter hoch war es und klapperdürr – mit Armen und Beinen wie Stöcke. Mit denen fuchtelte es wild hin und her, während es mit dünnem Stimmchen schrie: »Stop! Stop – stehenbleiben, bevor ihr weitergeht!«

»Hier geht's doch garnicht weiter!« wunderte sich Daniel.

»O ja, o ja, freilich!« rief das Männlein. »Da vorn geht's durch!«

»Durch die Hecke hindurch?« Auch Esthia wollte es anfangs nicht glauben. Doch bei näherem Hinsehen ließ sich erkennen, daß hier das Gestrüpp tatsächlich etwas weniger dicht war.

»Ja ja, nur zu! Keinem, der weiter will, bleibt es erspart!« Der Kleine tanzte noch immer auf und ab. »Rein ins Grübelgestrüpp und mittendurch!«

Wieder tat Jimmy kurzentschlossen den ersten Schritt voran.

Das Männchen sprang ihm in den Weg. »Halt, halt, nicht so schnell! Erst ausziehen!«

Jimmy war stehengeblieben. Die anderen standen dicht hinter ihm, neugierig, was jetzt kommen würde. »Ausziehen?«

»Genau – nackt und bloß wie ein Neugeborenes! Kommt ihr denn mit Klamotten zur Welt? Wer wirklich ins Innere will, der muß sich von dem überkommenen Gelumpe befreien. Freisein – das wollt ihr doch, oder? ... Im Inneren wartet noch genug auf euch, das euch kettet und einengt, hahaha! – ihr werdet's erleben!«

Es entstand eine bedrückte Pause.

»Heißt das, wir sollen nackt da durch?« fragte Luzie. In ihrem Kichern klang diesmal Verlegenheit mit.

»Na, mir macht das nichts aus!« Daniel begann kurzentschlossen, sich das T-Shirt abzustreifen.

»Hierher – alles auf einen Haufen!« wies ihn das Strichmännchen an. »Wird gleich verbrannt. Kommt alles ins Feuer der Erneuerung. Und seid bloß froh, daß ihr's los seid!«

»Und dann?« fragte Jimmy. »Sollen wir so weiter, ohne Kleidung?«

»Ich bin sicher, wir kriegen was Neues«, meinte Esthia. »Wenn wir da erstmal durch sind.« Sie begann, den Gürtel ihres Kleides zu lösen.

Daniel war bereits vollständig ausgezogen und untersuchte die Hecke. Er verzog das Gesicht. »Das ist aber ganz schön stachelig da drin. Wir bräuchten da eher einen Schutzanzug.«

Das Strichmännchen stand neben dem Häufchen seiner wenigen Sachen und nickte nur, mit anfeuernden Gesten.

Luzie und Jimmy blickten etwas hilflos auf Esthia, die mit einem weiteren Blick auf das Gestrüpp selber zögerte.

Da trat Kianga vor, ein breites Lächeln in seinem dunklen, faltigen Gesicht. »Wartet – laßt mich mal ran! Es hat ja seinen Sinn, daß ich hier mit dabei bin.« Er wies Daniel an, beiseite zu treten, entzündete ein Streichholz und hielt es an die Hecke.

Das Männchen schlug mit einem entsetzten Aufschrei die Hände vor die Augen. Es versuchte jedoch nicht, ihn zu hindern, sondern sprang nur, scheinbar in wilder Verzweiflung, auf und ab. »Nicht doch – nicht doch! Ihr macht es euch viel zu einfach!«

Kianga grinste es freundlich an. »Du weißt doch selber: man muß es sich nicht immer schwer machen, wenn es auch anders geht.«

Schon stand die Hecke in hellen Flammen. Die dürren Zweige brannten leicht und sprühten Funken in alle Richtungen. Die Hitze war so groß, daß sie zurückwichen. Im Nu war ein Teil der Hecke vor ihnen niedergebrannt, und durch den Rauch tat sich eine breite Bresche auf.

»Oh, oh!« Das Strichmännchen wies auf die glühende Asche, die zurückblieb. »Wenn euch da keiner hilft, könnte euch ganz schön heiß werden beim Durchgehen!«

Scheinbar aus dem Nichts schleppte es einen langen Schlauch herbei und begann, die Asche in der niedergebrannten Bresche mit Wasser abzuspritzen. Es zischte und qualmte. Der Nackedei Daniel hatte sich lachend wieder zu seinen Freunden gesellt.

»Jetzt können wir durch«, meinte Kianga schließlich. »Du, Esthia, zuerst – du bist ja die Führerin. – Und ihr, Kinder, wendet euch mal ab, wie es sich bei einer Dame geziemt.«

Die Kinder wandten sich, etwas verlegen untereinander kichernd, um, während Esthia sich entkleidete.

»Hier auf den Haufen!« hörten sie das Männchen sie anweisen.

Dann war es still. Nur das Prasseln des niederbrennenden Feuers war noch zu hören, während die Hecke auf beiden Seiten der Bresche weiterbrannte; und dann das Zischen des verdunstenden Wassers, als das Männchen dort mit seiner Löscharbeit fortfuhr.

Unterdessen begannen auch die Männer und die anderen beiden Kinder sich auszuziehen.

»Ich bin durch – ihr könnt kommen!« erklang Esthias Stimme von jenseits der Bresche aus dem rauchigen Dunst.

Der Weg durch die noch warme Asche war nicht schwierig. Ja, es fühlte sich gut an, dachte Jesse, durch die staubigen Überreste der Hecke zu laufen. Wenn er wirklich auf noch glimmende Holzkohlenstückchen trat, so spürte er es nicht.

Vorn wurde es heller. Und da stand Esthia, in einem wunderschönen, goldfarbenen, reich mit bunten Verzierungen bestickten Kleid. In diesem Gewand sah sie strahlender aus denn je.

Neben ihr lag ein Haufen von Kleidungsstücken, die offenbar alle neu waren. Da war wirklich für jeden etwas Passendes drin: Sandalen, Höschen, Shorts und baumwollene T-Shirts. Die Kinder freuten sich, als sie darin herumwühlten und sich anzogen. Diese Sachen waren nicht nur frisch und rein, sondern auch schöner als das, was sie zuvor getragen hatten.

In der Ferne tönten durch das Geräusch des erlöschenden Feuers hindurch noch immer die Zwitscherstimmen, doch war nicht mehr zu verstehen, was sie plapperten. Durch die Bresche in der Hecke hinter ihnen zog jetzt beißender Qualm.

»Die alte Kleidung«, erklärte Esthia. »Er verbrennt sie jetzt.«

»Puh!« machte Luzie. »Wie das stinkt!«

»Ich bin froh, daß ich die Lumpen los bin«, erklärte Jimmy und strich sein blondes Haar glatt.

Während der Rauch sich verzog, sahen sie sich um. Daniel war der erste, dem etwas auffiel. »He – waren wir hier nicht schon mal?«

Tatsächlich – vor ihnen erstrahlte von oben die gleißende Säule, die Esthia den 'Lichtvorhang' genannt hatte!

»Den Umweg hätten wir uns sparen können!« meinte Jesse. Im Nachhinein fand er den Weg durch das Labyrinth etwas enttäuschend.

»Und gleich kommt wieder der Ablenker und schickt uns noch mal durch!« mutmaßte Daniel.

Doch Esthia beruhigte sie. »Wohl kaum. Wir mußten die Erfahrung des Umwegs einmal machen, aber wir brauchen sie nicht unbedingt zu wiederholen.«

Mit einer auffordernden Geste nahm sie einen Schritt auf das Licht zu. Die Männer folgten ihr.

Daniel war noch nicht ganz überzeugt. »Ob der sie nicht gleich wieder zurückschickt?« wandte er sich an seine Freunde.

»Bloß nicht!« stöhnte Jesse. Er entschloß sich, den Wunderspiegel zu konsultieren, an den er eine Weile gar nicht mehr gedacht hatte. *»Esthia ist * die Führerin, * der ich *vertraue«*, kam da auf dem Bildschirm.

»Laß mal sehen!« Auch die beiden anderen waren neugierig.

Luzie lachte fröhlich. »Das wär bei mir auch gekommen!« Und mit raschen Schritten lief sie als erstes der Kinder den Erwachsenen nach auf das Licht zu. Die Jungen folgten ihr lachend.

Der einäugige Ablenker-Zwerg war nirgendwo mehr zu sehen.

8

Die goldenen Wächter

Noch vor der Lichtsäule waren Esthia und die beiden Männer stehengeblieben. Unwillkürlich griffen die Kinder, als sie herankamen, wieder nach den Händen ihrer Beschützer. Da vor ihnen im Licht war eine Bewegung! Ob das nicht doch wieder der Ablenker war?

Allmählich ließ sich deutlicher erkennen, worum es sich handelte. Große, helle Gestalten strichen direkt unter jenem Lichtband hin und her. Manchmal bewegten sie sich etwas nach vorn, so daß man sie allmählich klarer erkennen konnte.

Die kleine Gruppe verharrte vollkommen still.

»Dingos«, flüsterte Jimmy. »In der Wildnis lebende Hunde, die manchmal von den Aborigines gezähmt und zur Jagd eingesetzt werden. Aber ich vermute, das hier sind keine Jäger.« Seine Worte wurden von einem Winseln beantwortet, das sie zu bestätigen schien.

Esthia schüttelte den Kopf. »Dies hier sind Wächter.« Sie nahm einen tiefen Atemzug, ehe sie weitersprach. »Die Wächter des Herzensreiches.«

Niemand antwortete. Alle bemühten sich, deutlicher zu sehen. Jetzt näherten sich die merkwürdigen Geschöpfe. In kleinen Kreisen rannten sie hin und her, wie Hunde es tun. Sie sahen wirklich wie Dingos aus, waren jedoch viel größer, fast wie Ponys. Und nicht nur leuchtete ihr Fell in dem Licht mit goldenem Schein: es schien tatsächlich aus purem Gold zu bestehen!

Es waren ihrer drei – herrliche Tiere, die ungeachtet ihrer Größe nicht eigentlich bedrohlich wirkten. Ihre Stimmen waren hoch und laut, und nicht unfreundlich. Dennoch lag eine Warnung darin.

»Ist es sicher, an ihnen vorbeizugehen?« wandte sich Daniel an Esthia, mit der Frage, die ihnen allen am Herzen lag.

»Wenn dies unser Weg ist, werden sie uns kaum zurückhalten«, erwiderte sie. »Es kann jedoch sein, daß sie vorher noch etwas von uns wollen.«

Langsam tat sie einen Schritt nach vorn. Doch die Kinder zögerten zu folgen. Diese Wächter-Wesen waren einfach zu gewaltig und einschüchternd.

Esthia blieb stehen und wandte sich um. »Bitte, reich mir den Wunderspiegel, Jesse! Ich denke, ich kann sie zum Reden bringen.«

Mit dem Computer in der linken Hand ging sie weiter vor. Jesse bewunderte sie. Sie war beherzt, und sie wußte genau, was sie tat. Seit sie den Wasserfall durchschritten hatten, kam sie ihm noch mutiger vor als bisher.

Mit strahlenden Augen ging sie schnurstracks auf den größten der Dingos zu. Der wich, mit einem Knurren, das Jesse einen Schauder über den Rücken jagte, mehrere Schritte zurück.

Esthia ließ sich nicht beirren. »Na, komm her«, rief sie dem riesigen Tier zu und wartete ab.

Als Antwort kam jetzt ein Winseln, während die beiden anderen Tiere sie weiterhin in geringer Entfernung umkreisten – wachsam und in ständiger Bewegung. Esthia rief erneut. Beim dritten Ruf begann der große zu gehorchen. Er wurde ruhiger und näherte sich. Nachdem er sie ausgiebig beschnüffelt hatte, ließ er sich tatsächlich von ihr streicheln!

Die Kinder machten große Augen, als Esthia jetzt etwas gänzlich Unerwartetes tat. Luzie kicherte, und Daniel zeigte aufgeregt mit dem Finger, während Jesse ausrief: »Seht mal, was sie da macht!«

Den Spiegel noch in der Linken, ergriff sie mit der anderen Hand eine goldene Pfote des Dingos. Und das Tier ließ es geschehen!

»Sie will, daß er die Taste drückt«, rief Jesse, »damit wir seine Gedanken lesen!«

Nachdem Esthia tatsächlich die Pfote gegen den Spiegel gepreßt hatte, ließ sie sie rasch los und gab dem Tier einen freundlichen Klaps. Schwanzwedelnd wandte es sich wieder den anderen zu. Die Dingos verharrten jetzt still im Lichtkegel, von wo aus sie die Menschen aufmerksam beobachteten.

Die Kinder rannten Esthia entgegen, wobei sie erregt durcheinanderriefen: »Zeig her!«, »Was waren seine Gedanken!« und: »Laß mal sehen!«

Sie hielt ihnen den Apparat vor die Augen. Der Satz füllte den Bildschirm fast vollständig aus:

*»Hier darf * passieren, wer * die Antwort*
*auf die * Losungsfrage weiß.«*

Losungsfrage... Jesse wußte, daß eine Losung das Geheimwort war, mit dem man durch eine Sperre durchgelassen wurde. Doch es fiel ihm schwer zu begreifen, was dies zu bedeuteten hatte. Die Klugheit des Dingos erstaunte ihn sehr. Freilich hatte Esthia betont, daß dies keine gewöhnlichen

Dingos waren, sondern eine Art von Wächtern. Doch was sie wohl bewachten?

»Wie sollen wir die Antwort denn rausfinden?« fragte Daniel, der auch eine Weile nachgedacht hatte.

»Ich versteh das überhaupt nicht«, gestand Jesse.

»Sie wollen sichergehen«, erklärte Esthia, »daß ihr gut vorbereitet seid auf das Abenteuer, das euch hier erwartet.«

»Wieso denn?«

»Vielleicht durch den Wunderspiegel?« mutmaßte Luzie.

»Die Antwort können wir doch gar nicht wissen!« empörte sich Daniel. »Erst müßten wir ja doch wohl die Frage kennen, oder?«

Esthia nickte. »Du hast ganz recht. Und die wird er uns jetzt stellen.«

Schon schritt sie wieder auf das Tier zu. Das saß nur reglos da, flankiert von den beiden anderen, als erwarte es sie. Doch als sie sich näherte, knurrte es wiederum, diesmal mit einer deutlichen Warnung in der Stimme.

Esthia zögerte nur einen winzigen Moment. Dann ging sie entschlossen weiter, geradewegs dem knurrenden Wächter entgegen. Den Spiegel hielt sie für alle sichtbar in der Hand.

Die Kinder sahen mit Bangen zu, doch Kianga beruhigte sie.

»Macht euch keine Sorgen. Sie weiß, was sie tut. Der Zweck dieser Wächter ist ja nicht, uns umzubringen, sondern allenfalls, Zaudernde einzuschüchtern.«

Nein, zu den Zaudernden gehörte sie nicht. Ohne sich von dem Knurren beirren zu lassen, winkte sie dem Tier mit dem Spiegel. Der Dingo verharrte weiterhin reglos, aber er hörte jetzt auf zu knurren. Stumm wartete er, bis sie ihn wieder erreicht hatte. Diesmal hob er von selbst die Pfote und ließ sich von ihr beim Drücken der Taste helfen.

Esthia tätschelte ihn kurz und war dann im Nu zurück. Lachend hielt sie den Spiegel. Alle scharten sich aufgeregt und neugierig um sie. Was sie diesmal lasen, war offensichtlich die Losungsfrage:

»Wovon muß der Mensch sich lösen,
um befreit zu sein vom Bösen?«

Die Kinder blickten fragend auf Esthia.

»Ja«, sagte die nur. »Die Antwort müßt ihr Kinder herausfinden. Und zwar gemeinsam. Wir Erwachsenen sind ja nur eure Begleiter und Beschützer.«

Nun ging das Rätselraten los. Es schien eine schwierige Aufgabe.

»Vom Geld!« rief Luzie, die noch nie welches gehabt hatte.

»Quatsch!« entschied Daniel. »Ohne Geld kann man gar nicht leben.«

»Ich schon.«

»Nur, weil die Erwachsenen für dich einkaufen. – Nein, ich weiß: Von der Hoffnung!« Daniels Hoffnungen waren allzu oft enttäuscht worden, so daß er in Zukunft lieber auf sie verzichten wollte.

»Ohne Hoffnung kannst du auch nicht leben!«

»Ich schon!« Er spürte Wut in sich aufsteigen. Luzie schien alles besser zu wissen als er, obwohl sie doch fast zwei Jahre jünger war.

»Weil du ein hoffnungsloser Fall bist!« rief Jesse. Ihn nervte die Streiterei. Daniel sah ihn gereizt an und wollte etwas erwidern, doch Jesse kam ihm zuvor. »Kampf ist es! Wir müssen mit dem Kämpfen aufhören.«

»So kriegst du das Böse nicht los«, meinte Luzie. »Manchmal muß man doch für eine gute Sache kämpfen!«

»Ja, zum Beispiel, um kleine Gören dazu zu kriegen, den Schnabel zu halten!« schnauzte Daniel sie an.

Luzie sprang vor und hätte ihn ins Gesicht gekratzt, wenn Esthia sich nicht eingemischt hätte. »Kinder, so kommt ihr nicht weiter! Denkt daran: Ihr sollt euch unterstützen. Sonst werdet ihr hier nie durchgelassen.«

Die beiden warfen sich böse Blicke zu, ließen jedoch voneinander ab.

»Ich weiß: der Wunderspiegel wird uns helfen!« rief Jesse. Esthia hatte ihn auf einem großen Stein zwischen den Kindern abgelegt. Jesse nahm ihn und drückte. Doch das Ergebnis war enttäuschend. *»Mir fällt nichts mehr ein«,* verkündete der Spiegel. Offensichtlich ein Jag.

»Gib her!« rief Luzie, und drückte: *»Der doofe Daniel kapiert gar nichts!«* Beschämt ließ sie rasch wieder los, bevor die anderen es sahen.

»Jetzt bin ich dran!« drängelte Daniel und riß ihr den Spiegel aus der Hand. Aber auch er stieß einen Ruf der Enttäuschung aus, als er die Schrift las. *«Die Antwort kriegen wir nie raus!«* stand da.

Jesse blickte ihm über die Schulter und schüttelte den Kopf. Trotzdem versuchte auch er es nochmal – mit keinem besseren Ergebnis. *»Alles nur blöde Jags!«* war auf dem Bildschirm zu lesen.

»Ich geb' auf!« rief er niedergeschlagen. »Mir kommen nur Jags.«

»Mir auch«, stimmte Luzie ihm zu.

»Öde,öde, öde – Jags sind alles, was uns einfällt!« rief Daniel. Es war nicht klar, ob er von sich selbst sprach oder sich über die beiden anderen lustig machte.

Aber Jesse kam jetzt in seiner Verzweiflung richtig in Fahrt. Es hatte keinen Sinn, den Spiegel wieder zu drücken. Da käme mit Sicherheit wieder ein Jammergedanke. »Jags, Jags, Jags – immer nur Jammergedanken!« schrie er aus vollem Hals, während er Wut in sich aufsteigen spürte.

Sein Geschrei schien die Dingos zu beeindrucken. Sie lösten sich aus ihrer Erstarrung und schlichen ganz langsam näher heran.

»Da – guckt euch die Wächter an!« rief Luzie. »Ich glaube, das war die richtige Antwort!«

»Was – welche Antwort!« fragten Jesse und Daniel gleichzeitig.

»Na, eben das: 'Jags'! Das ist es, wovon der Mensch sich lösen muß!«

Jesse horchte auf. »Von seinen Jammergedanken?«

»Na, klar – sonst erleben wir doch nie was Gutes!«

»Das stimmt. – Meinst du nicht auch?« wandte er sich an Daniel.

Aber der war jetzt noch mehr gereizt, weil sein Freund sich mit Luzie zu verbünden schien. »Keine Spur!« widersprach er. »Jags sind doch nicht böse, du Blödling!«

»Na, ich denke schon – was denn sonst!«

»Kinder prügeln, zum Beispiel, ist böse. Kriege anzetteln und Menschen umbringen ist böse!«

»Laß mal sehen«, schlug Luzie vor. »Wie denkt einer, der Krieg anzettelt. Sind das Jammergedanken: »Ich muß angreifen« – »Ich muß mich wehren« – »Ich muß den Kerl umbringen, sonst bringt er mich um«...?«

»Bäh ...« Jesse streckte Daniel die Zunge raus. »Siehst du?«

»...Oder ihm wenigstens einen Kinnhaken verpassen!«« ergänzte sein Freund Luzies letzten Satz, während er Jesse mit geballten Fäusten drohend anblitzte. »Von wegen 'Jag'!«

»Na, wenn das kein Jammergedanke ist!« Luzie lachte.

Daniel fuhr herum. »Was!«

»Na, was du eben gesagt hast, mit Kinnhaken, und so.«

»Das soll ein Jag sein?« Daniel schien echt verdutzt. »Wenn ich mich bloß wehre?«

»Du wehrst dich doch gar nicht!« rief Jesse. »Du greifst an.«

Luzie versuchte zu vermitteln. »Was hat Jesse dir denn getan!«

»Ich fühl mich verarscht – von euch beiden!«

»Komm, nimm mal den Spiegel.« Luzie hielt ihn ihm mit ihrem freundlichsten Lächeln hin.

Schmollend nahm ihn Daniel entgegen und drückte. *»Der Jesse ist ein Idiot!«* erschien auf dem Bildschirm.

Luzie strahlte. »Siehst du, ein Jag! Ein echter Jammergedanke! Und von dem mußt du dich lösen, dann bist du frei! Nun mach mal!«

»Und wie mach ich das, bitte?«

»Ich denke – du mußt dich besinnen auf das, was wirklich stimmen könnte – auf einen Kraftgedanken, den der Jag dir versperrt!«

Sie drückte selber, lachte, als sie es las, und zeigte den beiden Jungen dann, was jetzt da stand: *»Der Jesse * ist mein *bester Freund.«*

»Guckt mal, den hab ich gedrückt. Das ist ein Krag – mit Sternchen!«

Ihr Grinsen war ansteckend, und bald lachten alle. Daniel nahm den Spiegel nachdenklich – und drückte diesmal den gleichen Satz wie Luzie!

»Na, ihr Kinder? Wollen wir nicht mal weiter?« kam Esthias Stimme. Sie wies auf die Dingos, die jetzt ganz in ihrer Nähe umherhuschten. »Ich glaube, die sind jetzt geneigt, euch durchzulassen.«

»Weil wir die Antwort haben!« triumphierte Luzie. »Sie lautet: ...«

» Von seinen Jammergedanken!« riefen Jesse und Daniel gleichzeitig.

»Bravo!« sagte Esthia lächelnd. »Ich bin sicher, das stimmt.«

»Also, gehen wir!« Entschlossen schritt sie voran. Die Männer ließen die Kinder erst an sich vorbei und folgten dann nach. Noch ehe sie die goldenen Dingos erreicht hatten, begannen diese die kleine Gruppe dreimal zu umkreisen. Dann blieben sie hinter ihnen stehen und sahen still und aufmerksam zu, wie sie in das blendende Licht traten.

Was für ein seltsames Gefühl das war! Einen Augenblick lang war überhaupt nichts zu sehen. Alles war pures Licht. Eine wundersame Wärme durchströmte Jesses Körper, die wärmer und irgendwie sanfter zu sein schien als die Strahlen der Sonne. Wie hatte Kianga gesagt? 'Das Licht ist der Schlüssel' ... nein, '...die Liebe'. Er wußte es nicht mehr genau. Aber: 'Ich bin das Licht' – das hatte er sich gemerkt. Ob das auch für ihn galt? Vielleicht waren sie jetzt alle von Kopf bis Fuß vergoldet wie jene geheimnisvollen Dingos? Ihm hätte es nichts ausgemacht.

Doch schon waren sie hindurch, und noch blinzelnd konnte er feststellen, daß sie alle so aussahen wie zuvor. Der Unterschied war, daß noch immer ein goldener Schimmer sie umsäumte, wie ein Schleier aus tausenden winziger Lichttropfen.

»Endlich auf der Seite des Herzens!« vernahm er Esthias Stimme. Irgendwie klang es, als sei sie heimgekommen, und glücklich darüber. Tränen strömten ihr über das Gesicht. Weshalb weinte sie wohl? Bestimmt nicht aus Traurigkeit, denn unter den Tränen funkelte ein Lachen. Konnte man denn vor Glück weinen? Und wenn hier ihr Zuhause war – wo genau war es dann?

Sie streckte die Arme aus, der Sonne entgegen, und die beiden Männer taten es ihr nach. Sagten sie noch einmal Kiangas Zauberspruch auf?...

Ein Geräusch hinter ihnen veranlaßte die Kinder, sich umzuwenden. Da saßen die Dingos, direkt im Lichtkegel, und beobachteten sie – reglos wie drei golden glänzende Statuen. Selber im goldenen Dunst abwartend, was nun geschehen würde, blickten die Kinder sich an.

Luzie begann wieder zu kichern. »Habt ihr an den Zauberspruch gedacht?« fragte sie. »Ich hab's ganz vergessen.«

Daniel schüttelte den Kopf. »Es war was mit Licht.«

»Ich hatte wirklich das Gefühl, daß das Licht in mir ist«, sagte Luzie.

Jesse sagte nichts, seine Gedanken rasten durcheinander. Er wußte nur noch, daß er sich wohlfühlte.

Esthia wandte sich ihnen mit einem warmen Lächeln zu. »Die Seite des Herzens ist die, wo das Denken aufhört und das Wissen beginnt. Es ist der Eingang zum Traumland. Wo unsere Träume von uns selber gemacht werden. Und wo wir sie auch wahrmachen, oder aber zerstören können – ja gegen uns selber richten.«

Jesse war sich nicht sicher, daß er begriff, was sie sagte. »Ist da alles glücklich?« wollte er wissen.

»O ja, solange wir uns nicht mit bösen oder ängstlichen Gedanken einmischen. Eben mit Jags. Wir tun das ja ständig – ihr werdet es sehen. – Redet jetzt aber lieber möglichst wenig. Ihr könnt alle Fragen für später aufheben.«

Mit einer Geste gebot sie ihnen, ihr zu folgen und schritt ihnen voran aus dem goldenen Dunst – in eine Welt, die gänzlich anders war.

II. JENSEITS DER GRENZE

****
****

9

Zwischen der Zeit

Sie standen auf einer steinigen Fläche, die rings von Felsen umgeben war. Das Licht war hier schwächer, die Luft frisch und kühl, mit einem Anflug der Abenddämmerung darin. Ein leichter Wind kam auf. Es war eine Lust zu atmen.

Vor sich gewahrten sie eine höchst merkwürdige Steinsäule. Ein Wegweiser, mannshoch und gewunden wie ein Schlangenkörper, dessen drei Arme in verschiedene Richtungen zeigten. 'GEWESEN' stand auf dem, der nach links wies. 'DEREINST' lasen sie auf dem nach rechts zeigenden. Der mittlere Arm, der direkt nach unten gerichtet war, trug die Inschrift: 'IMMER'.

Jesse verspürte eine seltsam prickelnde Spannung, die ihm fast Angst machte. Verstohlen nahm er den Wunderspiegel zur Hand, um das Gefühl zu überprüfen. Er hoffte, es stecke ein Kraftgedanke dahinter und kein Jag. Doch ehe er drücken konnte, riß Luzie ihm den kleinen Computer aus der Hand und tat es selber. *»Ich kann* nicht verloren * gehen«,* lasen sie und mußten beide lachen. Es genügte Jesse; er war der gleichen Meinung.

Auch Daniel hatte es gelesen. »Wozu dann Angst haben«, grinste er. Sie lachten noch mehr. Nein, wohin die Reise sie auch führen mochte, sie durften sich sicher fühlen. Mit diesen Erwachsenen bestimmt.

Esthia und die beiden Männer standen vor dem Wegweiser, als überlegten sie, welche Richtung sie wählen sollten.

Jesse lag noch etwas anderes am Herzen. »Wo sind wir?« fragte er.

»Zwischen der Zeit«, erwiderte Esthia. Nach kurzer Pause fuhr sie mit einer eigenartigen Betonung fort: »Wo die Vergangenheit zu Ende ist und die Gegenwart, wie wir sie kennen, noch nicht begonnen hat. Dies ist der Punkt des Jetzt, an dem wir frei sind, unseren Weg zu wählen.«

Welchen Weg wohl? Sollten sie, die Kinder, das entscheiden?

Doch ehe sie Zeit hatten, sich das zu überlegen oder weitere Fragen zu stellen, tauchte eine merkwürdige Figur auf. Wie aus dem Nichts kam ein alter, von der Last vieler Jahre gebeugter Mann in zerschlissener Kleidung auf sie zugeschlurft. Ein ungepflegter, schlohweißer Bart bedeckte sein Kinn. Was man vom Gesicht sah, war faltig und vom Wetter gegerbt, und sein langes, weißes Haar hatte offenbar seit Jahren weder Kamm noch Bürste erlebt. In der Hand hielt er ein Bündel alter Fotos, einige farbig, die meisten jedoch schwarz-weiß; und weitere lugten aus den vielen Taschen seiner zerlumpten Jacke hervor.

In klagendem Ton wandte er sich an die beiden Männer, wobei der Blick seiner traurigen Äuglein in alle Richtungen auf einmal huschte, als gelte es, eine riesige Menschenmenge zu überzeugen. »Liebe Leute, seht her! Mein Leben, das ich verloren habe – habt ihr es vielleicht gesehen? Ist es irgendwem irgendwo zu Gesicht gekommen?« Sein trüber Blick blieb kurz an Luzie haften und huschte dann weiter.

»Was sollen wir gesehen haben?« fragte das Mädchen zurück. Als erstes der Kinder hatte sie sich von ihrer Überraschung erholt.

Während Jimmy über eines der Fotos gebeugt stand, winkte der Mann schon mit einem anderen.

»Seht doch her!« rief er klagend aus. »Mein Leben, mein ureigenes Leben – es kann doch nicht weg sein!« Erst jetzt schien er die beiden Jungen wahrzunehmen und ließ auch sie die Fotos sehen. »Nur letzte Woche war ich so alt wie ihr und kam zur Schule. Seht ihr da? Meine Eltern – wo sind sie bloß hin?... Erst gestern hab ich doch meine hübsche Bianca geheiratet – da ist sie, im Brautkleid. Es muß sie doch wohl jemand gesehen haben!«

»Sie ist vor acht Jahren friedlich dahingeschieden, 74 Jahre alt«, sagte Esthia, die mit einem Mal auch solche Dinge zu wissen schien.

Doch der Alte hörte gar nicht hin, sondern jammerte weiter: »Meine vier süßen Babies – seht ihr, wie niedlich sie sind? Nick, und Eddie, und Marie und die kleine Ruth...« Er hielt mehrere Bilder in die Höhe, wobei er andere fallenließ oder wieder in seine Taschen stopfte, winkte mit einigen in der Linken und zeigte mit der Rechten darauf. »Hier ... wartet mal ... Nein, das ist Pluto, unser Hund ... Hier! Da sind sie alle zusammen! Guckt sie euch an, die Süßen ... Ach, wo sind sie bloß hin! Sie können doch nicht alle verschwunden sein! – Hier: Mutter und Vater... Und da: meine Schwester Jane mit Bruce, an ihrem Verlobungstag. Unser erstes Heim. Ist der Garten nicht wunderschön? Aber – « Verzweifelt schlug er die Hände zusammen, wobei er wieder einige Bilder fallen ließ, so daß er sich bücken mußte, um sie aufzuheben. »Aber ich hab's verloren, ich hab alles verloren … Wo ist es bloß hin!«

»Natürlich ist es dahin, seit Jahren«, sagte Esthia mit sanfter Stimme. »Nichts im Leben gehört uns auf immer und ewig.«

Der Alte schien sie gar nicht zu hören. In klagendem Ton fuhr er fort, indem er immer neue Fotos hervorkramte: »Ein Blumenmeer, der Garten meiner Bianca … Und seht mal, die wunderschönen Möbel, die wir gekauft haben – Hier: das ist unser Sofa. Und da – unser Kater, der Gute – Marie kümmert sich um ihn.«

Die letzten Worte hatte er mit ruhiger Stimme vorgebracht, nun aber folgte wieder ein heftiger Ausbruch: »Wo ist denn das alles nur hin!!« Ein lautes Schluchzen brach aus ihm hervor, so daß ihm Tränen und Speichel in den Bart tropften. »Ich kann es nicht mehr finden – kein Ort, an dem ich nicht gesucht hätte …«

»Komm doch mit uns, lieber Freund«, schlug Esthia vor. »Du kannst doch nicht ewig hier zwischen der Zeit bleiben.«

Diesmal horchte er auf und wandte sich ihr zu, die ausgestreckten Hände voller Bilder. »Wo? Wohin soll ich mit?« Ohne eine Antwort abzuwarten, schüttelte er verzweifelt den Kopf. »Es gibt doch nirgendwo sonst, wo ich hinkönnte! Ich bin ja immer schon hiergewesen… Aber alles, was ich je hatte, ist mir verlorengegangen!«

»Das stimmt nicht«, versuchte sie zu erklären. »Du hast dich nur festgeklammert an dem, was längst vorbei ist. Hast den Wandel der Zeiten nicht wahrhaben wollen. – Laß doch das Vergangene endlich hinter dir!«

Statt einer Antwort wies der Alte wieder auf ein neues Bild. »Bitte, seht doch nur!« bat er mit einer Dringlichkeit, als hinge sein Leben davon ab. »Da – das ist mein Elternhaus! Mein Zuhause! Hier, Vaters Laden – die Kirche nebenan … Habt ihr's bestimmt nicht gesehen? Ich muß es doch wiederfinden!«

Kopfschüttelnd wandte Esthia sich von ihm ab. Er sank resigniert auf einem Stein nieder, schlug die Hände über dem Gesicht zusammen und brach wieder in ein jammervolles Schluchzen aus.

»Immerzu nur jammern über das, was vorbei ist«, erklärte sie den Kindern, »das nenne ich das Leben versäumen.« Und, wieder zu dem Alten: »Das ist es, was dich so hinfällig gemacht hat.«

»Ich glaube, er hört dich nicht«, sagte Jesse.

»Ich weiß.« Sie wandte sich traurig von ihm ab.

»Ist er denn taub?« fragte Luzie.

»Sein Geist ist vor all dem, was in der Wirklichkeit um ihn geschieht, verschlossen«, erwiderte Esthia. »Ein Angst-Monster hat ihn hypnotisiert. Er kann wohl von Glück sagen, daß er nicht mit den anderen eingesperrt worden ist. – Aber wo ist der Unterschied?» fügte sie für sich hinzu.

»Was ist denn ein Angst-Monster?« wollte Jesse wissen. Bei dem Wort war ihm wieder ein altvertrautes Flattern im Bauch gekommen.

»Welche anderen meinst du denn?« fragte Daniel gespannt.

»Das werdet ihr bald alles erfahren. Jetzt nur soviel: die Angst-Monster lauern in finsteren Ecken, um geeignete Opfer, wie diesen armen Alten, in ihren Bann zu ziehen. Sie sehen aus wie gewöhnliche, sehr dicke und große Geschäftsleute. Aber sie sind nicht so groß und mächtig, wie es einem vorkommen kann. Solange man ihrem Blick unbeirrt standhält, ist man vor ihnen gefeit.«

Jesse seufzte erleichtert auf. Luzie drückte ihm die Hand; auch sie fühlte sich etwas beruhigt. Trotzdem fragte sie: »Wir treffen sie aber nicht – oder?«

»Und wenn schon!« bemerkte Daniel forsch. »Du hörst doch: wir werden mit ihnen fertig!«

»Ganz bestimmt!« versicherte Esthia. »Sie sind feige, und wenn man ihnen mutig entgegentritt, weichen sie aus. Der Alte hat sich einschüchtern lassen. Deshalb konnte ihn eines offenbar unbemerkt in seinen Bann ziehen und verwünschen.«

»Ist er deshalb hier?« fragte Jesse.

Sie nickte. »Steckengeblieben unter dem Bann eines Angst-Monsters. Er wird nun ewig von Neuem versuchen, die längst vergangenen Jahre wiederzuerleben.«

»Geht denn das?« fragte Luzie skeptisch.

»Natürlich nicht. Aber man kann es wohl probieren, immer weiter und immer wieder. Nicht wenige tun das. Es ist, als ob du durchs Paradies wanderst mit keinem anderen Gedanken im Kopf als dem Film, den du gestern gesehen hast. Die Bäume und Blumen um dich nimmst du nicht wahr, hörst nichts vom Gesang der Vögel ringsum, weil du bloß an das denkst, was der Held im Film getan oder nicht getan hat. Was natürlich überhaupt nicht mehr wichtig ist. Wenn du unbedingt mußt, kannst du ja immer noch morgen zurückgehen und den Film nochmal sehen – oder?!«

»Oder einen noch besseren!« lachte Daniel. Luzie verspürte Mitleid mit dem Alten. »Kann er denn nie wieder anfangen zu leben?«

»O doch, das könnte er. Selbst in seinem Alter, mit 86 Jahren. Aber er ist schon sehr lange so. Er hat überhaupt nie richtig gelebt, könnte man wohl sagen. Ein trauriger Fall.«

»Kannst du ihm denn nicht helfen?«

»Er will ja keine Hilfe, das ist das traurigste! Sein Körper ist wohl noch da, aber sein Geist nicht mehr. – Paßt mal auf!« Sie winkte dem alten Mann. »Schau mal, Alter, wie gefällt dir das hier!« Damit hielt sie eine wunderschöne, rote und blaue Feder hoch, die sie bei sich trug. »Ist die nicht wunderschön?«

Der Alte blickte auf, erhob sich und kam näher. Doch ohne zu beachten, was sie ihm zeigte, kramte er nur wieder ein neues Foto hervor. »Hier, guckt euch das an!« bat er. »Mein Auto. Ein 1952er Morris; Eddie hat ihn gerade gewaschen. Der ist euch doch bestimmt irgendwo begegnet, nicht wahr?«

Esthia winkte freundlich ab und drehte ihm den Rücken zu. Es hatte keinen Sinn.

»Wir müssen weiter«, mahnte sie. »Habt ihr's euch überlegt? Welchen Weg möchtet ihr denn zuerst nehmen?«

»Zum 'Gewesen'!« rief Daniel aus, der während dieser ganzen Begegnung recht still gewesen war. Er hatte wohl als einziger über ihren weiteren Weg nachgedacht. Seine Hoffnung war, sie würden sich jetzt, wie in einer Zeit-Maschine, in eine abenteuerliche Vergangenheit hineinbegeben. Er malte sich schon den Vorteil davon aus, dort über alles, was kommen würde (im Jetzt), bereits Bescheid zu wissen, und konnte es kaum erwarten, dorthin zu gelangen.

Seine Freunde stimmten ihm eifrig zu.

Mit einem letzten Blick auf die traurige Gestalt wandte sich die kleine Gruppe nach links. Die Kinder folgten Esthia dicht auf den Fersen.

Der Alte lief ihnen, noch immer jammernd, ein kurzes Stück hinterher. Dann gab er es auf, indem er seine Fotos voller Verzweiflung in die Luft warf, und blieb zurück.

Esthia war nachdenklich geworden. Hätte sie den Kindern mehr über die Angst-Monster erzählen und sie warnen sollen?... Doch wozu sie schon jetzt, ganz am Anfang ihres Abenteuers, unnötig beunruhigen! Nein, fand sie: ehe sie ihnen begegneten, würde ihr noch genug Gelegenheit bleiben, sie über alles Wichtige, das sie wissen mußten, aufzuklären. Im Moment war die Zeit noch nicht reif dafür.

Von Kianga und Jimmy war nichts mehr zu sehen. Die Kinder nahmen an, sie würden wohl wieder als Letzte folgen. Doch es sollte noch eine Weile dauern, ehe sie wieder auf sie stoßen würden – um dabei eine große Überraschung zu erleben!

10

Der Teich der Erfahrung

Der Weg zum 'GEWESEN' war eng und steinig. Was würde ihnen an seinem Ende begegnen? Esthia hatte nur kurz davon gesprochen, und was sie sagte, klang recht geheimnisvoll.

»Im 'GEWESEN' könnt ihr die Sentis bei der Arbeit am Teich der Erfahrung beobachten«, hatte sie gesagt. Als die Kinder mehr darüber hören wollten, legte sie den Finger an den Mund, um sie zu erinnern, still zu sein. »Seht einfach zu. Später werdet ihr schon alles verstehen.«

So wanderten sie schweigend den Pfad entlang, der beständig und zuweilen recht steil aufwärts führte. Nach einer Weile kam dichtes Gebüsch zu beiden Seiten, das ihnen den Blick nach vorn verwehrte. Vögel sangen in den Büschen, bunte Papageien schwirrten umher, Bienen sammelten Nektar, und kleine Salamander huschten zwischen den Füßen der Wandernden hindurch. Die Luft war klar und voller Blütenduft.

Plötzlich fanden sie sich vor einem großen, hölzernen Tor, das uralt aussah. Es war von oben bis unten mit wunderschönen Schnitzereien, von Blumen, Bäumen und Tieren sowie Sonne, Mond und vielen Sternen verziert. Als sie es öffnen wollten, merkten sie, daß es sehr schwer war. Sie mußten alle zusammen anfassen und nach Kräften schieben. Knarrend und quietschend ging es langsam auf.

Als sie hindurchgeschritten waren, sahen sie eine weite Ebene vor sich. Sie war von Steinen und Felsbrocken übersät. Dies war eine karge, braune Landschaft ohne jegliches Grün – noch öder als die, durch welche sie zuvor gefahren waren. Der Himmel war grau, und ein heulender Wind gab ihnen das Gefühl trostloser Einsamkeit.

»Nur noch ein kleines Stück zu gehen«, sagte Esthia ermutigend.

Bald hatten sie einen Teil der Ebene überquert und stiegen einen kleinen Hang hinauf. Oben angelangt, blieben sie voll Verwunderung stehen.

Stell dir einen riesigen Krater vor – das Innere eines Vulkans, das im Verlauf der Zeiten zu einem runden, tiefen Tal geworden ist. Dieser hatte schon seit Jahrtausenden kein Feuer mehr gespieen. Der Grund des Kraters war jetzt mit klarem Wasser angefüllt, das einen großen Teich bildete.

Doch war dies kein gewöhnlicher Teich. Er leuchtete mit einem warmen Schein, genau wie ihn vorhin die Tropfen des Wasserfalls verbreitet hatten, doch noch weit intensiver. Es war ein Strahlen, als vermische sich in ihm das Orange eines Regenbogens mit dem Gold der Morgen-sonne.

Er hatte die Größe eines kleinen Sees. Wie gesagt, befand er sich in der Mitte des Kraters auf dem Grunde des Tals, das dieser bildete. Ringsum war er in sanftem Bogen von weiten, grünen Rasenflächen umgeben, die von roten, gelben und blauen Blumen und kleinen Blütenbüschen übersät und hin und wieder von moosbewachsenen, felsigen Stellen durchbrochen waren.

Weiter oben hörten die Rasenflächen auf. Hier war nur noch felsiger Boden, der ringsum immer steiler anstieg – wie eine runde, schräge Steinmauer, die bis zum Kraterrand reichte, an dem sie sich jetzt befanden.

Im ganzen Bereich des Kraters herrschte ein emsiges Treiben. Überall liefen und kletterten Gruppen von kleinen, nur mit weißen Tüchern bekleideten Menschen umher. Jesse hielt sie anfangs für Heinzelmännchen, obwohl sie keine Zipfelmützen trugen, wie es Heinzelmännchen doch tun müßten; stattdessen hatten sie dicke, pechschwarze Ringellocken. Dann fiel ihm ein, was Esthia gesagt hatte. 'Sentis' hatte sie sie genannt. Und dies war sicherlich der 'Teich der Erfahrung'. Aber was machten sie da?

Eine Weile stand er schweigend neben seinen Freunden und nahm alles in sich auf. Dicht unter ihnen waren viele Sentis eifrig damit beschäftigt, mit Spitzhacken größere oder kleinere Steinbrocken aus der Felsmasse herauszuhauen. Andere nahmen ihnen diese ab und rollten sie den Hang hinunter, wo wiederum andere sie aufhoben. Allen schien ihre Beschäftigung leicht zu fallen und Freude zu machen, so beschwingt waren sie am Werk, wobei sie fröhlich vor sich hin trällerten oder summten.

Weiter unten, an den felsigen Stellen zwischen den Rasenflächen, gab es zwischen den Steinen schmale Spalten. Aus ihnen strahlte ein helles Glühen hervor, so als brenne dort irgendwo ein unterirdisches Feuer. Und an diese Stellen wurden die Felsbrocken zuerst hingebracht.

Am seltsamsten jedoch empfand Jesse die größeren Gestalten, die auf den Wiesen zwischen den Sentis umherliefen. Sie schienen weiblich zu sein und trugen auffallende Umhänge in matt leuchtenden Regenbogenfarben.

Immer, wenn die Sentis da unten von ihren Kameraden einen Felsbrocken übernommen hatten, gingen sie damit auf eine dieser Frauengestalten zu, um sich kurz mit ihr zu beraten. Erst dann trugen sie ihn zu einer Spalte im Gestein und hielten ihn dicht darüber.

Jesse kommte es kaum glauben, doch bei genauerem Hinsehen stellte er fest, daß aus jenen Spalten tatsächlich Flammen hervorzüngelten. Die Sentis gaben sich davon gänzlich unberührt. Mit bloßen Händen hielten sie die Steinbrocken über die Flammen, welche die äußere Schicht im Nu verbrannten.

Trotz der Enfernung war deutlich zu sehen, daß die Brocken zusammenschrumpften und dabei immer heller zu leuchten begannen. Wenn die Sentis sie nach kurzer Zeit aus den Flammen heraushoben, strahlten sie ohne Ausnahme wie pures Gold.

Dann zeigten die Sentis sie den Frauenwesen, mit denen sie geredet hatten. Diese nickten, nahmen sie entgegen und tanzten damit dem Ufer zu. Am Wasser angelangt, warfen sie die glitzernden Steine kraftvoll direkt in die Mitte des Teiches.

Was Jesse daran besonders faszinierte: jeder Fall ins Wasser erzeugte einen verhaltenen, doch deutlichen, eigenen Ton – von Mal zu Mal anders. Je nachdem, wie rasch aufeinanderfolgend die über den Flammen gereinigten Steine in den Teich geworfen wurden, schwoll der Klang dieser Musik zunächst an, um dann langsam zu verebben – während schon wieder neue Akkorde ertönten, die ihre Harmonien mit den früheren vermischten. Es schien, als spiele dort unten ein ganzes Orchester, mit ständig wechselnden Melodien, die zu ihnen heraufklangen.

All dies wurde vom fröhlichen Singen der Sentis begleitet, in das auch die regenbogenfarbenen Gestalten, die die Steine zum Wasser trugen, mit einstimmten. Und dabei stieg ein geheimnisvoller, süßer Duft aus dem Wasser auf und wehte herauf bis dahin, wo Jesse stand.

Der Teich selbst wurde von den langsam darin niedersinkenden Steinen hundertfach erhellt. Dadurch verbreitete er einen beständigen, warmen Schein. Er spiegelte sich an den Felswänden ringsum, die nun ihrerseits hell leuchteten, als würden sie von der untergehenden Sonne angestrahlt.

Als er sich umblickte, um Esthia Fragen zu stellen, durchfuhr Jesse ein gewaltiger Schreck. Seine beiden Freunde waren verschwunden! Wo sie wohl sein mochten?

Er sah sich suchend nach ihnen um, und blickte dann Esthia fragend an. Doch sie schüttelte nur, mit beruhigendem Lächeln, den Kopf und legte wieder zwei Finger auf den Mund.

»Später«, erinnerte sie ihn leise.

Dann fügte sie hinzu, indem sie jedes Wort betonte: »Was auch hier vorgehen mag: nimm es mit offenem Sinn in dich auf. Nur darfst du dich nie einmischen! Niemals, unter keinen Umständen, misch dich ein in das, was du hier siehst!«

Jesse dachte einen Moment über diese seltsamen Worte nach, verlor sich jedoch alsbald wieder im Staunen über das Gesehene. Wer waren bloß jene größeren, feenhaften Gestalten, die so fröhlich und grazil tänzelnd ihrer Arbeit nachgingen?...

Indem er die zwei ihm nächststehenden genauer betrachtete, machte er eine Entdeckung. Es sah ganz so aus, als wären es Krags! Seine eigenen Kraftgedanken, die ihm auf dem Weg hierher öfters in den Sinn gekommen waren! Wie war das möglich? Bei anderen, die sich nahe genug aufhielten, fand er es bestätigt: auf der Rückseite ihrer Gewänder prangten in großen Buchstaben genau solche Krags, wie sie ihm mittlerweile von seinem Wunderspiegel her vertraut waren. Sätze wie: *»Ich freue mich über dieses Abenteuer!«* – *»Ich habe wirkliche Freunde!«*, oder: *»Auch wo's schwierig ist, gibt es für mich einen Weg!«* – *»Das Leben bringt immer wieder wunderbare Überraschungen für mich!«*, und so weiter.

Die Sätze huschten jedoch blitzschnell vor seinen Augen vorbei. Es wollte ihm nicht gelingen, ein einzelnes dieser Wesen längere Zeit zu beobachten. Denn die Krags schienen, sobald sie einen gereinigten Brocken ins Wasser befördert hatten, immer wieder spurlos in der Menge zu verschwinden. Stattdessen tauchten dann alsbald neue auf, die nun bunt verkündeten: *»Das Leben ist wirklich lebenswert!«*, und: *»Ich bin voller Energie!«* oder: *»Wie bunt und warm es hier ist!«*

Nur vom Zusehen, wie sie auftauchten, so fröhlich ans Werk gingen und dann anderen das Feld überließen, verspürte Jesse ein warmes Glücksgefühl in sich aufsteigen. Kein Wunder, daß die Sentis in solcher Gesellschaft Spaß daran hatten, die Felsbrocken aus dem Gestein zu lösen und über den Flammen hellglänzend zu polieren! Am liebsten hätte er sich dazugesellt und mitgemacht. Tatsächlich summte er, ohne es zu wissen, schon eine ganze Weile mit; erst als ihm dies auffiel, hielt er inne, um die Worte ihres Gesangs deutlicher zu verstehen.

Zugleich fiel ihm der Wunderspiegel ein, den er in der Hosentasche mit sich trug. Er nahm ihn heraus, drückte ihn und las: *» Wie schön *ist das *Leben!«*

Im selben Augenblick sah er, wie eines der Krag-Wesen, das soeben einen glitzerglatt polierten Felsbrocken in den Teich geworfen hatte, zu ihm aufblickte. Ja, es hatte ihn auch gesehen, und es winkte ihm jetzt sogar zu! Als es sich dann wieder seiner Beschäftigung zuwandte, las Jesse in dem Augenblick, ehe es verschwand, auf seinem Rücken die Worte: *»Wie schön ist das Leben!«*

Gewiß bestand eine geheimnisvolle Verbindung zwischen seinem Wunderspiegel und dem, was hier vorging. Der Spiegel verkündete ihm, wenn er ihn drückte, anscheinend immer genau, welcher seiner eigenen Kraftgedanken soeben am Werk war!

Jesse wurde ganz ungeduldig, diesem Geheimnis auf die Spur zu kommen. Doch als er sich an Esthia wenden wollte, war auch sie verschwunden. Er befand sich jetzt hier oben am Rande des Kraters völlig allein.

Es war schon recht merkwürdig, daß ihm dies nicht das geringste ausmachte. Aber weshalb auch – auf dem Gewand des nächsten Krags, den er wahrnahm, prangte der Satz: *»Ich kann Vertrauen haben!«* Wie sollte ihn wohl in Gesellschaft solcher Gedanken irgendetwas ängstigen?

Krag 'ICH-KANN-VERTRAUEN-HABEN!' hatte soeben ihren Brocken in den Teich befördert. Nun unterbrach sie ihren Gesang, um den anderen Krags ein Zeichen zu geben. Sekundenlang ließen sie sämtlich von ihrer Arbeit ab, und alle blickten zu Jesse herauf. Und dann winkten sie alle ihm zu, wie alte Freunde, die eine geliebte Person wiedererkennen!

In diesem Augenblick stieg ein so intensives Glücksgefühl in ihm auf, daß ihm die Brust eng wurde. Er holte tief Luft, und aus seinem Mund kam, wie ohne sein Zutun, ein jubelnder Schrei – als hätte der ein Leben lang darauf gewartet, herausgelassen zu werden. Da war auch die letzte Spur von Scheu verflogen, und eine tiefe Sehnsucht, dazuzugehören, erfüllte ihn.

Das Gefühl wurde so stark, daß er schon ansetzte, den Hang hinab zu den Krags zu rennen, die sich jetzt alle an den Händen hielten. Im letzten Moment fiel ihm Esthias Mahnung ein, und er bremste sich. Um voller Staunen weiter zuzusehen und zu lauschen...

Und hörte nun die bunten Gestalten in hellen, klaren Tönen singen:

Wir sind die Krags, die vertrauenden Krags.
Geht's schlecht mit dir, hör' auf uns – wag's!
Du kannst stets gewinnen, kannst vieles erreichen –
wir setzen von innen die leuchtenden Zeichen.

Von uns geleitet, schöpfst du aus der Kraft,
die das Leben erhält und stets Neues erschafft –

die dich liebt und dir geben will, worum du bittest,
jeden Tropfen sammelt, den du verschüttest,
jede Träne zählt, die du einmal geweint,
und alles Getrennte einst wieder vereint.

Du magst leise es denken oder kraftvoll es singen:
Wir sind da, um zu schenken und Erfüllung zu bringen.
Du magst schweigend es glauben oder laut jubilieren:
Nie kann man's dir rauben, nie kannst du's verlieren!

Und was du bekräftigst, wir machen es wahr:
Das Leben liebt dich und ist wunderbar!
Jeder Kummer verfliegt, alles Elend vergeht:
Die Liebe der Schöpfung ist das, was besteht!

Und liegst du ganz unten, dann rufe uns – wag's!
Du kommst wieder hoch: dafür sorgen wir Krags!

Jesse verstand nicht alles davon; aber das Gefühl der Freude, das ihn erfüllte, hielt an, indem die Melodie ihres Gesangs weiterhin durch die Luft vibrierte. Und es blieb ihm auch, während sie erneut begannen, die golden glitzernden Steine, die ihnen von allen Seiten gereicht wurden, tanzend zum Wasser hinabzutragen...

11

Der Ungedulds-Jag und seine Folgen

Jesse spürte, daß seine Wangen feucht waren – hatte er geweint? Dann konnte es wohl nur vor Freude geschehen sein. Noch immer fühlte er, wie ein nie gekannter Jubel seinen ganzen Körper durchpulste. Aber zugleich war da jetzt auch das Zittern einer plötzlichen Unruhe in ihm. Ihm war, als ob irgendetwas oder irgendwer ihn dazu trieb, sich wild zu bewegen und hin und her zu hüpfen. Dieses Gefühl wurde schließlich so stark, daß er Esthias Mahnung völlig vergaß.

Sie hatte ihn ja gebeten, nur alles mit offenem Sinn aufzunehmen, aber sich niemals – »unter keinen Umständen!« – einzumischen in das, was ihm hier vor Augen kam. Hätte er sich an die Warnung gehalten, so wären ihm bestimmt die kommenden unangenehmen Folgen erspart geblieben. Aber vielleicht wäre ihm dann auch nie klar geworden, wie wichtig all das war, was er beobachtete.

Wie auch immer: ohne darüber nachzudenken, hüpfte, sprang und taumelte Jesse mit einem Mal den Hang hinunter – mitten in das Geschehen hinein, das sich dort abspielte.

Beim Hinunterrennen mußte er immer wieder zur Seite springen, um den frisch aus dem Boden gehauenen Felsbrocken auszuweichen, die ihm vor die Beine rollten; und einige jener Erdspalten bemerkte er erst, als er sich an ihnen die Füße verbrannte. Doch er rannte, taumelnd und hüpfend, mit einer ihm ungewohnten Schnelligkeit weiter.

Schon eine Weile hatte er es auf einen bestimmten hinabrollenden Brocken abgesehen, der besonders groß war. Er gelangte neben einem Blütenbusch zum Stillstand. Sofort kam einer der Sentis wie aus dem Nichts herbeigerannt, um ihn aufzuheben.

Aber Jesse war jetzt von Ungeduld gepackt; er wollte seinen Anteil an allem, was es hier gab, unbedingt kriegen – und zwar sofort – komme, was da wolle! Dieses Gefühl hatte ihn völlig im Griff. Wie ein schweres Gewicht hockte es ihm im Nacken – wie ein Reiter, der ihm die Sporen gab. Er war das Pferd, und er spürte die Peitsche dieser Angst, daß ihm etwas entgehen könne; und er konnte sich nicht helfen.

»Das ist meiner!« hörte er sich rufen, indem er auf den Brocken zurannte. Grob schob er das kleine Wesen, das ihn soeben aufheben wollte, beiseite und bückte sich selber danach. Er war schwerer, als er aussah, und noch befanden sie sich weitab vom Rande des Teichs. Doch Jesse hob ihn auf, nahm seine ganze Kraft zusammen und schleuderte ihn zum Wasser hin.

Noch in einiger Entfernung vom Ufer fiel der schwere Stein zu Boden, um sogleich weiter den steinigen Hang hinabzurollen. Mehrere Sentis schossen herbei und liefen ihm rasch hinterher. Sie rannten, als hinge ihr Leben davon ab – viel schneller, als sie es sonst taten. Und bald sah Jesse den Grund!

Ein anderes Wesen war urplötzlich aufgetaucht. Es war so groß wie die Krags, aber offenbar männlich. Und es war nicht wie jene in sanfte Regenbogenfarben gekleidet, sondern trug eine Plastikjacke in den grellbunten Farben von Reklameschildern. Diese Töne von Gelb, Rot und Blau schrieen förmlich nach Aufmerksamkeit!

Als die Sentis ihn erblickten, kreischten sie entsetzt auf und rannten noch schneller als bisher – wenn das überhaupt möglich war. Aber der Grellfarbene holte sie mühelos ein und schob jene, die ihm im Weg waren, so grob beiseite, daß sie stolperten.

Inzwischen kamen von überall her Krags zu Hilfe gerannt. Doch es war zu spät. Das Wesen hatte den Brocken bereits gepackt und schleuderte ihn mit aller Kraft mitten in den Teich.

Der Aufprall des Felsbrockens, als er ins Wasser klatschte, hatte einen schrillen Mißton zur Folge – ganz anders als die Klänge, die die hineingeworfenen Steine gewöhnlich erzeugten. In diesem Augenblick erkannte Jesse, was er falsch gemacht hatte. Ein schreckliches Gefühl, daß sein Fehler nie wieder gutzumachen sein könnte, kroch sein Rückgrat hinunter und erfüllte seinen ganzen Körper mit einem eiskalten Schauder. Viel zu spät fiel ihm ein, daß der Felsbrocken ja noch gar nicht gereinigt gewesen war! Er war noch nicht über eines der Feuer in den Erdspalten gehalten worden. So wie er war, von einer dicken Schlammschicht bedeckt, war er ins Wasser geplumpst – und er selber hatte ihn geworfen!

Nein, fiel ihm mit einem Seufzer der Erleichterung ein, das stimmte nicht ganz. Er hatte es ja nicht geschafft. Jenes andere, gräßliche Wesen hatte den Stein aufgehoben und hineingeschleudert. Aber wer war das?

Er sah sich das Geschöpf, das ihm jetzt den Rücken zuwandte, noch einmal genauer an. Erschrocken stellte er fest, daß auch auf seinem Rücken ein Satz geschrieben stand. In dicken Buchstaben, die so grellbunt waren wie sein ganzes Gewand, war dort zu lesen: *»Ich will auch – und zwar sofort!«*

Nein! Erschrocken und beschämt schloß Jesse die Augen und schlug die Hände vors Gesicht. Das konnte nicht sein. Das durfte nicht sein! Doch es bestand absolut kein Zweifel: dies war einer seiner eigenen Jags! Himmel, was hatte er da bloß angestellt! Wie konnte er das je wieder gutmachen!

Noch etwas anderes bemerkte er jetzt. Das fröhliche Singen und Summen um ihn war verstummt. Und die wundersame Musik, die von den Klängen der ins Wasser niedersinkenden, leuchtenden Steine ausgegangen war, wurde noch immer von dem anhaltenden Nachhall des häßlichen Mißklangs übertönt, vor dem man sich die Ohren zuhalten wollte.

Im Schock über das, was er getan hatte, hatte Jesse die Augen geschlossen. Um sich herum verspürte er jetzt eine gewaltige Unruhe, als tobte da ein heftiger Kampf. Als er die Augen wieder öffnete, war sein erster Gedanke: »Mein Gott, da sitze ich ja schön in der Tinte!« Es war, als befände er sich auf einem Fußballfeld, mitten drin zwischen den gegnerischen Mannschaften. Da war jetzt alles voll von jenen grellfarbenen Männern; und sie griffen die Krags mit heftiger Gewalt an, boxten, schlugen sie und stießen sie brutal zu Boden.

Rasch rappelte Jesse sich auf, um nicht selber niedergestoßen zu werden. Eiligst kletterte er den Hang wieder hinauf. Sein Atem ging heftig, und – was ihm beim Hinabrennen nicht passiert war – mehrmals stieß er in seinem Bemühen, den Kämpfenden auszuweichen, mit dem Fuß schmerzhaft gegen größere Steine. Einmal stürzte er und hatte Mühe, schnell wieder aufzustehen. Doch da war er bereits in sicherer Entfernung und hatte seinen Beobachtungsposten am Kraterrand fast wieder erreicht. Keuchend kraxelte er hastig die letzten paar Meter bis ganz nach oben.

Hier fühlte er sich sicher genug, um innezuhalten. Aber es dauerte noch eine Weile, bis er sich den Schweiß von der Stirn gewischt hatte und wieder frei atmen konnte. Mehr als Schweißtropfen und Atemnot jedoch hielten ihn Scham und Angst eine ganze Weile davon ab, sich genauer anzusehen, was dort unten jetzt vorging.

Dann, unter heftigem Herzklopfen, wagte er es doch. Und fand seine schlimmsten Befürchtungen bestätigt. Die Krags waren verschwunden – wie vom Erdboden verschluckt. Wie war das nur möglich? War nicht vor wenigen Augenblicken noch eine ganze Anzahl von ihnen dort gewesen? –

Beim genaueren Hinsehen bemerkte er sie dann. Sie standen dicht gedrängt an der Seite: ein verlorenes Häufchen, geschlagen und verwirrt.

Die ganze Rasenfläche zwischen ihm und dem Ufer des Wassers wimmelte von den anderen, großen Gestalten – grell, o wie grell! Die Augen taten einem weh vom bloßen Hinsehen!

Sie mußten von überall her aufgetaucht sein und waren jetzt eifrig dabei, auch die kleinen Sentis anzugreifen und ihnen die frisch aus dem Gestein gehauenen Felsbrocken aus den Händen zu reißen. Andere rannten zu jenen hin, die über den feurigen Spalten noch mit dem Reinigen der Brocken beschäftigt waren, entrissen sie ihnen und warfen sie einander zu wie American-Footballspieler den Ball. Nicht nur gab es unglaublich viele von ihnen, sie schienen auch an Körperkraft den Sentis weit überlegen.

Was Jesse jedoch einen wirklichen Schock versetzte, waren die Aufschriften auf der Rückseite ihrer Gewänder. Da las er zum Beispiel folgendes: *»Ich bin ein Vollidiot.«* – *»Niemand darf das über mich wissen!«* – *»Meine Freunde haben mich im Stich gelassen.«* – *»Immer setz' ich mich in die Tinte.«* – *»Meine Glückszeiten dauern nie lang.«*

Kaum hatte er das gelesen, als auch schon die fünf Jags unter ihm, die jene Sätze auf dem Rücken geschrieben trugen, sich ihm voll zuwandten. Offenbar konnten sie ihn hier oben kauern sehen, denn sie grinsten und gaben ihm mit erhobenem Daumen ein unmißverständliches Zeichen.

Benommen winkte er automatisch zurück, nur um sogleich beschämt innezuhalten. *»Was bin ich dumm!«* las er jetzt auf einem bunten Rücken. Auch dieser Jag wandte sich auf der Stelle um und winkte ihm grinsend zu wie einem alten Gefährten. Was sollte er bloß machen!

Im gleichen Moment kam ihm 'WAS-SOLL-ICH-BLOSS-MACHEN!' zu Gesicht. Auch er sah auf und nickte ihm einen Gruß zu – es war nicht auszuhalten! Und kaum hatte er das empfunden, als er auf dem Rücken eines anderen entzifferte: *»Es ist nicht zum Aushalten!«*

Der Jag dieses Namens versuchte soeben, einen besonders schweren Brocken ins Wasser zu befördern. Dabei kamen ihm 'ES-WIRD-NIE-BESSER!' und 'HÄTT'-ICH-DOCH-BLOSS...!' zu Hilfe. Sobald sie es geschafft hatten, winkten auch diese beiden ihm mit jenem falschen, einschmeichelnden Lächeln zu. Ein Lächeln, wie es manche Verkäufer aufsetzen, wenn sie bemüht sind, einen zum Kauf einer Ware zu überreden, die man weder braucht noch haben will. Ihm kam der Gedanke, daß sie es bestimmt stundenlang vor dem Spiegel geübt hatten.

Hatten sie wohl erwartet, ihn hier zu treffen? Konnte es sein, daß sie ihn von früher her kannten? Die Gedanken, die sie verkörperten, waren ihm allerdings vertraut seit je. Allesamt waren es so rechte Jammergedanken, die ihn des öfteren dazu brachten, sich schlecht oder mies, wütend oder schrecklich arm zu fühlen: unverkennbar seine ureigenen Jags!

Und jetzt, indem er sie sich noch einmal ansah – eigene Gedanken und Empfindungen, deren er sich schämte, die hier die Gestalt wirklicher Personen angenommen hatten –, jetzt bildeten sie alle am Ufer des Teichs eine lange Reihe. Und dann eine zweite davor, so viele waren es. Immer neue hatten sich hinzugesellt, die ich nicht erwähnt habe, deren Aufschriften er auch nicht lesen konnte, weil sie sie auf dem Rücken trugen – die ihm jedoch mit Sicherheit auch so neu nicht waren!

Wie Soldaten standen sie alle stramm und begannen dann rhythmisch in zackigem Ton zu singen:

Wir sind die Jags, die verläßlichen Jags!
Wenn du dich mies fühlst, bleib dabei... klag's –
klag's auf jede Weise, ob laut oder leise.
Tu wüten und schrein, oder friß in dich rein
deine Not, deine Pein – sei sie groß oder klein...

Wir zeugen für dich und machen es wahr,
dein Elend, das keiner glaubt: uns ist es klar –
und wir sorgen dafür, daß es dabei bleibt,
daß kein flüchtiges Glück je dein Leiden vertreibt.

Ja, wir künden es laut aller Welt, und bewegend:
– wie arm du doch dran bist, – wie mitleiderregend:
– wie schwer du dich mühst, – wie dich niemand versteht,
– wie man dich bloß mag, wenn es dir mal gut geht.

Doch nie geht's dir gut, oder nur ausnahmsweise,
also nimm's an und denk es, ob laut oder leise:
»Ich bin arm, und man will mir mein Glück zerstören,
– sie woll'n mir was antun, da muß ich mich wehren,
– auf mich will sich alles Pech konzentrieren
– ich muß ja kämpfen, um nicht zu verlieren!«

Der Kampf ist nie aus,
also schrei's aus dir raus -
oder sag still im Geist es,
Hauptsache, du weißt es!

Und handle danach, halt uns fest, bleib uns treu –
so erfährst du's dann auch immer wieder auf's neu':
Ob früh oder abends, ob nachts oder tags:
Wir sind stets dir zu Diensten als willige Jags!

Damit begannen sie, im Stechschritt auf der Stelle zu treten! Es war absurd, lachhaft und doch schmerzlich anzusehen. Voller Scham darüber, ihnen auf den Leim gegangen zu sein, bedeckte Jesse die Augen.

Da machte er es schon wieder! Bei geschlossenen Augen war ihm doch klar, daß in diesem Moment wieder eines jener grellbunten Wesen dort unten ihm grinsend zuwinkte. Ohne hinzusehen, wußte er auch bereits, wer das war; dafür brauchte er nicht mal den Wunderspiegel. Ach, es war ein so starkes Gefühl: »Ich sollte mich schämen!«

Als er dann die Augen öffnete, um es doch mit dem Spiegel zu überprüfen, las er auf dem Bildschirm genau diesen Satz. Er unterließ es, nachzusehen, ob der auch auf dem Rücken eines jener Geschöpfe da unten geschrieben stand. Konnte er sich dessen doch ganz sicher sein!

Schwer schluckend drehte Jesse sich um und wandte dem Tal den Rücken zu. Er vermochte den Anblick der Geschöpfe dort unten nicht mehr zu ertragen. Wo war Esthia geblieben, und was war mit den anderen geschehen? Er hatte sie zuletzt ganz vergessen.

Jetzt war es ihm überhaupt nicht mehr gleichgültig, daß er hier, am oberen Rande des Kraters, völlig allein war. Vor seinen Blicken erstreckte sich die karge Ebene, die sie durchquert hatten. Sie erschien ihm noch trostloser als zuvor. Ob er zurückgehen sollte? Ganz alleine?...

Wiederum verspürte er jenes Flattern im Bauch. Nein, mehr als das. Es war, als säße eine seltsame Macht in seinem Körper. Das Gefühl war demjenigen recht ähnlich, das ihn veranlaßt hatte, jenem Felsbrocken hinterherzujagen.

Als er sich daran erinnerte, fühlte er es nicht nur im Bauch, sondern wiederum auch im Nacken. Genau dort saß es irgendwie fest und schien ihn zwingen zu wollen, gegen seinen eigenen Willen zu handeln. Das hieß in diesem Augenblick: nicht dem Impuls zu folgen, sich einfach fortzubegeben, sondern stocksteif da hockenzubleiben, wo er war! Indem er gehorchte und sich, wie magisch angezogen, wieder dem Geschehen da unten zuwandte, wurde er immer besorgter über das, was er dort sah.

Vom Rande des Teichs her schallten laute Rufe zu ihm herauf. Die Versammlung der Jags war zu einer kleinen Armee angewachsen. Zwei riesenhafte, dicke Männer in grauen Anzügen waren urplötzlich aufgetaucht. Grimmig stolzierten sie vor den Jags auf und ab und bellten Befehle. Die Jag-Armee formierte sich zu kleinen Gruppen, die sich auf ein weiteres Kommando hin in alle Richtungen zertreuten.

Und wo waren die Krags verblieben? Indem er mit den Augen das Gelände nach ihnen absuchte, vernahm Jesse das Blöken von Schafen. Nein, das konnte doch wohl nicht wahr sein! ...

Aber es war wahr. Wo sich zuvor die Krags gedrängt hatten, befand sich jetzt eine kleine Herde weißer, wolliger Tiere. Sie waren alle in Schafe verwandelt worden! Jesse zweifelte nicht daran, daß sie es waren, während die Jags jetzt begannen, sie auf die grünen, blumigen Stellen unterhalb der Felsen hinzutreiben, wo sie grasen konnten.

Überall schien ein großes Aufräum-Programm im Gange. Die weißgekleideten Sentis, die eine Weile frustriert die Arbeit niedergelegt hatten, wurden wieder ans Werk geschickt. Erneut begannen sie, Felsbrocken aus dem Gestein herauszuhacken und sie über den Flammen, die aus den Spalten im Boden kamen, zu reinigen. Doch jeder hatte jetzt einen Jag neben sich, der ihn antrieb.

Die Brocken waren noch längst nicht richtig gesäubert, da wurden sie dem Senti schon ungeduldig entrissen und ohne jegliche Nachprüfung, so, wie sie waren, ins Wasser geschleudert. Nach den hierdurch erzeugten Geräuschen zu urteilen, die immer schriller und mißtönender wurden, war die Reinigung in keinem Fall vollständig erfolgt.

Das Wasser des Teichs verlor nun rasch seinen vorherigen Glanz. Mit jeder Sekunde wurde es dunkler und trüber. Ein bleigrauer Himmel spiegelte sich darin. Ein Gewitter bahnte sich an.

Die Gewitterwolken der Trübsal in meinem eigenen Geist! fiel Jesse dazu ein. Er holte den Spiegel hervor, um das nachzuprüfen. Doch wozu eigentlich? War ihm nicht klar, was dieses trübe, schwere Gefühl bedeutete? Und das Gewicht, welches er im Nacken verspürte, machte es noch schwerer. Es war eine vollständige Hoffnungslosigkeit. Nach dem Tod seiner

Mutter, als erstmals die Leinwand vor seinen geschlossenen Augen erschien, hatte er genau das gleiche, trostlose Gefühl verspürt.

»Alles hoffnungslos – und nichts daran zu ändern!« las er auf dem kleinen Bildschirm. Der Satz machte ihn noch niedergeschlagener – und außerdem wütend. Hoffnungslos und hilflos. Was nützte dann diese blöde Maschine? Er wußte genau: wenn er sie drückte, würde wieder ein Jag erscheinen – und dann noch einer, und immer so weiter, ein Jag nach dem anderen. Einer führt zum anderen, dachte er, so war es immer schon. Und daher gibt es keinen Ausweg, wenn deine Jammergedanken einmal von deinem Geist Besitz ergriffen haben.

In diesem Augenblick dachte er nicht daran, daß sich natürlich das gleiche auch von den Krags sagen ließ. Wenn du es einmal zuläßt, daß ein rechter Kraftgedanke deinen Geist erfüllt, und du entscheidest dich, ihn anzunehmen und nach Möglichkeit in die Tat umzusetzen, dann wird dem bald ein weiterer Krag folgen – und so fort... Schade, daß Jesse das nicht einfiel. Aber eigentlich war es kein Wunder, waren es doch eben die Jags, die ihn nun hinderten, daran zu denken.

Er mußte sich also wohl selber für Jammergedanken entschieden haben. Doch was hatte ihn dazu gebracht? Hatte es nicht auch zu tun mit jenem Schweregefühl? Mit dem Gewicht, das ihm so spürbar im Nacken saß? Im Moment verknotete es ihm von dort aus nicht nur den Magen, sondern lähmte ihm auch die Beine. Er konnte einfach nicht anders, als reglos auf das zu starren, was da unten vor sich ging – obwohl ihm das unmöglich gut tat.

Jesse wußte zu jener Zeit noch nicht, worum es sich bei dem Gefühl in Wahrheit handelte; das sollte er erst später erfahren. Schon einmal, vor ganz kurzem, hatte er es ja sehr deutlich verspürt: als es ihn anpeitschte, jenem rollenden Felsbrocken nachzurennen. Damals hatte ihn die Angst gehetzt, etwas Aufregendes zu versäumen – diesmal lähmte ihn die Befürchtung, gleich wieder das Falsche zu tun ...

Tatsächlich wurde das Gefühl beidemal von etwas verursacht, das sich ihm in den Rücken gesetzt hatte – und dies war eine von einem Angst-Monster ausgeschickte Schreck-Zecke. Sie verbiß sich in ihn und wollte ihn nun nicht mehr loslassen...

Was die Dicken in ihren grauen Anzügen betraf, war nicht schwer zu erraten, wer die waren – natürlich Angst-Monster. Ihr gewöhnliches Aussehen sollte verbergen, daß sie über ungewöhnliche Macht verfügten.

Ihre Fähigkeit, Teile von sich selbst zu jenen winzigen Schreck-Zekken zusammenzurollen und auszusenden, war das eine. Die Schreck-Zecken waren schon recht schlimm: zu klein, als daß man sie sehen konnte, waren sie doch groß genug, um dich anzuspringen und sich in deinen Körper hineinzusaugen, wann immer sie den Klammergriff um deinen Geist verstärken wollten. Doch weit schlimmer war der Blick dieser Monster. Wenn du dem nicht klar standhieltest – und wer kann das schon so leicht? –, vermochten sie dich mit ihren schrecklichen Augen so zu hypnotisieren, daß du von Stund an dein Leben damit verbringen mußtest, wieder und wieder die dümmsten Dinge zu tun. So wie jener Alte zwischen der Zeit, der unentwegt suchend seiner Vergangenheit hinterherhetzte.

Gefestigt wurde diese Macht von der gehorsamen Armee, zu der die Monster die Jags organisierten. Sie allein war schon geeignet, einem immer wieder neuen Schrecken einzujagen.

Jesses Herz wurde immer schwerer, während er sich nun gelähmt dem Jag hingab, den er auf seinem Wunderspiegel gelesen hatte. *»Alles hoffnungslos – und nichts daran zu ändern!«* – Hoffnungslos, hoffnungslos... Und er sah absolut nichts, was er dagegen unternehmen konnte!

Das Gefühl, das ihm jetzt zugleich Herz, Nacken und Bauch verkrampfte und die Beine lähmte, wurde schließlich so unerträglich, daß er versucht war, den Spiegel zu nehmen und ihn geradewegs ins Wasser des Teiches da unten hineinzuschleudern. Doch ihm war klar, daß er nicht mal einen Bruchteil der Entfernung schaffen würde. So wandte er sich denn zurück in die andere Richtung.

Mit dem Ruf: »Du bist selber hoffnungslos, du blöde Maschine!« nahm er seine ganze Kraft zusammen und warf ihn, so weit er nur konnte, hinaus auf die Ebene, über die er hergekommen war.

Dann bedeckte er sein Gesicht mit den Händen. Er wollte gar nichts mehr sehen – nie mehr! Und brach in ein verzweifeltes Schluchzen aus, das nicht enden wollte ...

12

»Wenn ich vertraue, kommt auch Hilfe«

Unterdessen hatte Luzie von einer anderen Stelle am Rande des Kraters aus das gleiche Geschehen beobachtet wie Jesse. Desgleichen auch Daniel – getrennt von ihr und, wie die anderen beiden, ebenfalls für sich allein. Keines von den Kindern sah eins der anderen, aber sie alle sahen die Sentis die Brocken aus dem Felsboden heraushacken, sie in den Flammen reinigen und dann den Krags überreichen, die sie zum Teich trugen. Jedes erlebte und empfand dies auf seine eigene Weise. Doch da die beiden anderen geduldiger waren als Jesse, hielten sie sich an Esthias Rat und mischten sich nicht in das Geschehen ein.

Nach einer Weile senkte sich urplötzlich ein dichter Dunstschleier über den Krater und nahm ihnen die Sicht. Als er sich hob, fanden beide sich wieder bei Esthia, ein Stück vom Kraterrand entfernt auf der kargen Ebene, über die sie gekommen waren. Sie lag jetzt im hellen Sonnenlicht.

Die Kinder begannen sofort, einander aufgeregt mitzuteilen, was sie erlebt hatten.

»Mit den bloßen Händen haben sie die schweren Steine über das Feuer gehalten!« rief Daniel beeindruckt. »Hast du das auch gesehen?«

Luzie nickte eifrig. »Und hast du gesehen, wie die dann glitzerten? Richtiges Gold ist da drin, in den dreckigen Felsbrocken!«

»So einen möcht ich mal haben!« entschied Daniel. »Mann, da könnt' ich schon was mit anfangen!«

»Der nützt dir aber gar nichts, wenn du ihn nicht erst glattpolierst!«

»Und das heißt«, mischte Esthia sich ein, »du darfst keine Angst haben vor dem Feuer. Ohne das geht's nun einmal nicht. Aber, wie du gesehen hast: es tut dir auch nichts.«

»Ob wir das auch könnten? Was denkst du, Jesse?« Luzie sah sich nach ihrem Freund um. »Wo ist er denn?«

Auch Daniel fiel jetzt erst auf, daß Jesse noch fehlte. »He! Der ist gar nicht wiedergekommen!« Er sah Esthia fragend an.

Sie nickte und krauste die Stirn. »Stimmt. Er sollte auch längst hier sein.« Luzie blickte suchend über die karge Landschaft. Nicht weit entfernt fiel ihr etwas Ungewöhnliches auf.

»Guckt mal, da liegt was! Da drüben! Seht ihr? Was da in der Sonne so glitzert? Vielleicht einer von den polierten Steinen!« Und schon rannte sie darauf zu.

»Sicher bloß ein Stück Glas«, meinte Daniel und sah sich weiter um. »Dieser Trödelfritze! Müssen wir jetzt auf den warten?«

»Das denke ich schon!« sagte Esthia. »Es muß was mit ihm los sein. Sonst wäre er gleichzeitig mit euch zurück gewesen.«

Luzie war inzwischen bei dem, was sie gesehen hatte, angelangt und bückte sich, um es aufzuheben. »Ach du liebes bißchen!« rief sie ihnen zu. »Der Wunderspiegel!«

Die beiden anderen waren im Nu bei ihr. Es bestand kein Zweifel: was Luzie in der Hand hin und herwendete, war Jesses kleiner Computer!

»Dann ist er schon vor uns hier gewesen«, stellte Daniel fest.

»Ja, meinst du, er hat ihn hier liegenlassen und ist dann weiter?« rief Luzie erregt. »Daß er ihn so einfach vergessen hat? Du bist ganz schön blöd!«

»Selber blöd!« gab Daniel zurück. »Er kann ihn ja schon verloren haben, als wir herkamen, oder?... Warum nicht?«

»Ich bezweifle das«, sagte Esthia nachdenklich. »Luzie, reich ihn mir mal, bitte.» Sie drückte ihn und las auf dem kleinen Bildschirm: *»Er braucht unsere Hilfe«.* – Ja, dessen war sie sich sicher.

»Nein, vorhin hat er ihn nicht verloren«, sagte sie bestimmt. »Sondern, wenn überhaupt, dann erst jetzt. Wahrscheinlich hat er ihn sogar hierher geworfen. Wie könnte der Spiegel sonst hier auftauchen?«

»Aber wo ist er dann bloß!?« Luzie machte sich wirklich Sorgen um ihren Freund.

»Jedenfalls nicht weit von hier. Und er ist in Schwierigkeiten.« Esthia ahnte, daß Jesse von dem Wunderspiegel enttäuscht gewesen war. Es mußten die Jags sein – anders konnte sie sich sein Wegbleiben nicht erklären. »Wir müssen ihm irgendwie helfen.«

»Na, dann los!« rief Daniel. »Zurück zu dem See? Meinst du denn, er ist noch dort?«

»Warte – nicht so eilig! Bevor ihr ihm helfen könnt, muß euch klar sein, worum es hier geht. Der Teich der Erfahrung, und was immer dort abläuft, ist doch etwas Inneres. Das heißt, dort ist jeder auf sich selbst angewiesen, weil er nur mit einem selber zu tun hat – mit der Person, die das gerade erlebt.«

»Gibt's denn so viele von diesen Teichen?« wollte Daniel wissen.

Esthia nickte. »Es gibt so viele dieser Krater und Teiche, wie es Menschen gibt. Alle, die sich dorthin begeben, gelangen an einen Ort, der in ihnen selbst liegt. Und machen daher ihre ganz eigenen Erfahrungen dort. Was du, Daniel, da gesehen hast, sind *deine* Krags oder Jags. Nicht die von Luzie oder Jesse. Die sind für dich unsichtbar – und *sie* können die deinigen nicht sehen.«

Die Kinder hörten gespannt zu. Es klang so geheimnisvoll und aufregend.

»Man könnte also schon sagen, daß es tausende, ja Millionen solcher Teiche gibt«, fuhr Esthia fort. »Aber man kann auch sagen: es gibt nur den einen. Denn jeder von uns sieht nur einen – den eigenen.«

»Und wir denken bloß, daß die anderen denselben sehen – stimmt das?« fragte Luzie. »Hab ich deswegen gedacht, ihr hättet mich da oben alleingelassen?«

»Ja, ich glaube, du hast es verstanden. In der inneren Welt, da, wo ihr gerade gewesen seid, sind wir alle am selben Ort – und zugleich doch ein jeder für sich.«

»Ich weiß: als ob wir alle in demselben Zimmer sitzen, und jeder träumt darüber was für sich, und jeder was anderes!«

»Genau. Bloß ist dieser Traum für den, der ihn träumt, zugleich Wirklichkeit.«

»Und Jesse ist jetzt ganz allein?«

Esthia nickte. »Wo immer er jetzt ist, hat er es nur mit seinen eigenen Krags und Jags zu tun. Und mit dem, was sie in seinem Geist und Herzen anstellen.«

»Klar«, sagte Luzie. »Weil es ja eigentlich Gedanken sind, die uns hier im Traumland nur so vorkommen wie Menschen!«

»Und manchmal kämpfen sie miteinander!« bemerkte Daniel.

»Das stimmt!« rief Luzie aus. »Manchmal denke ich »Ja«, und dann kommt gleich der Gedanke »Nein«. Und am Schluß gewinnt einer von denen. Und wenn ein Jag gewinnt, ...« Sie mußte überlegen.

»... dann fühlst du dich mies. Oder wütend. Und kannst einfach nicht anders ...«

»Aber wie können wir denn dann helfen?« Beim Gedanken an Jesse wurde Luzie wieder ganz aufgeregt. »Wenn's Jesse schlecht geht, wie können wir dann von da, wo wir sind, was für ihn tun!«

»Es wird ihm nur schlecht gehen, wenn er seine Jags gewinnen läßt«, gab Esthia zu bedenken.

»Dann können wir ihm doch helfen?« fragte Luzie hoffnungsvoll. »Mit dem, was er in Gedanken anstellt? Ja? Können wir?«

»Vielleicht. Oft können wir uns im Geiste beistehen und helfen. Zum Beispiel dabei, daß wir uns entscheiden…«

»Ich weiß. Oder, daß wir Jammergedanken loswerden!«

»Ein großer Junge in unserem Heim hat mal versucht, sich umzubringen«, sagte Daniel. »War das, weil er nicht mehr aufhören konnte, immer nur Jags zu denken – und keiner von den Erwachsenen ihm geholfen hat?«

»Sicher, so weit kann es kommen«, sagte Esthia und beschloß damit dieses Thema. »Aber jetzt, wo ihr das versteht, geht es darum, was wir für Jesse tun können. Wir alle zusammen.«

»Ich weiß!« rief Luzie. »Ihm gute Gedanken schicken!«

»Krags, genau!« stimmte Daniel bei. »Wie: *Ich gehe jetzt auf der Stelle wieder zu meinen Freunden!*«

»Dafür ist er vielleicht noch nicht bereit«, meinte Esthia. »Es müssen schon Gedanken sein, zu denen er im Moment Zugang haben könnte. Kraftgedanken, die er kennt, weil er sie selbst schon gedacht hat.«

Luzie versuchte, sich zu erinnern, dann rief sie aus: »Ich weiß: *Wenn ich vertraue, kommt auch Hilfe!* Das ist ein guter Krag. Den hatte er auf seinem Spiegel, wie wir aus dem Krankenhaus abhauen wollten. An den wollte er sich halten, damit alles gut ging. Und das hat auch geklappt!«

»Prima«, meinte Esthia. »Dann kennt er ihn ja bereits als einen Gedanken, der ihm schon mal geholfen hat! Also haltet den mal fest, ihr beiden. Denkt diesen Satz, mit dem Spiegel in der Hand, und stellt euch dabei vor, ihr wärt Jesse.«

»Wie ging der noch mal?« fragte Daniel.

»Wenn ich vertraue, dann kommt auch Hilfe«

»Ja«, nickte er. »Der ist gut. Der hat ja für uns alle gestimmt, oder?«

»Genau. – Also jetzt denkt den mal eine ganze Weile. Und prüft ab und zu mal auf dem Spiegel nach, ob er da auch drauf ist.«

Beide Kinder bemühten sich nun, diesen Gedanken festzuhalten. Es war wirklich nicht einfach. Wer je versucht hat, nur an eine Sache und an nichts anderes zu denken, weiß, was ich meine. Da schleichen sich immer wieder andere Gedanken ein. So, wie: 'Mann, jetzt reicht's aber!' oder: 'Ob ich das jetzt auch richtig mache?' oder: 'Mir juckts am Rücken', und so weiter.

Von solchen Gedanken ließen sich auch Luzie und Daniel immer wieder verwirren. Daniel wurde richtig ärgerlich darüber, und Luzie war nahe daran, wieder einen Kicheranfall zu bekommen. Aber wenn sie den Wunderspiegel konsultierten, kam dann doch immer dieser Krag. Die anderen Gedanken waren also offenbar bloß Ablenker.

»Alle anderen gehören ins Grübel-Labyrinth«, fand Luzie, als sie zum drittenmal auf dem Bildschirm den Krag lasen, um den sie sich bemühten.

»Und da sind wir schon durch!« nickte Daniel zustimmend.

Esthia schlug vor, ihn zu dritt laut im Chor zu sprechen, und sich dabei im Kreis an den Händen zu halten. In der Mitte des Kreises sollten sie sich Jesse vorstellen, wie er besorgt und angstvoll dasaß.

Das machte es dann viel leichter.

Als Luzie sich Jesse in seiner traurigen Einsamkeit vorstellte, kam ihr sofort der Impuls, ihn zu trösten und aufzuheitern. Das verlieh ihren Worten zusätzliche Kraft, indem sie jetzt gemeinsam sangen:

» Wenn ich vertraue, kommt auch Hilfe. –
Wenn ich vertraue, kommt auch Hilfe. –
Wenn ich vertraue, kommt auch Hilfe...«

Sie sangen sich so richtig in Fahrt, und ihre Stimmen wurden immer lauter und kräftiger, bis sogar der Boden, auf dem sie standen, mit einzustimmen schien und es aus der Richtung des Kraters zurückhallte wie ein Echo. Selbst die Insekten in der Luft und die den Erdboden entlanghuschenden Ameisen schienen zuzuhören und die Töne weiterzutragen. Und den Kindern machte es so viel Spaß, daß sie bald dabei zu tanzen begannen.

Es wurde ein begeisterter Ringelreihengesang daraus, und sie waren fest überzeugt, daß es funktionieren würde.

Bei so viel Enthusiasmus – wie sollte es nicht?

13

Eingemauert

Die Hilfe, die Jesses Freunde ihm zu senden versuchten, war für ihn zu jener Zeit noch unerreichbar. Wie er weinend dort saß, verspürte er mit einem Mal etwas an seinem Rücken. Er fuhr herum und öffnete die Augen.

Vor ihm stand eine Gestalt, die so riesenhaft und bedrohlich schien, daß er sie gar nicht ansehen mochte. Doch er wußte: es war einer der dicken, graugekleideten Befehlshaber. Er hatte ihn wohl nur leicht am Rücken angetippt, doch die Stelle fing jetzt an wehzutun wie eine offene Wunde. Dazu verspürte Jesse wiederum jenes Gewicht auf den Schultern und im Herzen. Im Magen wechselten das Flattern und der Knoten miteinander ab.

»Verzeihung«, säuselte der Dicke mit betont freundlicher Stimme – viel zu freundlich, um echt zu sein. Zögernd sah Jesse jetzt doch zu ihm auf – und erschrak heftig. Diese Augen paßten absolut nicht zu dem Lächeln. Es haftete ihnen etwas Böses an – sie waren von einem kalten Glühen erfüllt..

In der Tat waren es die Augen eines Monsters. Jeder unsichere Blick, in den sie sich verhakten, blieb in ihrem Starren gefangen; dann konnte man sich den Befehlen der sanften Stimme nicht mehr entziehen. Hatte nicht Esthia zu ihnen davon gesprochen, als sie den Alten auf der Suche nach seiner Vergangenheit trafen? Im Moment freilich war Jesse viel zu erschrocken, um sich klar zu erinnern.

Dieser Schreck war sein Glück, brachte er ihn doch dazu, den Blick rasch zu senken und sich dadurch dem Bann jener Augen zu entziehen. Er hatte das Wesen vor sich nur ganz kurz angesehen.

»Verzeihung«, wiederholte die Stimme, jetzt mit einer Spur von Ungeduld. »Man will dich sprechen.« Damit warf der Dicke einen feurigen Seitenblick auf einige Jags, die Jesse jetzt neben ihm stehen sah. Sie traten einen Schritt vor, wie um ihn zu begrüßen.

Jesse konnte es nicht vermeiden, sie anzusehen. Ja, er starrte auf sie, nur um vor dem Blick jener feurigen Augen sicher zu sein. Etwas fiel ihm auf, was er zuvor aus der Entfernung nicht wahrgenommen hatte: unter ihrer grellen Kleidung trugen sie alle den gleichen, grauen Anzug wie ihr Anführer. Das Obergewand war nur ein Überzieher aus bunter Plastikfolie.

Diesen trugen sie jetzt verkehrt herum, so daß die Schrift nicht mehr wie zuvor auf ihrem Rücken stand, sondern auf der Brust. Wollten sie vielleicht, daß er sie besser erkennen konnte? Oder trugen sie die Schrift schon immer auf beiden Seiten? – Es blieb sich wohl gleich.

Mit jedem der Sätze, die er da las, war Jesse wohlvertraut: all diese Jags waren alte Bekannte! Da stand 'ICH-BIN EIN-TROTTEL' neben 'IMMER-MACH-ICH-WAS-FALSCH'; und, ein wenig abseits, 'WAS-GUT-ANFÄNGT, ENDET-OFT-SCHLECHT'. 'ICH-BIN-SO-BLÖD!' räkelte sich zwischen 'DAS-DARF-KEINER-VON-MIR-WISSEN!' und 'ICH WEISS-NICHT, WAS-ICH-MACHEN-SOLL!', während 'MEIN-PECH-HÖRT-NIE-AUF' und 'ICH-HALT'-DAS-NICHT-MEHR-AUS!' sich an den Händen hielten. Andere hießen 'MEINE-FEHLER-RÄCHEN-SICH-SOFORT', 'WAS-SOLL'S!' und 'ICH-BIN-JA-SO-ALLEIN'.

Der größte jedoch trug auf seinem Gewand die Inschrift: *»Alles Hoffnungslos!«* Er war es gewesen, der, um ihren Sieg sicherzustellen, die Angst-Monster herbeigerufen hatte. Da der graue Dicke nunmehr Jesses Aufmerksamkeit erfolgreich auf die Jag-Gruppe gelenkt hatte, machte er eine höfliche Verbeugung und wandte sich ab.

Jesse vermochte jedoch den Gedanken an jene feurigen Augen, so flüchtig er sie auch nur gesehen hatte, nicht leicht abzuschütteln. Ihm war, als starrten sie ihn noch vom Rücken des Geschöpfs her weiter an, um ihn dazu zu bringen, den Anordnungen der Jags zu gehorchen.

Die Jags standen nur da und schienen darauf zu warten, daß er irgendetwas sagte. Doch er fühlte sich von dem Gewicht, das seinen Körper jetzt völlig im Griff hatte, schwer niedergedrückt. Nur mit Mühe brachte er seine Stimme dazu, fest zu bleiben.

»Was – wollt ihr von mir?« fragte er stockend.

»Nicht viel«, erwiderte einer von ihnen eilfertig, in ölig einschmeichelndem Ton. »Ist längst alles vollzogen.« Er machte eine ausladende Bewegung mit den Armen. »Seht Ihr wohl bitte?«

Jetzt mußte Jesse sich doch umsehen. Der Schreck ließ seine Knie schlottern.

Ohne daß er es wahrgenommen hatte, hatte eine Verwandlung stattgefunden. Das ganze Tal, in dem sie sich befanden, war jetzt von einer sich rings um den Kraterrand hinziehenden, schweren Steinmauer umgeben. Er selbst stand nur wenige Schritte davon entfernt! Wie war das nur möglich, daß diese Mauer in so kurzer Zeit und von ihm völlig unbemerkt entstehen konnte?...

Aber natürlich, die feurigen Augen! Der dicke Riese war offenbar nicht nur ein Monster, sondern konnte auch hexen. Bestimmt war er es gewesen, der ihn so, ehe er sich versah, unbemerkt hatte einmauern lassen.

»Seid Ihr zufrieden mit unserem Werk?« fuhr die ölige Stimme fort. »Entspricht der Schutzwall Euren Vorstellungen, Chef? Oder wünschet Ihr ihn vielleicht etwas höher?«

Jesse sah den Jag, der ihn angeredet hatte, entgeistert an. Erst jetzt ging ihm auf, daß sein Umhang die Aufschrift trug: *»Hilfe, ich brauche Schutz!«* – Und die Anrede mit 'Chef'! O Gott, was hatte er da nur angerichtet!

Kaum war ihm der Gedanke gekommen, als er schon einen anderen Jag, mit eben diesem Satz – *»O Gott, was hab ich da nur angerichtet!«* – auf seinem Gewand, ihm eifrig zuwinken sah. – Es ließ sich nicht wegwünschen: er hatte wohl tatsächlich die Mauer allein sich selbst zuzuschreiben!

Und wenn dem so war, konnte er nicht einfach den Jags befehlen, sie wieder niederzureißen?

Er konnte es eben nicht. Die Lähmung, von der zuvor seine Beine ergriffen gewesen waren, schien sich jetzt auf seinen ganzen Körper ausgebreitet zu haben.

»Seid ihr zufrieden mit uns, Chef?« erkundigte sich der Jag erneut. »Meine Kameraden sind euch ja alle bereits bekannt, nicht wahr?«

Und ob sie ihm bekannt waren! Sowohl die, deren Aufschriften er schon gelesen hatte, als auch die vielen anderen, die er nun um sich wahrnahm, wie etwa: 'Es-kann-nur-schlimmer-kommen', 'Es-gibt-keinen-Ausweg!', 'Alles-meine-Schuld!', 'Ich-hab's-ja-gewusst!', 'Mama-hilft-mir-gar-nicht' und »Am-besten-sterbe-ich-gleich.«

Vor ihm in Reih und Glied stehend, verneigten sie sich höflich, indem der größte – 'Alles Hoffnungslos' – lautstark versicherte: »Stets zu Euren Diensten, Chef!«

Was konnte er darauf erwidern? Waren sie denn wirklich gewillt, ihm zu dienen? Und was sollte er von ihnen verlangen?

»Könnt ihr – mir helfen?« Nur mühsam stotternd brachte er die Worte heraus.

»O ja!« rief einer von ihnen auf der Stelle bereitwillig aus.

»Wir werden uns alle Mühe geben!« fügte ein anderer hinzu.

Und wiederum andere riefen wie mit einer Stimme: »Aber wohl können wir!« – »Und werden es tun!« – »Soweit es in unserer Macht steht!«

– »Dafür sind wir ja hier!« – »Sagt uns nur, wie!«

»Dann helft mir hier heraus, bitte!« flehte Jesse sie an. Wenn er sie doch nur dazu bringen konnte! Seine Lähmung wich und machte einem heftigen Zittern Platz, das seinen ganzen Körper ergriff. Es fehlte nicht viel, und er hätte sich vor ihnen zu Boden geworfen. Nur mit Mühe hielt er sich davon ab.

»Und wohin wünschet Ihr zu gehen, Chef?« fragte der mit der Aufschrift *»Es-gibt-keinen-Ausweg!«* – sein Grinsen so ölig wie seine Stimme.

»Keine Sorge, Chef – wohin es auch sei, wir gehen mit Euch!« versicherte 'MEIN-PECH-HÖRT-NIE-AUF', ehe Jesse noch eine Antwort überlegen konnte.

Da wurde ihm klar: es gab keine Antwort! Es schien überhaupt kein Entrinnen zu geben vor diesen Kreaturen.

Einer begann zu lachen – und wer wohl anders als 'KEIN-ENTRINNEN!', dem sich 'ALLES HOFFNUNGSLOS' sofort anschloß! Einer nach dem anderen stimmte nun ein, bis die Luft erfüllt war von ihrem häßlichen Gelächter und es von der sie umgebenden Mauer hundertfach zurückschallte.

Die Sentis unten im Krater unterbrachen ihre Arbeit mit den Spitzhacken, um nachzusehen, wo das schallende Gelächter wohl herkam. Doch nicht lange. Die sie beaufsichtigenden Jags trugen kleine Peitschen bei sich; und indem sie damit drohend durch die Luft knallten, scheuchten sie die Sentis rasch an die Arbeit zurück.

Das Gelächter verwirrte Jesse noch mehr; doch irgendwie empfand er es als passend. War es nicht wirklich lächerlich zu glauben, er hätte die geringste Aussicht, diesen schrecklichen Wesen je zu entrinnen? Selbst wenn es ihm gelänge, je hier herauszukommen! Das war wahrlich ein Witz – und ein sehr schlechter dazu!

So kam es, daß er für einen Moment selbst mit einstimmte, obwohl ihm doch alles andere als fröhlich zumute war. Da sah er, wie einer der beiden Monster-Männer vor der Mauer sich mit triumphierendem Grinsen zu ihm umwandte, und ihm stockte das Herz. In Verzweiflung schloß er die Augen, sank in die Knie und begann erneut, bitterlich zu schluchzen.

14

Von Freunden gerettet

Das Schluchzen, das seinen ganzen Körper durchschüttelte, war erleichternd, und Jesse gab sich den Tränen voll hin. Diesmal würde er nicht aufblicken, selbst wenn ihm wieder jemand an die Schulter tippte. Dabei war ihm freilich klar, daß alle Tränen der Welt ihm nicht aus seinem Elend heraushelfen konnten.

Doch hinter der Verzweiflung spürte er jetzt tief in seinem Bewußtsein einen Gedanken. Der stand da wie etwas, das er vergessen hatte und woran er sich dringend wieder erinnern mußte. Wie ein alter Bekannter, der im Dunkeln lebhaft an eine Tür in seinem Inneren anklopfte. Nur konnte er ihm nicht öffnen, weil er den Schlüssel verloren hatte! – Oder vielleicht doch?...

Jesse hatte aufgehört zu weinen. Hätte er nur seinen Wunderspiegel noch bei sich! Der kleine Computer würde ihm sagen können, welcher Gedanke das war. Es war einer, der ihm helfen konnte, dessen war er sich ganz sicher. Er war noch da, und er kam immer wieder nahe herbei und pochte an; doch noch immer konnte Jesse ihn nicht erkennen.

Dann fiel ihm jene Leinwand ein, und er kniff die Augen zusammen in der Hoffnung, sie wieder zu erblicken. Aber er sah nur Satzbrocken von Jags aufleuchten, so wie: *»Geschieht mir recht«, »Hab's ja gewußt!«* und: *»... Ganz durcheinander«.*

Die Leinwand schien ihm jedoch diesmal wie seine einzige Rettung, so daß er die Augen fest geschlossen hielt. Sie hatte ihn zuerst auf den Wunderspiegel vorbereitet, und der hatte ihm dann jederzeit anzeigen können, was wirklich in ihm vorging. Und nicht nur in ihm, auch in seinen Freunden, Luzie und Daniel!

Bei dem Gedanken an seine Freunde fühlte er sich ihnen sehr nahe. Hatte er sie vorhin tatsächlich vergessen gehabt, so sah er sie nun mit einem Mal vollkommen deutlich vor sich: die kleine Luzie mit der olivfarbenen Haut und den indischen Augen, den dunklen, stämmigen Daniel mit seinen schwarzen Ringellocken – ja, und auch Esthia, deren Augen immer so hell leuchteten.

Der Gedanke an Luzie war am deutlichsten. Es war fast, als stünde sie neben ihm und würde in diesem Moment mit ihm reden. Obwohl er doch ringsum eingesperrt und völlig hilflos war, glimmte jetzt eine Hoffnung in ihm auf, daß sie ihm, gemeinsam mit den anderen, doch vielleicht irgendwie helfen könnte.

Kaum hatte er die Möglichkeit erwogen, da erschien ihm die Leinwand wieder ganz deutlich vor Augen! Hell erleuchtet zeigte sie in flackernden Buchstaben, mit flimmernden Sternchen dazwischen, die Worte: *»Wenn* ich vertraue, * kommt auch * Hilfe!«*

Das währte nur ein paar Sekunden, doch es genügte. Jesse erkannte in dem Satz sofort den Gedanken, der sich vorhin so hartnäckig gemeldet hatte, ohne daß er ihn hatte erkennen können. Jetzt aber war er klar. Und schon folgte ein weiterer: *»Ich * hab das *schon mal* geschafft.«*

Es stimmte: der Gedanke mit dem Vertrauen war es gewesen, der ihm damals geholfen hatte, als sie sich aus der Klinik davonstehlen wollten. Er hatte andere Krags nach sich gezogen, die ihn dann gemeinsam aus seinen Zweifeln herausgerissen hatten.

Als er die Augen erleichtert wieder öffnete, erwartete ihn eine Überraschung. Jemand stand direkt neben ihm: ein Kragwesen! Auf ihrem Gewand stand in sanften Regenbogenfarben genau jener Satz: *»Wenn* ich vertraue, * kommt auch * Hilfe!«*

»Hallo, mein Freund!« begrüßte sie ihn. »Kennen wir uns nicht?«

O ja! Obwohl sie sie ihm nicht darbot, ergriff Jesse ihre Hand. Er wollte sie schütteln; aber stattdessen umklammerte er sie, als wolle er nie wieder loslassen. Erst als ihm mit kaltem Schauder die Jags wieder einfielen, ließ er ab und wandte sich, um zu sehen, was sie jetzt machten.

Von ihrer Stellung vor der Mauer aus, wo sie noch immer strammstanden wie aufgestellt, beäugten ihn die Jags mit grimmigem Blick. Offensichtlich behagte ihnen, was sie da sahen, absolut nicht.
Urplötzlich sprang einer mit geballter Faust vor und bedrohte das Kragwesen. Es war 'MEIN-PECH-HÖRT-NIE-AUF'. Ein zweiter, 'ES-KANN-NUR-SCHLIMMER-KOMMEN', tat es ihm nach.

»Nein!« rief Jesse und legte seine Arme schützend um die Krag-Frau. Sie war so groß, daß er ihr knapp an die Brust reichte. Doch es waren leere Drohungen: die beiden schwangen nur die Fäuste hin und her, als fehle ihnen die Kraft, mehr zu unternehmen.

Umso lauter und grimmiger waren die Befehle, die nun ertönten. Die beiden Monster-Männer – das sah Jesse mit einem Seitenblick – bemühten sich mit wilden Gebärden, die ganze Jag-Truppe zum Angreifen zu bewegen. Diese hielt sich jedoch noch immer zurück.

»Nein – haut ab!!« rief Jesse abermals, diesmal noch heftiger, wobei er es wohlweislich vermied, in die Richtung der Monster zu blicken.
Sein selbstsicheres Auftreten erschreckte die Jags. Die beiden, die vorgeprescht waren, sprangen in die Reihe zurück. Alle begannen sie, aufgeregt untereinander zu reden, derweil sie Jesse mit einem seltsamen Ausdruck beäugten. Konnte es sein, daß sie Angst vor ihm hatten?

In diesem Augenblick wurde Jesse klar, was er vorhin vergessen hatte. Nicht nur die Jags zogen ihre Kraft aus seinem Befinden. Er selber war stark, sobald er sich mit seinem Krag verbündete. Und andererseits konnte der Krag nichts unternehmen, es sei denn, er, Jesse stand ihm zur Seite. Krags ebenso wie Jags konnten sich nur mit seiner Unterstützung behaupten!

Seine Gedanken wurden augenblicklich bestätigt, indem nun wie aus dem Nichts zwei weitere Krags neben ihm auftauchten. Es waren 'ICH-KANN-WAS-TUN!' und 'KRAFTGEDANKEN-MACHEN-MICH-STARK'.

Jesse stand und hatte kaum Zeit, zu staunen, da gesellten sich ihnen in rascher Folge noch etliche andere zu. Die ersten davon waren: 'MEINE-MIESEN-ZEITEN-DAUERN-NIE-LANGE', 'ICH-HABE-WIRKLICHE-FREUNDE' und 'BALD-IST-ALLES-WIEDER-GUT'.

Und die Jags? Einige von denen rannten jetzt tatsächlich davon. Die Angst-Monster liefen hinterher mit gellenden Befehlen, sofort zurückzukommen, doch ohne Erfolg. Jesse konnte es sich nicht verkneifen, hinzusehen. Staunend riß er die Augen auf, als er bemerkte, daß sie beide kleiner geworden waren. Schrumpften sie vielleicht in dem Maße, in dem ihre Macht schwand?

Die Dicken hatten jetzt sichtlich Mühe, die Jags auch nur zusammenzuhalten. Sie waren viel zu beschäftigt, um Jesse noch zu beachten.

Etliche Jags standen noch immer ängstlich an der Mauer. Ein verlorener Haufen, wie zuvor die Krags. Und der schrumpfte zusehends, indem einer nach dem anderen sich heimlich davonschlich.

Weiter unten begannen die Sentis jetzt, wieder gewissenhafter zu arbeiten; und einige summten dabei auch schon wieder vor sich hin. Ihre peitschenschwingenden Aufseher waren verschwunden.

Von den grasenden Schafen war nichts mehr zu sehen. Jesse vermutete, daß sie sich in ihre urspüngliche Gestalt zurückverwandelt hatten. Krags gab es mittlerweile so viele, daß man von einer ganzen Schar sprechen konnte.

Und jetzt winkten sie ihm alle gemeinsam zu und stimmten erneut ihr Lied an. Wie er es nun zum zweitenmal hörte, begriff Jesse viel besser als beim erstenmal, was das alles für ihn selber bedeutete.

Wir sind die Krags, die vertrauenden Krags.
Geht's schlecht mit dir, hör' auf uns – wag's!
Du kannst stets gewinnen, kannst vieles erreichen –
wir setzen von innen die leuchtenden Zeichen.

Von uns geleitet, schöpfst du aus der Kraft,
die das Leben erhält und stets Neues erschafft –
die dich liebt und dir geben will, worum du bittest,
jeden Tropfen sammelt, den du verschüttest,
jede Träne zählt, die du einmal geweint,
und alles Getrennte einst wieder vereint.

Du magst leise es denken oder kraftvoll es singen:
Wir sind da, um zu schenken und Erfüllung zu bringen.
Du magst schweigend es glauben oder laut jubilieren:
Nie kann man's dir rauben, nie kannst du's verlieren!

Und was du bekräftigst, wir machen es wahr:
Das Leben liebt dich und ist wunderbar!
Jeder Kummer verfliegt, alles Elend vergeht:
Die Liebe der Schöpfung ist das, was besteht!

Und liegst du ganz unten, dann rufe uns – wag's!
Du kommst wieder hoch: dafür sorgen wir Krags!

Diesmal gab es sogar noch einen Refrain, den sie mehrmals wiederholten:

Gewiß ist, daß du auf Felsen baust,
wenn du der Macht der Liebe vertraust!

Noch während sie so sangen, trug sich etwas Seltsames zu. Die Mauer, die die Jags so blitzschnell errichtet hatten, veränderte sich. Sie schien nicht mehr feste Form zu haben, sondern wurde zusehends durchsichtiger. Und dann begann sie, immer mehr und immer rascher zu zerbröckeln. Noch ehe die Krags ihr Lied beendet hatten und wieder ihre alte Beschäftigung aufnahmen, war sie gänzlich zu Staub geworden.

Rasch kletterte Jesse die wenigen Schritte zum Rand des Kraters hinauf und blickte über die Ebene, über die er hergekommen war. Wie froh wurde ihm ums Herz, als er dort in der Ferne seine Freunde gewahrte: Luzie, Daniel und Esthia, die ihm jubelnd zuwinkten!

Über diesem freudigen Anblick vergaß er sogar sämtliche Krags. Mit einem lauten Juchzer begann er, auf sie zuzurennen. Doch schon nach wenigen Schritten übermannte ihn eine seltsame Müdigkeit, die bald jede andere Wahrnehmung überschattete und ihn stolpern ließ.

Er fand sich wieder auf dem Boden liegend, viele freundliche Gesichter ringsum über sich. Waren es seine Krags? Sie mußten es wohl sein, obwohl er noch immer nicht klar sehen konnte.

Ganz sanft begannen sie jetzt für ihn zu singen – eine Melodie ohne Worte, beruhigend, voller Liebe und von unbeschreiblicher Schönheit. Von den Klängen getragen, in diese Liebe eingehüllt, fühlte er sich, als schwebte er hoch über der Erde dahin und immer weiter fort…

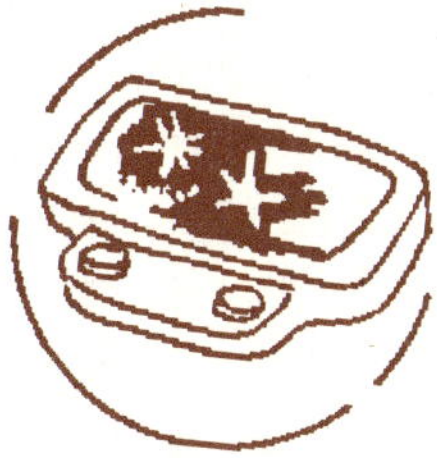

15

Im 'DEREINST'

Der vertraute Klang eines mühsam unterdrückten Kicherns ließ ihn die Augen öffnen. Noch immer lächelnde Gesichter über ihm. Doch diesmal sah er sie deutlich. Es waren seine drei Freunde.

»Wo bin ich denn?« fragte er, noch ziemlich verwirrt. »Wieso bin ich denn plötzlich hier?«

Jetzt lachte Luzie laut. »Du kamst angerannt. Und dann bist du gestolpert und hingefallen. Entschuldige...« Sie versuchte vergebens, ihr Lachen zu unterdrücken. »Du hast aber wirklich komisch ausgesehen.«

»Als wärst du besoffen«, ergänzte Daniel.

»Macht nichts, es ist toll, daß du wieder da bist!« Esthia begrüßte ihn mit ihrem strahlenden Lächeln und half ihm auf. »Unser Singen hat also tatsächlich gewirkt.«

Sie erzählten Jesse, wie sie ihm aus der Ferne geholfen hatten, seine Jags in die Flucht zu schlagen, und wie sie dabei immer deutlicher gespürt hatten, daß ihre Hilfe bei ihm ankam. Dann berichtete Jesse ausführlich über sein Abenteuer dort oben am Kraterrand. So wanderten sie plaudernd zurück, zuerst über die Ebene zu dem alten Tor, dann weiter den Pfad entlang bis zu der Kreuzung mit dem Wegweiser.

»Du bist also bereits einem Angst-Monster begegnet« sagte Esthia zu Jesse, als er geendet hatte. »Ich hatte so früh nicht damit gerechnet, sonst hätte ich dich eindringlicher gewarnt. Du hast Glück gehabt, daß du nicht in seinen Bann geraten bist.« Sie wurde recht ernst. »Denkt daran, Kinder, wenn ihr ihnen wieder begegnet. Ihr dürft ihnen nie, unter keinen Umständen, unsicher und zögernd gegenübertreten! Wenn ihr sie anseht, dann laßt euch nicht durch ihr feuriges Starren beirren. Legt Vertrauen und Stärke in euren Blick, und ruft ein paar Krags zur Unterstützung herbei. Wenn ihr euch daran haltet, schrumpfen die Monster und haben keine Macht mehr über euch.«

»Ich hab vorhin schon gemerkt, wie sie kleiner wurden«, berichtete Jesse. »Ich dachte, das hätte ich den Krags zu verdanken.«

»Das hast du auch. Wenn ihr genügend Krags um euch habt, dann können sie höchstens noch ihre Schreck-Zecken aussenden und euch dazu bringen, euch mies zu fühlen. Aber selbst hierfür benötigen sie die Unterstützung von Jags.«

Jesse lachte. Was Esthia sagte, war so beruhigend. Aber er wollte noch genauer wissen, was vorhin geschehen war. »Als ich den Steinbrocken hinunterwarf: warum ist danach alles anders geworden? Was ist passiert?«

»Was immer in so einem Fall passiert«, sagte Esthia. »Deine Jammergedanken bauen dir eine Mauer. Aber damit schützen sie dich nicht, sondern halten dich vom Leben ab. Ich hab diesen beiden schon erzählt: mit dem Durchschreiten jenes Tors haben wir eine Region des eigenen Seins betreten. Unser innerer Zustand, mit all unserem Empfinden und Denken, wird uns da als ein wirklicher Ort sichtbar.«

»Und weshalb heißt der Ort 'GEWESEN'?« wollte Luzie wissen.

»Weil jede Erfahrung, die man dort macht, immer sofort vorbei ist und einer neuen weicht.«

Ja, das war einleuchtend. Aber Jesse verstand es noch nicht ganz. »Und sie kommt in den 'Teich der Erfahrung'?« fragte er.

Esthia nickte. »In dem Teich wird alles gesammelt, was du erfährst und empfindest. Und ihr habt es ja gesehen: wenn ein Krag daran mitgewirkt hat, strahlt und glitzert es dort weiter in der Erinnerung.«

»So, daß wir es nie vergessen?« fragte Luzie.

»O doch, eine zeitlang vergessen wir es vielleicht schon. Es gibt ja jede Stunde des Tages so viel zu empfinden. Von dem Augenblick an, wo du aus dem Bett steigst, um zu frühstücken – worauf du dich vielleicht freust – und die Sonne scheint, was dich fröhlich macht – und dann findest du deine Schuhe nicht und wirst ärgerlich – und die Reisflocken schmecken dir prima – und zur Schule zu müssen, ist öde – aber deine Freundin kommt dich abholen, und das macht dich wieder fröhlich... Hunderte von Empfindungen, Tag für Tag, von denen du wahrscheinlich die meisten vergißt. Aber wenn du wirklich eine bestimmte davon in deinem Gedächtnis suchst, dann wirst du sie dort finden: hell schillernd am Grund. Und von da kannst du sie dann wieder emporrufen und dich erinnern.«

»Und was ist«, fragte Jesse mit einem Anflug von Schuldgefühl wegen seiner ungeduldigen Handlung am Teich, »wenn das, was in den Teich kommt, nicht richtig gereinigt wurde und eben *nicht* schillert?«

»Genau das geschieht, wenn ein Jag die Oberhand gewinnt – wie eben bei dir. Du nimmst dann bloß deinen Jag wahr. Und der hindert dich natürlich, das, was gerade passiert, richtig zu fühlen.«

»Weil das kein Krag von den Sentis übernommen hat?«

»Genau. An solche Erfahrungen können wir uns nicht, oder jedenfalls nicht deutlich, erinnern. Während die wirklich gefühlten – also die polierten Felsbrocken, die ein Krag übernommen hat – glitzernd und leuchtend unter Wasser dahintreiben, fallen die ungereinigten gleich bis zum Grund, wo sie unter einer dicken Schlammschicht liegenbleiben. Sogar von denen, die einmal glitzerten, bleiben manchmal welche in dem Schlamm stecken.«

»Und wenn ein Angst-Monster so einen reinschmeißt?« fragte Daniel.

»Die brauchen das nicht selber zu tun, das besorgen schon die Jags.«

»Die schaffen das doch mit den Augen!« Noch immer überkam Jesse ein leichter Schauder bei der Erinnerung.

»Ja. Aber, wie ich schon sagte: nur, wenn du ihnen unsicher und ängstlich begegnest. Nur dann gerätst du unter den Bann ihres feurigen Blicks. Wie wohl der arme Alte mit den Fotos ...«

»Der lebte doch gar nicht richtig«, bemerkte Luzie. »Kann das sein?«

Esthia nickte. »Unter dem magischen Bann eines Angst-Monsters vergeudet jeder sein Leben. Man empfindet ja nicht mehr das, was ist, sondern fühlt sich nur gedrängt, immer aufs neue zu wiederholen, was das Monster einem aufgetragen hat.«

»Ich weiß«, sagte Daniel. »Wie ständig nur arbeiten und nie Zeit haben für Spaß und Freude.«

»Oder ständig an allem rumnörgeln«, sagte Jesse, dem dabei schwach sein Vater vor Augen stand.

»Ja, genau so was. Und nach einer Weile lebst du überhaupt nicht mehr als die Person, die du in Wahrheit bist, sondern nur noch als 'der Dauerschufter' oder 'der Ewige Nörgler' oder 'das Arme Aschenputtel' oder 'der Eingebildete Doktor Allwissend'. Ihr werdet solchen Leuten, die im Bann der Angst-Monster stehen, bald begegnen. Sie heißen die Quirkos. Immer wieder dasselbe tun zu müssen, macht bestimmt keinen Spaß, aber das merken die längst nicht mehr.«

Sie waren an der Kreuzung mit dem alten Wegweiser angelangt.

»Dieser Schlamm auf dem Grunde des Teichs – er dient den Jags als Nahrung«, fuhr Esthia fort, »sie werden fett und stark davon. Und wenn die Schicht sehr dick ist, verändert sich der Teich selbst.« Sie wies auf den Pfad zur Rechten. »Kommt mit ins 'DEREINST'; da seht ihr, was passieren kann.«

Jesse schüttelte den Kopf. »Ich mag nicht wieder allein gehen. Können wir diesmal zusammen bleiben?«

»Keine Angst – ins 'DEREINST' gehen wir jetzt gemeinsam. Denn da sehen wir eine mögliche Zukunft, die für uns alle gilt. Für jeden auf der ganzen Welt.«

»Sehen wir da, was geschehen wird?« fragte Daniel gespannt.

»Was geschehen *kann,* wenn alles so weitergeht wie jetzt. Aber diese Entwicklung läßt sich noch aufhalten. Deshalb seid ihr heute hier.«

Jesse kräuselte die Stirn. Hatte er richtig verstanden? Hing die Zukunft von ihnen ab?

Daniel wurde ganz aufgeregt bei dem Gedanken. »Sollen wir da was machen? In der Zukunft?«

»Eure Aufgabe liegt nicht in der Zukunft«, erwiderte Esthia. »Aber es ist wichtig, daß ihr seht, was da los sein kann. Im 'DEREINST' wird euch das gezeigt.«

Die Kinder konnten es kaum erwarten. Luzie machte mit einem fröhlichen Juchzer einen richtigen Luftsprung.

»Aber laßt uns zuerst nochmal Rast machen und uns stärken«, schlug Esthia vor, indem sie auf ihren Rucksack wies. So setzten sie sich denn an jenem Ort, den sie 'Zwischen der Zeit' genannt hatte, unter dem Wegweiser auf den steinigen Boden, und Esthia packte Knäckebrot, Avocados und Bananen aus. Hungrig stürzten die Kinder sich auf das Picknick.

»Ah, Avocados find' ich so lecker!« sagte Luzie ein Weilchen später genüßlich, indem sie noch eine der weichen Früchte auslöffelte.

Daniel gab ihr einen ungeduldigen Stups. »Iß mal'n bißchen schneller! Wir sind alle schon fertig.«

»Und gleich kommt wieder der Alte«, kicherte Jesse, »und wir müssen uns Fotos ansehen.«

»Ogottogott, bloß nicht!«

»Den könnten wir doch mitnehmen in die Zukunft!« meinte Daniel lachend. »Ins – wie heißt das nochmal?«

»Das 'DEREINST'«, erinnerte sich Jesse. »Da jammert er dann bestimmt noch mehr«.

»Da ist er auf einmal nicht mehr 86, sondern 150!« verkündete Luzie.

»Und du 100!«

Die Kinder kugelten sich vor Lachen. So ging es noch eine Weile weiter, während Esthia zusammenpackte.

Dann machten sie sich auf zum 'DEREINST'. Der Weg war breit und leicht zu gehen. Auch er war von dichtem Gebüsch umsäumt, doch gab es hier keinerlei Leben. Nicht einmal Vögel oder Insekten schwirrten umher. Ein seltsamer Geruch lag in der Luft, wie eine Mischung aus Qualm und Fäulnis.

Nach kurzer Zeit stellten sie fest, daß sie auf einer Betonstraße gingen. Sie war schnurgerade und führte in der Ferne wiederum auf ein Tor zu. Es war sichtlich neu und recht einfach – ein schweres, schwarzes Eisentor, das an den Eingang einer Kaserne erinnerte.

Bei ihm angelangt, suchte Esthia eine Weile nach einer Klinke, um es zu öffnen. Stattdessen fand sie einen grünen Knopf an der Seite.

»Laß mich bitte drücken!« bat Luzie. Sie konnte ihn nur auf Zehenspitzen erreichen. Das Tor öffnete sich langsam und geräuschlos.

Alles schien diesmal einfacher als auf dem Weg zum 'GEWESEN'. Hier gab es auch keine Ebene zu durchqueren. Sie gelangten direkt durch das Tor hindurch auf eine Art Galerie, wie man sie von Theatergebäuden her kennt. Als sie sie betraten, stellten sie erstaunt fest, daß sie hier schon einmal gewesen waren!

Ja, es gab keinen Zweifel: vor ihnen lag der alte Vulkan mit dem 'Teich der Erfahrung' in der Mitte, zu dem sich der Felshang ringsum sanft hinabsenkte. Die Galerie führte auf beiden Seiten im Kreis um den Rand des alten Kraters herum.

Doch wie anders sah alles dort unten jetzt aus! Der Rasen mit den bunten Blütenbüschen war verschwunden. Das ganze Gebiet war schlammig und mit Felsbrocken jeder Größe übersät. Jesse fielen die Schafe ein, die er gesehen hatte, die in Wahrheit von den Angst-Monstern verwunschene Krags waren. Ob sie das Gras gefressen hatten?

Doch nein, der traurige Zustand des Tals war sichtlich das Werk der großen, lärmenden Maschinen, die dort jetzt allenthalben umherrollten. Gewaltige Bagger und Lastwagen aller Arten verrichteten die Arbeit, die die Sentis zuvor mit der Hand ausgeführt hatten. Was war wohl aus diesen fröhlichen kleinen Arbeitern geworden?

Die Maschinen wurden offenbar eingesetzt, weil sie in viel kürzerer Zeit weit mehr schafften als die Sentis. In einem Zug konnten sie hundertmal mehr Felsbrocken ausgraben und abtransportieren, als diese es je vermocht hätten. Große Flächen der Felswand an den oberen Rändern des Vulkans wiesen jetzt tiefe Löcher auf. Da hatten sich die Greifbagger hineingefressen, die dort überall am Werk waren. Sie griffen in das Gestein und luden es mit ihren enorm langen Armen direkt auf unter ihnen wartende Lastwagen. Diese rasten dann über den unebenen Boden und weiter unten, über die eingeebnete, schlammige Fläche, schlitternd auf ihr Ziel zu.

Als die Kinder ihnen mit den Blicken folgten, bemerkten sie auch bei den geheimnisvollen Erdspalten eine Veränderung. Das unterirdische Feuer, in dessen Flammen die Felsbrocken gereinigt und poliert worden waren, leuchtete nicht mehr aus ihnen hervor. Es war durch elektrischen Strom ersetzt worden. Überall im Gelände ragten Hochspannungsmasten auf. Über deren Leitungen gelangte der Strom zu gewaltigen Stahlöfen. Dort sah man die Sentis am Werk.

Wie aber hatten die sich verändert! Sie sahen sämtlich ausgehungert und überarbeitet aus. Ihre weiße Kleidung war beschmutzt, und von ihren Lippen kam kein Ton mehr, geschweige denn fröhliches Singen und Lachen. Sie waren viel zu beschäftigt damit, die entladenen Gesteinshaufen in große Behälter zu schaufeln. Diese rollten dann automatisch an einem Ende in jene Öfen hinein, während andere solcher Behälter am jenseitigen Ende herausgerollt kamen.

Die heraustransportierten Steine hatten deutlich einen Reinigungsprozeß hinter sich. Einige schimmerten sogar ein bißchen; aber kein einziger glitzerte nur entfernt so wie jene, die die Sentis mit der Hand gereinigt hatten. An manchen gar, wie man selbst aus dieser Entfernung an dunkleren Flecken erkennen konnte, haftete noch Schlamm.

Niemand schien sich die Zeit zu nehmen, nachzuprüfen, wie gut die Reinigung gelungen war, geschweige diesen Steinen die letzte Politur zu geben. Direkt vom Behälter, der aus dem Ofen kam, wurden sie auf einen anderen Laster geladen, der sie dann zum Teich fuhr.

Dort unten fuhren die Wagen der Reihe nach auf eine Rampe. Das war ein Steg, der bis zur Mitte des Wassers führte. Er ließ sich bewegen, so daß die Ladung jedes neu ankommenden Wagens immer an einer anderen Stelle ins Wassers fiel.

Die Melodien, die vormals den Fall jedes polierten Brockens ins Wasser begleitet hatten, waren verstummt. Stattdessen ertönte bei den Entladungen aus Lautsprechern am Rande des Teichs lärmende Rockmusik. Auch der geheimnisvolle Schimmer war erloschen. Jetzt war die Oberfläche des Teiches glatt und glänzend, aber mehr wie der Bildschirm eines Computers. Und den süßen Blütenduft hatte ein beißender Geruch abgelöst, der zu den Kindern heraufwehte. Selbst hier oben wurde ihnen davon fast übel. Dieser Geruch war es gewesen, den sie schon auf dem Weg wahrgenommen hatten. Er erinnerte nicht nur an Fäulnis, sondern auch an verbranntes Plastik.

Luzie hielt sich grinsend die Nase zu, und Daniel wedelte abwehrend mit der Hand wie mit einem Fächer. Jesse bemerkte eine Reihe Stufen, die von der Galerie, auf der sie standen, nach unten führten.

Er blickte Esthia fragend an. »Dürfen wir da mal runter?«

»Ja«, stimmte Daniel bei. »Ein bißchen näher ran!'

»Wenn meine Nase das aushält!« meinte Luzie lachend.

Esthia nickte zustimmend. »Solange ihr acht gebt und euch nicht – niemals, unter keinen Umständen – weißt du noch, Jesse?«

»... euch niemals, unter keinen Umständen, einmischt in das, was ihr seht!« ergänzte er. Alle lachten.

»Aber diesmal wirklich!« mahnte Esthia. »Und geht nicht zu weit. Ich denke, bis zum obersten Reinigungsofen genügt. Okay?«

Die Kinder kletterten hinab. Sie hielten sich an den Händen und mußten achtgeben, daß sie den arbeitenden Personen und Maschinen nicht in den Weg gerieten. Beim Näherkommen stellten sie fest, daß die Erdspalten dort, wo sich jetzt die Öfen befanden, durch gewaltige Stahltüren versperrt worden waren. Nicht alle von diesen schienen dicht zu schließen. Bei mehreren sahen sie Rauch aus den Seiten hervorquellen.

Und noch etwas fiel ihnen auf. Bei weitem nicht alle Felsbrocken wurden auf die durch die Öfen rollenden Behälter geschaufelt. Ein großer Haufen lagerte außerhalb jeder der Stahltüren. Mit dem Entladen jedes neuen Lastwagens wurden diese Haufen immer größer.

»Was sie wohl damit machen?« wollte Daniel wissen. Er wandte sich an einen der Sentis, der soeben vorbeihuschte: »Verzeihung bitte, was machen... «

»Hau ab, du blödes Kind!« schnauzte ihn der kleine Mann erbost an.

Als Daniel sich an einen anderen wenden wollte, wurde er nicht weniger grob abgewiesen. »Siehst du nicht, daß ich zu tun habe!«

Im selben Moment kam ein dritter mit einem leeren Schubkarren an und hätte die Kinder beinahe umgerannt. »Aus dem Weg! Macht, daß ihr hier wegkommt!« schrie er zornig.

»Stör sie doch nicht – Esthia hat's uns extra gesagt!« rief Luzie und zog Daniel beiseite.

»Man sollte eure Lehrer informieren, daß ihr die Schule schwänzt!« ertönte ein weiterer Ruf – diesmal von einem großen Mann, der ein Aufseher zu sein schien. Es war eindeutig ein Jag; sein Umhang trug den Satz *»Nur wer viel leistet, verdient gut zu leben«*.

Überall standen solche Aufseher herum – zwischen den Sentis, die das Laden und Entladen der Lastwagen besorgten, wie auch bei den Baggerführern. Sie sorgten dafür, daß alles rasch und reibungslos vonstatten ging. Statt Peitschen, wie im 'GEWESEN', trugen sie jetzt elektrisch geladene Stäbe. Damit konnten sie den Sentis einen Schock versetzen, wenn diese nicht spurten. Aus Angst davor arbeiteten die Sentis so hastig, daß auch sie nervös und grantig geworden waren.

Einige der Texte auf der Kleidung der Jags lauteten: *»Mit Geschwindigkeit zum rascheren Erfolg!« – «Schneller, besser, höher!« – »Keine Experimente – nur Leistung zählt!« – »Genieße heute, denn morgen bist du tot!« – »Smart ist cool!« – »Im Leben zählt nur der Genuß!« – »Stampft die Konkurrenz in den Boden!« – »Gib weniger für mehr!« – »Konsum hält die Wirtschaft in Schwung!«*

»Sind denn das alles Jags?« wunderte sich Luzie. »Diese Sätze sind doch gar nicht so jammerig!«

»Nee, die klingen ganz stark!« stimmte Daniel bei.

»Es sind aber Jags«, ließ sich Esthia, die ihnen unbemerkt gefolgt war, hinter ihnen vernehmen, »auch wenn das Jammern hinter aggressiven Behauptungen versteckt ist. Wer so denkt, ist doch nie zufrieden.«

»Aber guck mal, da drüben steht: *'Genieße heute!'* Wenn ich das tue, jammere ich doch nicht, oder?«

»Gewiß nicht in jedem Fall«, gab Esthia zu. »Doch wenn ihr genauer hinseht, bemerkt ihr vielleicht etwas sehr wichtiges! Bei all dem Gerede von Genuß und Vergnügen, weiß eigentlich keiner das Leben überhaupt wirklich zu schätzen. Machtsprüche – und dabei sind die Menschen unter der Fuchtel ihrer eigenen Jags völlig versklavt. Die Sentis haben keine Zeit, sich mit irgendwas gründlich zu befassen, weil sie nur von einer Sache zur nächsten hetzen.«

Ja, da bestand kein Zweifel: die Jags waren es, die hier über alles bestimmten. Und waren sie nicht selbst Sklaven der Angst-Monster?

»Was ist mit den Haufen da neben den Öfen?« wandte sich Jesse an Esthia. »Was machen sie damit?«

»Schneller, besser, höher!« zitierte Esthia einen der Jag-Texte. »Bei der hastigen Arbeit und mit all den gewaltigen Maschinen graben sie Tag für Tag viel mehr aus, als sie verarbeiten können.«

»Und kriegen das nicht mal richtig sauber!« bemerkte Luzie.

»Natürlich nicht, es ist viel zu viel. Diese Haufen sind im Laufe des Tages angesammelter Überschuß. Am Abend wird das alles einfach durch die Stahltüren geschaufelt.«

»Aber da drinnen gibt's ja noch Feuer!« sagte Daniel. »Ich seh' doch den Rauch.«

Esthia nickte. »O ja, das 'Feuer des Erlebens' verlischt nie ganz, auch wenn man noch so grimmig versucht, es zu ersetzen.«

»Und da laden sie dann den Schutt einfach drauf?« fragte Jesse. »Ist das denn nicht gefährlich?«

»Es geht nicht anders. Nur ein kleiner Teil der glühenden Energie dort unten wurde zu Strom verarbeitet – aber genug, um weit größere Mengen als zuvor zu reinigen – wenn auch recht schluderig. Und was von dem Gestein übrig bleibt, müssen sie ja irgendwie loswerden.«

Jesse war verwirrt. »Reinigt sich das da unten von selber?«

»Nein, es sammelt sich nur an. Immer mehr wird auf die Flammen draufgeschüttet, die dann von unten alles ankokeln. Dadurch beginnt es zu glimmen. Und das erzeugt zwar Hitze und Rauch, aber zur Reinigung reicht es nicht aus. Für ein reinigendes Feuer, wie es früher da war, dringt nicht genügend Luft durch die Türen geschweige all das Geröll.«

»Ich weiß!« rief Luzie aus. »Das ist so, wie wenn wir was nicht wissen wollen. Dann schieben wir's einfach ab ins Vergessen.«

Alle lachten. Luzie drückte sich manchmal wirklich komisch aus, aber es war dann immer alles klar.

»Und das da unten kann uns immer noch Angst machen?« fragte Jesse.

»O ja. Wir machen es uns zu leicht, wenn wir alles, was uns zu viel wird, einfach wegpacken. Ein Teil unseres Geistes wird dann zur Müllhalde. Und desgleichen, wenn wir uns überfordern und dann einfach vergessen wollen. Keine Erfahrung ist je ganz vergessen. Irgendwo schwelt sie weiter – umso stärker, je größer unsere Angst davor ist. Wenn wir tief in unserem Gedächtnis graben – dann, mit viel Mühe, können wir die Erinnerung daran meistens ausbuddeln.«

»Wenn der Rauch nicht zu schlimm wird«, meinte Daniel. Er war mehr interessiert an dem, was er vor sich sah, als daran, wie sein Geist funktionierte.

»Ja, der Rauch«, sagte Esthia. »Unsere Angst. Und je mehr es davon gibt, umso dichter halten wir die Türen versperrt.«

»Anstatt frische Luft reinzulassen«, sagte Luzie. »Wie dumm!«

»Kann das da drinnen nicht explodieren?« erkundigte sich Jesse.

»Das ist schon möglich«, nickte Esthia. »Dann fliegt alles überall rum, die Stromleitung wird beschädigt und eine zeitlang steht alles still, bis sie wieder repariert ist. Die Leute, denen das passiert, werden krank.«

»Sind die verrückt?« fragte Luzie.

»Ja, so sagt man manchmal. Doch meistens kriegen sie einfach Beruhigungsmittel. Sehr selten gibt es eine wirkliche Explosion, wo etwas ganz Schreckliches passiert.«

»Wie wenn jemand ermordet wird, oder die Möbel zertrümmert?«

»Ja, so etwas – das ist recht selten. Aber so ganz verlischt das Feuer nie. Wie ihr sehen werdet, werden die Türen abends kurz geöffnet, damit alles Unbehandelte reingeschüttet werden kann. Dadurch kommt genügend Luft hinein, um tief unten alles weiter schwelen zu lassen.«

»Und stinken«, sagte Daniel. »Puh – hier riecht's ja noch schlimmer als oben!«

»Klar. Bei dem Schwelprozeß entwickeln sich natürlich giftige Gase.«

»Aber warum ist es jetzt so?« fragte Jesse. »Wieso ist hier im 'DEREINST' alles so anders als vorher?«

»Seht euch die Jags an, die das Kommando führen, dann wißt ihr es«, sagte Esthia.

Im gleichen Augenblick trat 'KEINE-EXPERIMENTE–NUR-LEISTUNG-ZÄHLT!' mit einem häßlichen Grinsen zu einem der Arbeiter, der sein Werk unterbrochen hatte, um seine Schaufel zu untersuchen. Der Jag berührte ihn mit seinem elektrischen Stab am Nacken, so daß der Senti einen lauten Schmerzensschrei ausstieß und rasch die Arbeit wieder aufnahm.

Esthia fuhr zusammen, als wäre sie selber berührt worden und hätte den Schmerz verspürt.

»War das auch so in dem anderen Leben, das du gesehen hast«, fragte Luzie, »wo du meintest, daß sie dich als Hexe verfolgt haben?«

Esthia zuckte die Achseln. »Ich weiß nicht, ob es so war. Auf jeden Fall gab es eine Zeit, wo so etwas geschah. Die Jags, denen die Menschen gehorchten, waren damals andere, aber das Ergebnis war so ziemlich dasselbe. Wer mehr wußte, als erlaubt war, wurde verfolgt und gequält. Gott sei Dank ist das heute, wenigstens in unserem Land, nicht mehr ganz so.«

»Aber wird es wieder so?« fragte Jesse ängstlich und wies auf die Szene, die sie beobachtet hatten. Der Jag war weitergegangen zu anderen Sentis. Sie schienen das zu spüren, denn ohne von der Arbeit aufzusehen, schaufelten sie noch hastiger. »Wird das dann so in der Zukunft?«

»Ich sagte ja schon, dies ist eine *mögliche* Zukunft. Eine, auf die wir hinsteuern. Aber auch eine, die sich noch immer vermeiden läßt.«

»Wie denn?«

»Indem sich eine genügende Anzahl junger Menschen, so wie ihr, mit machtvollen Krags verbünden.«

In diesem Moment trat ein anderer Jag auf sie zu. Der Text auf seinem Umhang lautete: *»Erfolg über alles!«* Auf seinen Lippen stand ein einschmeichelndes Lächeln, während die Augen eiskalt blickten und seine Stimme hart war.

»He, Kinder – kein Rumlungern hier!« rief er ihnen zu. »Schule oder Arbeit – was soll's denn sein?«

Die Kinder blickten fragend auf Esthia. Durften sie ihm antworten? Sie nickte zustimmend.

Der Jag wartete noch, dann klatschte er auffordernd in die Hände. »Na also, denn los, und mitgemacht!« Er grinste wieder. »Hier gibt's gute Bezahlung – weit über Tarif.«

»Trotzdem machen wir nicht mit«, sagte Daniel.

»Ihr werdet aber – oder ihr verdrückt euch jetzt auf der Stelle!« drohte der Jag. »Für Touristen ist hier kein Platz!«

Doch die Kinder, die sich von Esthia bestärkt fühlten, rührten sich nicht von der Stelle. Bemüht, sich von Daniel nicht ausstechen zu lassen, faßte auch Jesse sich ein Herz und rief trotzig: »Ich hab ein Recht, hier zu sein!«

»Ich auch – ich pfeife auf deine Drohungen!« fügte Daniel hinzu.

Und siehe da – urplötzlich standen da zwei Krags neben den Kindern, mit genau diesen Sätzen – *»Ich hab ein Recht, hier zu sein!«* – und *»Ich pfeife auf deine Drohungen!«* in glitzernden Buchstaben auf ihrer regenbogenfarbenen Kleidung.

Als er sie sah, wich der Jag, noch immer das ölige Grinsen im Gesicht, einen Schritt zurück. »Ich versuch' ja nur, euch den Wert von vernünftiger Arbeit beizubringen«, murmelte er.

»Von Schufterei als eure Sklaven, meinst du wohl!« rief Daniel.

»Aber wir sind frei, und wir zeigen's euch!« Und mit erhobenen Fäusten sprang er auf den Jag zu. Der wich rasch weiter zurück.

Daniel wandte sich an seine Freunde: »Los, kommt schon – worauf wartet ihr noch! Wir machen ihnen Beine!«

Er wollte dem Jag nachrennen, doch Esthia hielt ihn zurück. »Nein, so nicht! So könnt ihr ihnen nicht beikommen – drei Kinder gegen die mögliche Zukunft der Welt.«

»Aber hast du nicht gesagt, wir können was ändern?« fragte Jesse. »Was sollen wir denn sonst tun!«

»Dies ist noch nicht der Ort, irgendetwas zu tun.«

»Wo denn dann!« rief Daniel herausfordernd.

»Dort, wo die Angst-Monster wohnen. Sie sind es, die die Jags kommandieren. Anfänglich werden zwar sie von den Jags herbeigerufen – aber nur, weil die ohne die Rückendeckung der Monster nicht auskommen.«

Jesses Herz tat einen winzigen, ängstlichen Sprung. »Und wo wohnen sie?« fragte er.

»Das werdet ihr bald herausfinden. Noch einmal: macht euch keine Sorgen. Ihr braucht euch nur an eure Krags zu halten, dann haben die Monster keinerlei Macht über euch. Das hast du ja gesehen, nicht wahr?«

Ja, er erinnerte sich gut, wie jene Mauer zu Staub zerbröckelt war.

»Ihr werdet den Beweis liefern«, fuhr Esthia fort, »daß die Monster recht leicht zu entmachten sind. Dann werden schließlich immer mehr Menschen merken: die Welt muß diesen Lauf nicht nehmen. Es kann sich etwas ändern, so daß es nie soweit kommt. Und sie selber können die Veränderung bewirken, indem sie den Monstern die Macht nehmen. – Aber erst seht euch mal aus der Nähe an, wo das alles hinführt. Kommt!« Ohne auf Antwort zu warten, begab sie sich weiter ins Tal hinab, auf den Teich zu.

Daniel folgte, indem er wie ein kleiner Hund um sie herumsprang.

Jesse verspürte wieder den Schauder. Er war vorhin so nahe daran gewesen, unter den Bann eines der Monster zu geraten!

Luzie spürte sein Unbehagen und drückte ihm die Hand. »Wir haben unseren Spiegel«, flüsterte sie ihm aufmunternd zu. »Komm. Wir schaffen das schon!«

16

Ein Blick auf die Zukunft

Nicht weit entfernt führte ein schmaler Weg auf einen Felsvorsprung, der weiter ins Tal hineinragte. An seinem Ende befand sich eine Art Aussichtsplattform. Von dieser konnte man über einen niedrigen Zaun hinweg unmittelbar auf den Teich blicken. Obwohl er noch ein ganzes Stück entfernt war, sah man ihn von hier aus mit einer Deutlichkeit, als schwebte man direkt über dem Ufer.

Auf der Plattform angelangt, sahen sie vieles klarer. Ja, das Wasser hatte seinen ehemaligen, geheimnisvollen Glanz verloren. Ein Lastwagen war soeben von den Reinigungsöfen her den Steg hinaufgefahren; jetzt ließ er seine Ladung Steine, von denen nur wenige schwach schimmerten, mitten in den Teich plumpsen. Das hierdurch erzeugte häßliche Geräusch wurde sofort von dröhnender Rockmusik übertönt. Etwa eine halbe Minute lang hämmerte sie aus den Lautsprechern. Dann fuhr der Laster rückwärts den Steg zurück, die Musik – wenn man sie so nennen wollte – erstarb, und es wurde wieder ruhiger in diesem Teil des Tals.

Auch der von der Ladung aufgewühlte Teich beruhigte sich nun wieder. Man hätte wohl erwarten können, daß er von den vielen nur halb gereinigten Felsbrocken, die ständig hineingekippt wurden, ganz schlammig und trübe geworden war. Doch wie die Kinder feststellten, war die Oberfläche stattdessen von einer schimmernden, dicken Haut überzogen, so wie es etwa nach einer Verschmutzung durch Öl vorkommt.

»Es ist Öl«, bestätigte Esthia. »Sie benutzen es, ohne rechte Wirkung, bei der Reinigung. Doch wartet mal ab, wenn das Wasser wieder ganz glatt ist. Dann werdet ihr sehen, daß es noch einen anderen Zweck erfüllt.«

Tatsächlich: die von jener Haut überzogenene Oberfläche des Teiches diente offenbar als eine Art Fernseher. Sie verwandelte sich in einen riesigen Bildschirm, auf dem jetzt ein erstaunliches Bild sichtbar wurde.

Von der Stadt, die dort erschien, konnte Jesse sich nicht vorstellen, daß irgendwer dort leben wollte. Ab und zu sah man Teile davon in Nahaufnahme. Riesige Wolkenkratzer, nicht aus Beton, sondern aus Glas und Plastik, mit tausenden von Fenstern, die sich wegen der Klimaanlagen im Inneren nicht öffnen ließen. Unten breite Bänder sechs- und achtspuriger

Autobahnen, die sich in allen Richtungen über- und untereinander kreuzten, von dahinschleichenden Verkehrsschlangen verstopft.

Dazwischen auch Fußgängerwege – rollende Transportbänder, auf denen grüne Teppiche die Illusion von Rasen vermitteln sollten. Viele Menschen standen darauf und erwarteten regungslos die Ankunft an ihrem Ziel. Es war, als verlören sie den Gebrauch ihrer Beine, sobald sie auf solch einem Band zu stehen kamen. Ab und zu gab es auch winzige, parkähnliche Nischen mit kleinen Bäumen in riesigen Töpfen. Es blieb unklar, ob sie echt oder aus Plastik waren.

Über alledem bewegten sich an dicken Kabeln kleine Einkaufswagen in allen Richtungen.

»Man geht nicht mehr einkaufen«, erklärte Esthia. »Du tippst nur in den Computer ein, was du brauchst, und die Verkaufszentralen schicken es dir. Gezahlt wird natürlich bargeldlos.«

»Aber wenn niemand ausgehen muß, wohin fahren dann die ganzen Autos?« fragte Daniel. »Und die Menschen, die da stehen?«

»Na, wahrscheinlich zur Arbeit – oder zu den Vergnügungszentren, wo es tausende von 'Virtual Reality' Kabinen gibt.«

»Was ist denn das?«

»Kleine, von Computerbildschirmen umringte Kabinen, in denen du dir eine Situation ausdenken und sie dann so empfinden kannst, als wäre sie real. Du kriegst einen Helm mit Brille und Kopfhörern; die Schultern werden an Kabel angeschlossen, und mit einer Tastatur stellst du dir dann zusammen, was du erleben möchtest – wo, wann und mit wem.«

»Wieso denn, wenn ich da drinnen alleine bin!« wandte Jesse ein.

»Es wird alles durch Computer erzeugt. Und es ist so lebensecht, daß du dir in deinem Helm vorkommst, als wärst du wirklich mittendrin. Du stellst vorher alles zusammen, wie eine Geschichte, in der du selber die Hauptfigur bist. Du kannst sie in der Vergangenheit oder in der Zukunft spielen lassen, und wo immer du gerne sein würdest: in Afrika, in irgendeinem anderen Land oder auch auf einem fremden Planeten. Und als Partner im Spiel wählst du dir bekannte oder auch unbekannte Menschen – oder vielleicht außerirdische Wesen oder Monster oder eine Truppe Zwerge, oder was immer sonst du dir einbilden magst.«

»Toll! Das muß Spaß machen!« rief Daniel aus.

»O ja – dürfen wir da mal hin?« bat Luzie.

»Da stell ich mir den Mr. Tideman hin und boxe ihn auf die Nase!«

»Wenn dir sowas Spaß macht«, lachte Esthia kopfschüttelnd.

»Ja, wirklich? Könnte ich das?«

»In so einer Kabine kannst du praktisch alles anstellen, auch den größten Blödsinn. Deswegen wollen ja alle da hin und merken kaum noch, daß es bloß Einbildung ist. Natürlich geht es auch viel schneller als im Leben, weil man alles auslassen kann, was einen nicht interessiert. Auf diese Weise kann man sich einbilden, in noch kürzerer Zeit noch mehr Spaß zu haben.«

»Wie, wenn man in einer halben Stunde auf den höchsten Berg klettert?« fragte Jesse.

»Oder in drei Minuten zwanzig Elefanten schießt!« rief Daniel.

»Oder fünf Pizzas ißt, ohne daß einem schlecht wird!« jubelte Luzie. Pizza war ihr Lieblingsessen.

»Genau. Man braucht nur zu wählen, und los geht's. Deswegen hetzen hier überall die vielen Bagger und Lastwagen umher. Es gibt ja so viel mehr zu erfahren und zu empfinden.«

»Aber wieso denn?« wunderte sich Jasse. »Wenn man doch bloß in so 'ner Kabine sitzt?«

»O ja. Die Gefühle werden freilich nicht von Ereignissen im wirklichen Leben erzeugt. Aber trotzdem fühlt sich 'Virtual Reality' – die 'quasi Wirklichkeit' – eben fast genauso an.«

»Ich finde das toll!« verkündete Daniel.

»Ja, laß es uns mal ausprobieren!« rief Jesse.

Luzie schloß sich ihm an: »Bitte – dürfen wir?«

»Oder ist das nicht für Kinder?« Daniel waren soeben Zweifel darüber gekommen. »Ich seh gar keine.«

»Also, wenn sie nicht gerade vorm Computer sitzen und lernen«, sagte Esthia, »sind die Kinder bestimmt auch dort. Wartet, bis eine Nahaufnahme kommt, dann seht ihr's.«

Sie mußten warten, bis ein anderer Laster seine Ladung ausgekippt hatte; dann kamen Nahaufnahmen. Zuerst Kinder jeden Alters beim Lernen. Sie saßen, ein jedes für sich, vor dem Computer und tippten Antworten ein, die der Computer dann bewertete. Das war freilich nichts Besonderes; Jesse hatte das daheim in der Schule auch schon erlebt.

Die nächsten Bilder jedoch ließen sie aufmerken. Man sah endlose Reihen winziger Kabinen. Alle sahen sie gleich aus, und vor einer jeden stand eine Schlange von Kindern. Sie warteten offenbar schon lange. Die meisten starrten nur stumm vor sich hin, während einige auch ungeduldig hin und herzappelten. Kaum öffnete sich die Tür einer Kabine und ein Kind kam heraus, so drängte das nächste hastig hinein, während das herausgekommene sich sofort wieder hinten anstellte.

»Du kriegst jedesmal zwanzig Minuten«, erklärte Esthia. »Und natürlich gibt's nicht so viele Plätze, so daß man zwischendurch manchmal stundenlang warten muß.«

»Aber warum spielen sie denn dann nicht? Oder reden und lachen miteinander?« fragte Jesse. »Die gucken ja alle so furchtbar ernst.«

»Sie können es nicht erwarten, zu ihrem Spiel zurückzukehren. Und sie wollen sich nicht von dem Gefühl ablenken. So wie man versucht, einen schönen Traum auch nach dem Aufwachen noch möglichst lange in der Erinnerung festzuhalten.«

«Spielen sie denn gar nicht mehr zusammen?« fragte Luzie.

»Sie haben keine Zeit. Und warum sollten sie denn? Wer braucht schon noch wirkliche Spielgefährten, wenn er sie sich mit dem Computer erzeugen und sich dann einbilden kann, sie wären lebendig?«

»Das ist ja wie Träumen«, sagte Luzie. »Ich hab oft Abenteuerträume, und die machen auch Spaß. So, wie gestern nacht, da hab ich im Traum mit einer süßen Koalafamilie gespielt. Aber trotzdem ist das Träumen lange nicht so schön, wie mit Freunden zu spielen.«

»Haben die denn gar keine Freunde?« erkundigte sich Jesse. »Ich finde, die sehen alle traurig aus.«

»Klar sind sie traurig«, meinte Esthia. »Bei so einem Leben – wo bleibt denn da noch Zeit, sich überhaupt anzufreunden!«

»Die in der Schlange haben doch Zeit«, bemerkte Daniel.

»O nein. Wenn sie nicht aufpassen, verlieren sie leicht ihren Platz. Außerdem könnten sie hier doch kein Spielzeug herbringen, und auch nicht rumrennen, oder?«

»Also, ich bin froh, daß ich Freunde habe.« Etwas schüchtern legte Luzie die Arme um die beiden Jungen. »Ich glaube, ich will gar nicht drankommen.«

Jesse stimmte zu. »Ich auch nicht.«

Daniel dachte noch nach. »Es könnte mir schon Spaß machen«, meinte er. »Aber die Kinder da unten – nee. Die sehen ja alle aus wie halbtot.«

»Sind sie auch«, nickte Esthia. »Das ist ja das Schlimme. Halbtot. Sie halten es für das Leben, und dabei haben sie verlernt zu leben. Mit den Erwachsenen ist es noch schlimmer. Für viele von denen sind solche Spiele noch das einzige, was sie vor dem Fluch der Angst-Monster bewahrt. Sonst wären sie längst in Quirkos verwandelt.«

»Aber ich sehe gar keine Jags«, stellte Jesse fest. »Sind die weg?«

»Oh nein, die Menschen haben sie unablässig im Sinn. Und falls nicht, werden sie immer wieder an sie erinnert. Seht mal, da!«

Das Bild auf der Teichoberfläche veränderte sich soeben wieder. Jetzt sah man den riesigen Saal des Vergnügungszentrums, wo die Kabinen standen. Ringsum an den Wänden sowie an der Decke befanden sich große Leinwände, auf denen ständig neue Texte erschienen. Es waren die gleichen, die sie zuvor auf den Rücken der Jags gelesen hatten:

»Mit Geschwindigkeit zum rascheren Erfolg!« – *»Schneller, besser, höher!«* – *»Keine Experimente – nur Leistung zählt!«* – *»Im Leben zählt nur der Genuß!«* – *»Stampft die Konkurrenz in den Boden!«* – *»Gib weniger für mehr!«* – Und außerdem auch ein paar neue: *»Entrinne der Öde des Alltags!«* – *»›Virtual Reality‹ ist einfacher als das Leben!«* und: *»Kreiere dein Privatvergnügen, deine Lieblingssensationen – alles ist erlaubt!«*

In diesem Moment begann wieder ein Lastwagen, der den Steg heraufgefahren war, seine Ladung in den Teich zu kippen. Der Bildschirm auf dem Wasser erzitterte und wurde von den fallenden Steinen verwischt. Donnernde Rhythmen übertönten das hierdurch verursachte metallische Geräusch, und der Laster ratterte im Rückwärtsgang zurück.

Stumm sahen die Kinder zu, eng umschlungen in Gedanken über das Gesehene. Ihre Aufregung war einem Gefühl der Einsamkeit gewichen.

Esthia ergriff wieder das Wort. »Die Veränderungen um den Teich herum spiegeln wider, was sich im ‘DEREINST’ in jedermanns Leben verändert haben wird. Was ihr auf der Teichoberfläche gesehen habt, ist das ‘Universalprogramm’. Es wird auf dem Bildschirm eines jeden Computers immer dann gesendet, wenn dieser gerade nicht anders genutzt wird.«

»Wer macht denn solche Programme?« fragte Jesse. »Macht das die Regierung?«

»Nicht direkt. Man kann schon sagen, daß die Angst-Monster dahinterstecken. In ihrer grauen Kleidung wirken sie wie harmlose Geschäftsleute. Doch mit Hilfe ihrer Jags sind sie unablässig bemüht, die Welt auf diese Weise zu organisieren.«

Mit einem Schauder schmiegte sich Luzie enger an ihre Freunde.

»Kommen sie aus der Hölle?« fragte Jesse, wieder mit einem leisen Anflug von Herzflattern.

Esthia nickte. »Aus jener Hölle, die wir selber uns erschaffen, indem wir uns nach unseren Jags richten.«

»Ja, das hab ich gespürt«, erinnerte sich Jesse.

»Wir alle haben es schon mal gespürt. Mit den Schreck-Zecken fängt es an. Aber wenige wissen, was das ist, das ihnen da im Nacken sitzt, ihnen das Herz verkrampft oder den Magen. Und wenn die Monster dann wirklich erscheinen, fällt es uns nie ein, daß wir selber mit unseren Jags sie in unser Leben eingeladen haben.«

»Ich lade sie nicht ein«, sagte Luzie sehr bestimmt, indem sie sich von den Jungen losmachte. Sie war fest entschlossen: »Von heute an haben sie keine Chance mehr!«

»So ist es recht«, lachte Esthia. »Mit der Zeit kommen Jammergedanken dann gar nicht erst auf. Hier sind zwar auch keine zu sehen, aber sie stecken hinter alledem. Und das Programm auf jenen Bildschirmen soll die Leute immer wieder erinnern, daß sie selber das auch so wollen.«

»Das ist aber im 'Dereinst', oder?« fragte Jesse besorgt. »Doch nicht in unserem Leben?«

»Bis jetzt noch nicht. Aber es führt dahin – solange die Menschen mit ihren Jags die Angst-Monster an der Macht halten.«

Esthia verstummte und blickte vor sich hin ins Leere. War sie betrübt über das, was sie gesehen hatten? Oder lauschte sie einer inneren Stimme, die nur sie allein hören konnte?

Die Kinder warteten still darauf, daß sie weitersprach. Ihnen war, als bahnte sich etwas Wichtiges an. Irgendwie mußte ja die Welt, die sie hier gesehen hatten, verhindert werden.

»Kommt, setzt euch nochmal zu mir hin«, sagte Esthia schließlich. Sie lächelte aufmunternd, aber ihre Stimme war ernst. »Bisher ist euch hier vieles gezeigt worden. Nun beginnt das eigentliche Abenteuer – das Abenteuer des Handelns.«

III. IN DER TIEFE

****
****

17

Der Auftrag

Welch eine Umgebung! Ein Tal, das in Wirklichkeit der Krater eines uralten Vulkans ist. In der Mitte ein großer Teich, auf dessen glatter Oberfläche wie auf einem TV-Bildschirm Bilder aufleuchten – beunruhigende Bilder von einer Welt, deren Bewohner nicht mehr wissen, was Leben heißt. Ringsum schlammige Hänge, an welchen sich hier und dort mächtige Öfen befinden; daneben in den Felsengrund eingesetzte Stahltüren, vor denen Haufen schmutziger Felsbrocken liegen. Aus den Ritzen der Türen quillt Rauch.

Weiter oben zum Rand des Kraters hin graben gigantische Maschinen immer mehr Felsbrocken aus, die auf Lastwagen zu den Öfen befördert werden. Von dort her rasen andere Laster zum Teich, um unter donnernden Lautsprecherrhythmen polternd ihre Ladungen loszuwerden. Und überall werken kleine, erschöpfte Männer, von hochgewachsenen Aufsehern in grellbunten Gewändern grausam zu noch schnellerer Arbeit angetrieben.

Dies ist gewiß keine erstrebenswerte Welt. Doch auf einem Felsvorsprung, von dem aus man direkt zu jenem Teich hinabblickt, sitzen drei Kinder, denen eine dunkelhäutige Frau mit leuchtenden Augen soeben etwas zu erklären versucht. Sie, die Kinder, haben die Macht, zu verhindern, daß jene Welt je Wirklichkeit wird.

»Noch ist es möglich, eine Änderung zu bewirken«, sagte Esthia. »Die Angst-Monster, die diese Zukunft bestimmen, können noch vertrieben werden, ehe sie alles im Griff haben. Aber dafür müssen Menschen sorgen, die ihnen noch nicht verfallen sind.« Sie warf den Kindern einen fragenden Blick zu, der ihnen den Atem verschlug. »Begreift ihr jetzt?«

Ja, sie hatten begriffen. Doch noch getrauten sie sich nicht, die Frage zu stellen, die ihnen allen auf der Zunge lag.

»...weshalb wir euch geholt und hierhergebracht haben?« fuhr sie fort.

»Ihr uns geholt?« rief Daniel mit spürbarem Trotz in der Stimme. »Ihr habt uns doch bloß auf der Straße aufgegabelt!«

»O ja. Aber wir haben gewußt, daß ihr kommen würdet!«

»Wie konntet ihr das denn wissen!«

»Jimmy und ich hatten beide den gleichen Traum, in dem es uns gesagt wurde. Den Beweis, daß ihr die Richtigen wart, brachte dann Jesses Wunderspiegel. Er sollte euch zeigen, wie mächtig eure Gedanken und Gefühle sind, wenn ihr zusammenhaltet. Ihr habt die Probe bestanden.«

»Was für eine Probe? Wofür denn?« fragte Jesse.

»Die Probe für das Abenteuer, das hier auf euch wartet. Euch ist doch inzwischen sicher klar, daß ihr hier eine Aufgabe habt?«

Freilich war ihnen das klar, Esthia hatte es oft genug angedeutet. Jetzt also wurde es ernst damit! Sie brauchten allerdings noch ein Weilchen, um sich mit diesem Gedanken anzufreunden.

Als erster fand Daniel die Sprache wieder. »Die Angst-Monster zu vertreiben, stimmt's?«

»Könnten denn das nicht auch die Erwachsenen?« fragte Jesse und schluckte.

Esthia schüttelte den Kopf. »Sie stecken meist fest in Gedankenketten, die von Jags bestimmt sind. Und die meisten haben irgendwo im Körper Schreck-Zecken sitzen, die sie steif und unbeweglich machen. Nein: ihr drei Kinder seid genau richtig für diese Aufgabe. Daher konnten wir euch auch gar nicht verfehlen, als die Zeit gekommen war.«

»Wer seid ihr denn überhaupt? Seid ihr Schutzengel?«

»Nein, ich weiß! Ihr seid gute Feen, nicht wahr?« mischte Luzie sich ein. Sie hatte schon lange darüber nachgedacht.

Esthia lachte. »Jimmy und ich jedenfalls sind ganz gewöhnliche Menschen. Nur bin ich wohl mehr verbunden mit dem inneren Wissen als die meisten. Und Jimmy hat eine besonders ausgeprägte Lebenskraft und Energie, die ihn für diese Aufgabe besonders geeignet macht.«

»Und Kianga?« fragte Jesse.

»Kianga hat uns erinnert, daß wir diese Kräfte besitzen, und uns zu euch gebracht.«

»Habt ihr euch gar nicht gekannt?« wunderte sich Jesse; und Luzie fragte: »Ist er ein weiser Mann aus der Traumzeit?«

Esthia schmunzelte. »Ich glaube, er ist wirklich so etwas wie ein Schutzengel. Er war es, der uns im Traum erschien.«

»Und hat euch im Traum gesagt, was ihr tun solltet, nicht wahr?« unterbrach Luzie. »Und du hattest Angst davor?«

»Ja, ihr habt es ja gesehen. Mein Wissen schien mir so bedrohlich– aber Jimmy hielt standhaft den Glauben an mich aufrecht. Ohne ihn wäre ich nie gefahren. Mein ganzer Körper war voller Schreck-Zecken. Erst euer Wunderspiegel, und auch Kiangas und Jimmys Unterstützung, haben mir geholfen, sie abzuschütteln.«

»Wo sind sie denn jetzt?« fragte Jesse.

»Die Schreck-Zecken? Die sind zerronnen, als ich aufhörte, jenen Jags Glauben zu schenken.«

»Nein – ich meinte doch: Kianga und Jimmy!« Alle lachten.

»Ach, die! Sie werden wieder auftauchen, wenn sie gebraucht werden.« Esthia machte eine Pause und fuhr dann mit besonderer Betonung fort: »Jetzt geht es um euren Auftrag, eure Aufgabe hier.«

»Ich weiß!« rief Daniel aus. »Wir sollen mit den Monstern kämpfen, stimmt´s?«

»Das können wir doch gar nicht!« wandte Luzie ein. »Wir sind doch bloß Kinder!«

»Kinder oder Erwachsene – ihnen ist das gleich. Daniel hat nicht ganz unrecht. Wenn man das allerdings als Kampf betreibt, kommen all die Jags mit ins Spiel, über Kämpfen und Stärker-sein-Müssen und so weiter. Und jeder Jag stärkt die Monster!«

»Ohne ihre Jags sind sie aufgeschmissen?« fragte Jesse.

»Eben. Daher ist das alles gar nicht so schwer. Wenn man genau hinsieht, merkt man, daß jeder Jag einen Krag versperrt hält, der eigentlich wahr ist. Wenn man diesen Kraftgedanken entdeckt, kann man sich auf ihn konzentrieren und so den Jag vertreiben Das hat euch doch auch der Wunderspiegel gezeigt, nicht wahr?«

Jesse nickte. »Hier unten hab ich es auch gesehen, als ich in die Klemme geriet. Wie die Krags dann am Ende doch kamen, sind die Jags weggerannt. Und die Mauer ist zusammengebrochen.«

»Genau. Ihr braucht also nicht zu kämpfen, sondern sollt sie nur in die Flucht schlagen. Dafür bekommt ihr auch noch eine andere Waffe.«

»Eine richtige Waffe? Was denn für eine?« Daniel konnte es kaum erwarten, sie in die Hand zu bekommen.

»Nur Geduld, ich will euch jetzt nochmal sagen, worum es geht. Normalerweise agieren die Monster ja ganz im Geheimen. Man sieht sie bloß als riesige Schemen, die man nur angstvoll anblinzelt – und schon ist man im Bereich ihres Zauberbanns. Man verwandelt sich zu einem Quirko.«

»Ich weiß!« rief Luzie aus. »Und dann muß man immer wieder dasselbe tun, stimmt's?«

»Genau. Die Quirkos müssen ein bestimmtes Verhalten, bei dem sie sich irgendwann mal besonders wohlfühlten, unablässig wiederholen.«

»Sind die dann tot – ich meine, wie Zombies?« fragte Daniel.

»Gewissermaßen schon, aber es gibt einen Unterschied. Zombies, die 'lebenden Toten', sind Gestorbene, die als solche weiterleben. Die Quirkos sind zwar noch am Leben, aber trotzdem eigentlich tot.«

»So, wie der Alte mit den Fotos?«

»Ja, der war einer von ihnen. Einer, der zwischen der Zeit steckengeblieben war. Normalerweise leben sie in ihrem Mausoleum. Da fühlen sie sich zu Hause. Es ist voll mit anderen Quirkos, mit denen sie ihre Wiederholungsspiele in Ruhe abspulen können. Auf eurem Weg zu den Angst-Monstern kommt ihr bestimmt bei ihnen vorbei.«

»Sind die Monster auch im Mausoleum?« erkundigte sich Jesse. Er hatte das unheimliche Gefühl, als wäre ihm soeben wieder eine Schreck-Zecke in den Nacken gesprungen.

»Nein, ihr Versteck liegt viel tiefer. Aber ihr findet sie schon.«

»Au prima!« rief Luzie. Sie dachte an Versteckspielen, und wie gern sie das machte.

Jesse fühlte sich ganz steif, indem er versuchte herauszufinden, ob die Schreck-Zecke jetzt seinen Magen erreicht hatte, oder was für ein Gefühl das war. Er nahm den Spiegel zur Hand und drückte. *»Sie könnten uns angreifen, ehe wir sie sehen!«* las er auf dem Bildschirm.

Er war betroffen. Warum ging es ihm nicht wie Luzie? Sie war immer fröhlich; offenbar stand sie mit starken Krags in Verbindung. Und er? Was war mit *» Wenn ich vertraue, kommt auch Hilfe«*?

»Und dann holen wir unsere Krags und schlagen sie in die Flucht!« rief Daniel. »Bu-huuh!! Jetzt mach ich *euch* Angst!!«

Er machte ein so komisches Gesicht dabei, daß alle lachen mußten. Jesse spürte, wie die Schreck-Zecke sich schon wieder auflöste.

»Genau das ist es!« lachte Esthia. »Wenn ihr es fertigbringt, sie ins Freie zu scheuchen, dann ist ihre Zauberkraft für immer gebrochen. Jeder kann sie vor Kindern davonrennen sehen und erkennt dabei, wie schwach sie in Wirklichkeit sind. Dann werden sie so leicht keinen mehr hinters Licht führen. Denkt nur mal an meine Angst, die hatte gar keinen wirklichen Grund in der Gegenwart. – Und diese Wahrheit klar zu erkennen, das schafft eine Menge Krags.«

Jesse nickte eifrig. »Und je mehr Krags es gibt, –«

»– umso weniger wird man den Jags, die die Schmutzarbeit für die Angst-Monster verrichten und ihre Geheimnisse bewachen, noch Glau-ben schenken. So wird ihr Werk zunichte gemacht. Alles, was ihr hier im 'DEREINST' und da unten auf dem Bildschirm im Teich gesehen habt, wird durch die Macht der Krags, die ihr herbeiruft, verhindert werden. Es wird nie dazu kommen.«

Luzie war in diesem Moment nicht mehr so fröhlich, wie Jesse gemeint hatte. Der Gedanke an die Angst-Monster hatte sie doch etwas beunruhigt. »Sind die Monster denn nicht riesig?« fragte sie besorgt. »Werden die uns nicht angreifen?«

»Oh, versuchen werden sie es schon. Meistens tun sie das, indem sie zunächst kleine Stückchen von sich selber aussenden, die sich in deinem Körper festbeißen –«

»Ich weiß«, rief Jesse. »Die Schreck-Zecken!«

»Genau. Da sitzt gerade eine auf Luzie's Rücken!«

»O nein!« jammerte Luzie.

»Kein Grund zur Sorge«, tröstete Esthia. »Es ist bloß ein winziges Ding. Aber zum Zittern bringt es dich schon – das merkst du ja, nicht?«

»Ja«, gab Luzie zu. Ihre Augen füllten sich mit Tränen. »Bitte, mach sie weg, ja? Bitte!«

»Das kann ich nicht, das kannst nur du selber.«

»Aber ich weiß doch nicht, wie!«

»Versuch's mal mit Lachen. Darin bist du doch unschlagbar?«

Luzie nickte eifrig. Hinter ihren Tränen erschien ein winziges Lächeln.

»Stell dir bloß mal diese Monster vor«, fuhr Esthia fort, »und wie komisch sie eigentlich sind. In ihren Anzügen, wie ausgestopfte Puppen, stapfen sie als riesengroße Schattenfiguren in der Ferne herum. Und dann richten sie diese teleskopischen Glühaugen auf dich und versuchen, dich so zu erschrecken, daß du all deine Kraft verlierst. Und überreden dich mit ihrem Starren, die dümmsten Dinge zu tun, die sie dir dabei auftragen. Buuh!!«

Sie machte ein übertriebenes Schreckensgeräusch, indem sie mit stierem Blick die Nase rümpfte. »Bu-huuh!! Ich – bin das schreckliche

Monster – und jetzt machst du, was ich dir sage, – oder mein Schreckensblick wird dich – verbrennen!!«

Jetzt konnten die Kinder nicht mehr an sich halten vor Lachen.

Esthia stimmte mit ein, um dann mit normaler Stimme fortzufahren: »Wenn du jedoch genügend Krags um dich hast, kannst du unerschrocken zurückblicken. Und wenn du ihnen dann sagst: 'Ich sehe euch, und wie klein und hohl ihr in Wirklichkeit seid!', dann fühlen sie sich ertappt und laufen davon!«

»Genau!« rief Jesse aufgeregt. »Das nächstemal, wenn ich einen sehe, dann ruf ich ihm ganz laut zu: 'Hier sind meine Krags! Du bist ja bloß ein grauer Zwerg, der mir Angst machen will!' Und dann rennt er weg.«

»Ich weiß einen guten Krag!« verkündete Daniel: »'Wir machen euch Beine!' Dann haben sie was, womit sie noch schneller rennen können!«

Jetzt kugelten sich die Kinder vor Lachen.

Auch Esthia lachte. Als sie sich ein wenig beruhigt hatten, fragte sie: »Na, Luzie, was ist jetzt mit deiner Schreck-Zecke? Kannst du sie noch fühlen?«

Luzie, die Augen voller Lachtränen, spürte einen Moment nach; dann schüttelte sie den Kopf. Mit einem Satz sprang sie vor und begann da, wo sie standen – auf jenem Felsen über dem Teich –, einen ausgelassenen Tanz. »Ich glaube nicht an euch! Ich glaube nicht an euch! Es gibt euch ja gar nicht wirklich!« sang sie prustend, indem sie die Arme ausbreitete, als redete sie zu irgendwelchen um sie versammelten, unsichtbaren Wesen.

Bestimmt hätte sie so noch eine Weile weitergemacht, wäre sie nicht durch den Lärm der Rockmusik vom Teich her unterbrochen worden. Soeben hatte ein Laster eine neue Ladung halbgereinigter Steine ins Wasser befördert.

Unterdessen war es dunkler geworden.

»Gut«, sagte Esthia. »Es wird Zeit für euch, eure Aufgabe zu beginnen. Aber eins müßt ihr noch beachten. Auch wenn die Monster vor euch fliehen, heißt das nicht, daß sie ganz weg sind. Es kann sein, daß sie nur ein noch tieferes Versteck aufgesucht haben. Irgendwo ganz tief unten warten sie dann auf den Augenblick, in dem eure Krags mal schlafen oder vorübergehend in Vergessenheit geraten sind. Wenn so etwas geschieht, rufen sie rasch ihre Jag-Truppe herbei und schlagen zu – und zerschmettern dabei manchmal auch ein paar Krags. Oder verwandeln sie zumindest in harmlose Tierchen.«

»In Schafe, ja«, sagte Jesse. »das hab ich mit eigenen Augen gesehen.«

»Und was machen wir dann?« Daniel war nicht beunruhigt; er wollte es nur genau wissen.

»Damit es nicht so weit kommt, müßt ihr sie in ihrem tiefsten Versteck aufsuchen. Müßt sie bis zu dem Landeplatz verfolgen, den ihre Jags für ihre Raumschiffe errichtet haben, und müßt diesen zerstören. Und dann müßt ihr dort ein paar starke Krags als Wächter gegen ihre Rückkehr postieren. Diesmal könnt ihr gemeinsam gehen und euch gegenseitig unterstützen.«

»Aber wie denn! Wie stellen wir das denn an!« maulte Jesse.

»Keine Sorge – ein Helfer wird kommen, wenn ihr ihn braucht. Und ihr werdet selber noch über eine starke Waffe verfügen.«

»Meinst du den Wunderspiegel?« Jesse wurde wieder etwas zuversichtlicher.

»Nee, natürlich nicht - eine *richtige* Waffe!« rief Daniel und begann, mit einem Luftsprung, gegen unsichtbare Angreifer zu boxen.

»Genau, den Wunderspiegel«, bestätigte Esthia. Daniel hielt etwas enttäuscht inne.

»Aber der zeigt doch nur unsere Gedanken an und hilft mit, daß sie wahr werden! Reicht denn das?« forschte Jesse weiter.

»Nicht ganz. Aber wenn er im Herzensreich mit Energie aufgeladen wird, seid ihr unschlagbar!« Sie hielt inne. Die Kinder blickten sie fragend an. »Wie das geht – das werdet ihr schon herausfinden, wenn es soweit ist«, fuhr sie fort. »Jetzt wird es bald Nacht; die Stahltüren werden dann geöffnet, damit man die ungereinigten Haufen hindurchschieben kann. Dann schleicht ihr euch rasch hinein. Kommt mit, ich zeig's euch.«

Die letzten Worte hatte sie in einem Ton gesprochen, der die Kinder von jedem weiteren Fragen abhielt. Und schon machte sie sich auf den Weg weiter hinunter ins Tal. In der zunehmenden Dämmerung blieb ihnen nichts anderes übrig, als ihr schleunigst zu folgen.

Esthia lief schnurstracks auf den höchstgelegenen der Reinigungsöfen zu. Es war nicht weit. Die Arbeit dort neigte sich dem Ende entgegen. Der letzte Lastwagen des Tages war soeben mit 'gereinigten' Felsbrocken beladen worden und raste los, in Richtung des Teiches.

Einige Sentis versammelten sich mit großen Schaufeln an dem Haufen neben der Stahltür. Einer von ihnen ging zu der Tür und machte sich an dem Mechanismus zu schaffen, der sie öffnete. Sie waren zu beschäftigt, um das

Herannahen der kleinen Gruppe zu bemerken. Nur zwei Jags waren als Aufseher geblieben. Schläfrig gegen einen leeren Lastwagen gelehnt, nahmen auch sie keine Notiz.

Nahe der Tür sprach Esthia wieder, diesmal mit gedämpfter Stimme. »Hier ist eine Taschenlampe, ihr werdet sie brauchen. Und, mit Grüßen von Kianga, ein Schal zum Schutz für jeden von euch.«

Sie reichte Daniel die Taschenlampe und jedem Kind einen bunten Schal. Die Schals waren aus einem seidigen Stoff, aber fühlten sich ganz anders, sehr wundersam an – unglaublich weich. Außerdem strahlten sie, wie sich jetzt mit jeder Minute deutlicher zeigte, im Dunkeln ein sanft schimmerndes Licht aus.

»Bindet sie euch um Mund und Nase gegen die Dämpfe, die ihr dort unten einatmen müßt. Sie werden euch auch helfen, daß ihr euch nicht aus den Augen verliert.

Und noch etwas Wichtiges. Sobald ihr drinnen seid, folgt immer dem Stille-Klang! – Alles klar? Dem Stille-Klang. Der führt euch auf dem kürzestem Weg zum Herzens-Reich. Vergeßt das nicht!«

Die Kinder nickten etwas verwirrt.

»Also: viel Glück – und vertraut euren Krags!«

Damit verschwand sie und ließ die Kinder allein zurück.

18

Der Abstieg

Die Kinder sahen sich suchend nach Esthia um, doch sie konnten sie nirgends mehr erblicken. Sie standen am unteren Ende des Ofens. Sonst befand sich jetzt niemand mehr hier. Die Sentis waren alle mit der Stahltür beschäftigt, die sich offenbar schwer öffnen ließ.

Sie blickten sich ratlos an. Jedes wartete darauf, daß die anderen etwas tun oder sagen würden. Jesse mußte schlucken, indem er sich Mühe gab, diesmal keine Schreck-Zecke an sich heranzulassen.

»Der stille Klang!« Daniel lachte mit einem Mal auf, als hätte er eine überraschende Entdeckung gemacht. Auf der anderen Seite des Ofens kam gerade mit viel Lärm ein Bagger angerollt, so daß sie nicht Gefahr liefen, gehört zu werden.

»Was ist denn da so komisch dran?« fragte Jesse.

»Aber guck mal, das geht doch gar nicht. Ein Klang kann doch nicht still sein!«

»Ja, stimmt«, meinte Jesse. »»Stiller Klang« – sowas gibt es nicht. Sie hat bestimmt was anderes gemeint.«

»Aber das stimmt doch nicht!« ließ Luzie sich vernehmen. »Das hat sie doch gar nicht gesagt!«

»Oh ja, hat sie schon!«

»Ich hab's ja auch gehört«, erklärte Daniel.

»Nein, nein – hat sie nicht!«

»Was hat sie denn gesagt?« fragte Jesse. Eigentlich stand für ihn fest, daß Daniel recht hatte.

»Nicht »stiller Klang«, erklärte Luzie. »»Stille-Klang!« Versteht ihr das nicht?«

Sie redete so eindringlich, daß die Jungen nachdenklich wurden.

»Stille-Klang?« wiederholte Jesse.

»Ja. Der Klang der Stille – was denn sonst! – Es muß still sein, absolut still«, fügte sie tapfer hinzu, denn irgendwo zweifelte sie selbst noch. »Und dann hören wir's.«

Wieder eine Pause. Die Jungen hatten jetzt begriffen, was sie meinte, aber sie sagten nichts.

Die Stahltür war unterdessen geöffnet worden. Der Bagger begann den Haufen unverarbeiteter Felsbrocken hineinzuschieben, während die Sentis zusammenschaufelten, was er nicht erreichte.

»Na kommt, gehen wir rein, dann werden wir's ja sehen!« Luzie schritt forsch auf die Tür zu.

Ihre Freunde, beeindruckt von ihrem Mut, folgten ihr zögernd. Sie hielten sich sorgsam abseits von den Aktivitäten der Sentis. In der Nähe der Öffnung blieben sie stehen.

»Da rein?« Jesse schüttelte skeptisch den Kopf.

»Esthia hat es gesagt, und ich vertraue ihr«, sagte Luzie, indem sie sich mit ihrer Bestimmtheit selber Mut machte. »Kommt schon! Wir müssen rein, sowie die Maschine weg ist.«

»Ja, komm schon, Mann!« wiederholte Daniel. Auch er sagte es mehr zu sich selbst, während Jesse noch immer zögerte.

Der Bagger hatte sein Werk beendet und bewegte sich rückwärts, indem die Sentis an der Tür aufräumten. Es war jetzt fast dunkel.

»Wir haben doch den Auftrag!« rief Luzie. »Wenn wir nicht jetzt gehen, ist es zu spät! – Kommt, rasch!«

Einige Sentis begannen schon, sich an dem Mechanismus, der die Tür wieder verschloß, zu schaffen zu machen. Blitzschnell schlüpfte sie an ihnen vorbei und hinein. Den Jungen blieb keine Zeit, weiter nachzudenken. Sie mußten ihr folgen, sonst wäre sie dort drinnen allein. Im letzten Moment, ehe die schwere Tür zuschlug, waren sie ihr gefolgt.

Die Sentis hatten sie in ihrer Geschäftigkeit offenbar nicht bemerkt, oder es war ihnen gleichgültig.

Die Luft drinnen war kaum zu atmen. Rauch und stinkende Dämpfe brachten sie zum Husten und ließen ihre Augen tränen. Daniel hatte die Taschenlampe angeknipst, aber anfangs konnten sie trotzdem nichts sehen. Vorsichtig tasteten sie sich in dem Geröll vor, bis sie eine Stelle gefunden hatten, wo sie sicher stehen konnten, um sich die Schals um Mund und Nase zu binden.

Dies machte das Atmen viel leichter. In dem schwachen Lichtschimmer, den die Schals aussandten, konnten sie einander auch wahrnehmen, egal wohin die Taschenlampe gerade gerichtet war.

In deren Licht stellten sie fest, daß sie sich in einem gewaltigen Keller befanden. Er erschien ihnen wie in ein riesiges Burgverlies. Zu ihrer Rechten, wo die Felsbrocken hineingeschoben worden waren, gähnte ein

Abgrund, in dem der ganze Haufen verschwunden war. Von dorther kamen der Qualm und die Dämpfe. Die Steine waren direkt auf die früheren Ladungen gefallen, die dort unten bereits schwelten.

»Mann, was für ein Kerker!« rief Daniel beeindruckt. Er versuchte, mit der Taschenlampe hinunterzuleuchten, doch der schwache Strahl verlor sich im rauchigen Dunkel.

»Ob wir hier auch wieder rauskommen?« Jesse konnte die Schreck-Zecke wieder fühlen, wie sie soeben in seinen Magen krabbelte.

»Ruhe!« befahl Luzie. »Wir sollen doch dem Klang folgen. Wenn ihr so laut seid, hören wir den nie.«

»Okay – also still!« pflichtete Daniel ihr bei. »Und du hör auf, dich am Kopf zu kratzen – sie hat ganz recht!«

»Du machst doch den ganzen Lärm!« gab Jesse gereizt zurück.

»Nein, du! Warum scharrst du denn jetzt mit den Füßen! Mann, halt doch mal stille!« Ihm selber fiel es dabei leichter, weiterzureden; es ließ ihn vergessen, daß es Grund zur Angst geben könnte.

»Halt du erstmal deine große Klappe!« rief Jesse ärgerlich.

»Nein – ihr beide! Könnt ihr nicht einen Moment still sein?« Luzie jedenfalls hatte die Stimme gesenkt, und jetzt blieb sie still.

Wie die Kinder rasch feststellen konnten, war es gar nicht so einfach, vollständig ruhig zu sein. Kaum hatten sie es eine Minute fertiggebracht, zu schweigen, ohne sich dabei zu rühren, fing Daniel an zu kichern. Diesmal stimmte Luzie mit ein.

»Still!« rief Jesse. »Ich hab's gerade gehört!«

»Du hast es gehört?« Daniel war skeptisch.

»Das war ich, ich habe gekichert«, sagte Luzie und kicherte noch lauter.

»Nee, ich«, kicherte Daniel. »Wir zwei beide.«

Jetzt war Jesse nahe daran, mit einzustimmen, er konnte sich nicht helfen. Aber stattdessen mußte er husten und sich den Schal fester umbinden. Sein Husten übertönte die beiden. Sie beruhigten sich langsam.

Und dann, als Jesse wieder Luft bekam und sie es tatsächlich fertigbrachten, alle gleichzeitig still zu sein, hörten sie es wirklich. Ein feines, hohes Klingen, wie von einem winzigen Glöckchen. Erleichtert stellten sie fest, daß es nicht rechts vom Abgrund her, sondern von weiter links kam.

Daniel rannte als erster hinüber. Da er die Taschenlampe hielt, mußten die anderen ihm durch das Dunkel nachstolpern.

»He! Guckt euch das an!« rief Daniel aus. »Hier geht's runter!«

Sie standen am oberen Ende einer engen Wendeltreppe, die steil nach unten führte. Sie war rings von engem Maschendraht eingezäunt wie ein Fahrstuhlschacht, offenbar um zu verhindern, daß Felsbrocken darauf fielen. Denn auch hier stiegen von unten her Dämpfe auf, und auf der Treppe lagen überall kleinere Brocken. Sie befanden sich also noch keineswegs außer Reichweite fallender Steine, waren jedoch auf der Treppe durch die Umzäunung geschützt.

Wie sie so in das Dunkel hinabblickten, hörten sie von unten her wieder das Klingen. Diesmal war es deutlich und unverkennbar.

»Da soll es sein?« fragte Jesse zweifelnd. »Das Herzens-Reich? Unter dem ganzen Schutt, den sie hier reinladen?«

»Vielleicht gehört der gar nicht hier rein«, gab Luzie zu bedenken. »Erinnerst du dich nicht? Im 'GEWESEN' – da gab's doch gar keine Stahltüren, bloß die Spalten mit dem Feuer, über denen die Sentis die Brocken polierten.«

»Vielleicht kam das Feuer vom Herzens-Reich?« rätselte Jesse.

»Wetten, das brennt da unten noch immer!« sagte Daniel. »Kann uns ganz schön heiß werden dort!« Es klang, als freute er sich darauf.

»Wir müssen auf jeden Fall runter«, sagte Luzie. Sie hatte genug von dem Gerede. «Oder meinetwegen bleibt ihr hier oben.« Ohne Umschweife nahm sie Daniel die Taschenlampe aus der Hand. »Ich geh jetzt runter!«

Und schon war sie auf der Treppe. Den Jungen blieb nichts übrig, als ihr rasch zu folgen, wenn sie nicht im Dunkeln zurückbleiben wollten.

Der Abstieg durch das rauchige, stockdunkle Gewölbe schien endlos. Wie riesig muß dieser Keller sein! wunderte sich Jesse. Er nahm an, er sei sicher mit noch weiteren Kellern verbunden. Die anderen Stahltüren dort oben mußten ja auch irgendwohin führen. Ja, vielleicht erstreckte er sich unter dem ganzen Krater, in dessen Mitte der Teich sich befand!

So stiegen sie, alle drei in Gedanken versunken, immer weiter hinab, tiefer und tiefer...

Hin und wieder blieben sie auf der Treppe stehen, um zu horchen. Ja, sobald ihr Herzklopfen etwas nachgelassen hatte, vernahmen sie das Klingen von unten. Es schien aus weiter Ferne zu kommen.

Einmal, als sie gerade wieder stehengeblieben waren, hörten sie von weit oben her ein dumpfes Poltern. Mit jeder Sekunde wurde es lauter, wie ferner Donner, der sich rasch nähert. Und schon kam eine ganze Lawine schmutziger Felsbrocken dicht neben der Treppe in die Tiefe gepoltert. Eine dicke Staubwolke begleitete sie und verdüsterte das schwache Licht ihrer Taschenlampe. Zum Glück hatten sie ihre Schals umgebunden, sonst wären sie sicher erstickt!

Sie standen stockstill, bis der Staub sich etwas gesetzt hatte.

»Puh!« keuchte Daniel, als sie sich genügend erholt hatten, um ihren Abstieg fortzusetzen. »Was für eine stinkende Ladung!«

»Ich dachte, sie hätten mit dem Reinschieben aufgehört, als es dunkel wurde«, meinte Jesse.

»Aber es gab einen anderen Ofen mit genau so einer Stahltür ganz in der Nähe«, erinnerte sich Luzie. »Weißt du nicht mehr? Genau in dieser Richtung. Wahrscheinlich sind sie noch mal dahin gefahren, als sie hier fertig waren.«

»Na, hoffentlich ist das jetzt die letzte Ladung«, sagte Daniel.

»Hört die Treppe denn nie auf!« klagte Jesse. »Ich kann nicht mehr!«

»Seht mal, da!« rief Luzie, wie als Antwort. »Es kann nicht mehr weit sein.«

Wie sie mit der Taschenlampe umherleuchtete, zeigte sich, daß die Treppe hier auf allen Seiten von aufgehäuften Steinbrocken umringt war. Sie schien direkt durch die Mitte eines riesigen Haufens hindurch in die Tiefe zu führen. Der Staub von der obersten Ladung, die von ihrem Ausgangspunkt aus zur Linken hinabgefallen war, hatte sich noch immer nicht ganz gelegt. Der Qualm war eher dichter geworden.

»Wir klettern jetzt durch die oberste Schicht«, sagte Daniel. »Gott weiß, wie hoch die gestapelt sind!«

Doch die Aussicht auf ein baldiges Ende ihres Abstiegs gab ihnen neuen Mut. Sie atmeten erleichtert auf, als sie tatsächlich nach wenigen Minuten wieder auf festem Boden standen. Jesse schätzte, sie müßten wohl zehn Stockwerke tief hinabgeklettert sein. Um sie herum schwelte und stank es elendiglich. Die Treppe jedoch war zu Ende.

Sie ging über in eine schmale Plattform. Vor sich gewahrten sie im schwachen Lichtschein eine große Doppeltür. Sie ließ sich leicht öffnen und schwang, sobald die Kinder hindurch waren, von selbst hinter ihnen zu.

Luzie versuchte, das Dunkel vor ihnen mit dem Strahl ihrer Taschenlampe zu durchdringen.

»Sind wir jetzt im Herzens-Reich?« fragte Jesse. Nun, da ihr Abstieg beendet war, verspürte er neue Energie und brannte darauf weiterzugehen.

»Psst!« erinnerte ihn Luzie. Ja, in der Stille war der Klang noch immer vernehmbar, jetzt in einiger Entfernung vor ihnen. Sie standen am Anfang eines langen Korridors – eines gewaltigen Gangs aus purem Marmor, wie der Eingang zu einem Palast. Und das Klingen lud sie deutlich ein, geradewegs hindurchzugehen.

Doch nach nur wenigen Schritten stellten sie fest, daß der weitere Weg versperrt war. Schmutzige Felsbrocken und Steine jeder Größe stapelten sich bis zur Decke. Unmöglich, sich einen Weg durch diesen Geröllhaufen zu bahnen!

Einen Augenblick standen die Kinder stumm und ratlos davor. Luzie fand als erste die Sprache wieder. »Wie's aussieht, müssen wir umkehren«, sagte sie entmutigt.

Aber das Klingen war immer noch da, nur schien es die Richtung gewechselt zu haben. Es kam jetzt von rechts. Und als Luzie ihm mit dem Licht folgte, bemerkten sie eine schmale Öffnung in der Wand des Korridors.

»Es gibt einen Weg da durch!« rief Jesse aufgeregt.

Daniel war bereits dabei, durch das felsige Loch hindurchzuklettern. Er winkte Luzie, rasch mit dem Licht nachzufolgen.

19

Das Quirko-Mausoleum

Vor den Kindern erstreckte sich erneut ein Korridor. Dieser war aus massivem Stein gebaut und schmaler als der erste. Es schien, als sei er als Umweg um die Blockierung errichtet worden. Bald jedoch wurde er breiter.

»Mann – seht euch das an!« Daniel war beeindruckt.

Was sie hier sahen, als Luzie die Seitenwände anstrahlte, war in der Tat höchst erstaunlich. Wie die Bäume einer Allee umsäumte den Korridor auf jeder Seite eine lange Reihe steinerner Standbilder. Sie stellten alle Arten von Leuten beiderlei Geschlechts dar: Bauern, Lehrer, Herrscher, Clowns, Geschäftsleute, Handwerker, Soldaten und so weiter. Alle waren äußerst lebensecht. An dem Handwerkszeug, der Kleidung oder den Geräten, die sie trugen, ließ sich deutlich erkennen, was sie darstellten.

Die Luft war zwar noch feucht und modrig, aber hier doch erheblich leichter zu atmen; so konnten die Kinder ihre Schals abnehmen. Langsam schritten sie dahin und sahen sich alles an.

Bald erreichten sie das Ende des Gangs. Er schien ins Freie zu münden.

Nicht weit entfernt gewahrten sie ein riesiges Gebäude aus Stein, mit kuppelähnlichem Dach und von hohen Säulen umrahmt.

»Seht mal – das Mausoleum!« rief Luzie.

»Wo die Quirkos wohnen?« fragte Jesse. »Oder wie heißen diese Zombies? Die zwar noch lebendig, aber schon wie tot sind?«

»Genau, Quirkos. Sie sagte, wir würden sie treffen.«

»Okay, nix wie rein!« rief Daniel und schritt den anderen voran auf das Gebäude zu.

»Halt! Erst horchen, wo der Klang ist!« erinnerte ihn Luzie.

Sobald sie sich ganz still verhielten, bestätigte sich, daß das Klingen vom Inneren des Mausoleums herkam. Sie standen jetzt davor. Dem verwitterten Gemäuer nach zu schließen, mußte das Gebäude uralt sein. Vor ihnen gab es eine große Steintür. Sie war geschlossen, und es war kein Griff zu sehen.

Luzie leuchtete herum. »Wie kriegen wir die jetzt auf?«

Wie als Antwort vernahmen sie das Klingen plötzlich neben der Tür. Es hatte eindeutig einen Ton der Dringlichkeit an sich. Wollte es sich

Gehör verschaffen, um ihre Aufmerksamkeit auf eine bestimmte Stelle zu lenken?

Tatsächlich – als sie mit der Taschenlampe in die Richtung leuchteten, aus der es kam, entdeckten sie, daß an der Seite der Tür ein Stein in der Wand fehlte. In dem dadurch geformten Hohlraum befand sich ein kleiner Knopf. Daniel, der ihn als erster sah, streckte sofort die Hand aus, um ihn zu drücken.

»Halt!« schrie Jesse erschrocken. Die Erinnerung an Abenteuergeschichten ließ ihn eine Falle wittern.

Doch es war zu spät. Außerdem schien es zu funktionieren. Langsam glitt die Tür zur Seite, direkt in die Wand hinein.

Mit vorsichtigen Schritten traten sie in das drinnen herrschende Halbdunkel. Ein aufgeregtes Geschnatter, wie von einer nachts aus dem Schlaf gescheuchten Vogelschar, begrüßte sie. Es kam von unzähligen, schemenhaften Gestalten, die vor ihnen in alle Richtungen auseinanderstoben.

Die Kinder waren stehengeblieben und leuchteten mit der Taschenlampe umher. Hinter ihnen schloß sich geräuschlos die Tür.

Jesses erster Eindruck war, daß der Raum voller Tiere sein müßte. Vögel vielleicht oder irgendwelche fledermausähnlichen Geschöpfe. Als jedoch das Licht auf die Gestalten fiel, erkannten die Kinder, daß es sich um Menschen handelte.

Doch was für eine Versammlung das war! Alle schienen verkleidet zu sein, in den unterschiedlichsten Kostümen. All jene, die sie als Standbilder zur Seite jenes Korridors angetroffen hatten, waren auch hier anwesend: Bauern, Lehrer, Herrscher, Clowns, Geschäftsleute, Handwerker – und weiterhin Ärzte und Krankenschwestern, Sportler und Politiker, Spieler und Zigeuner, Jäger und Bergsteiger, Soldaten und Polizisten, Richter und Rechtsanwälte, Mönche, Nonnen, Prediger, Künstler, Tänzerinnen, Reporter und Fotografen. Es gab sogar ein paar Götter aus der Antike sowie harfenspielende Engel, häßliche Trolle und die verschiedensten Märchenfiguren – und viele, viele andere mehr.

Im Moment drängten sich alle dicht beieinander in kleinen Gruppen mit anderen ihresgleichen. Der Anblick der Kinder schien sie sehr zu beunruhigen; einige hatten sichtlich Angst. Es war, als hätten sie noch nie Kinder gesehen. Eng bei ihren jeweiligen Gruppen standen sie gedrängt am Rand des Raumes und beäugten besorgt ihre unerwarteten Besucher. Diese starrten ihrerseits von der Tür her gebannt zurück. Luzie ließ immer wieder die Taschenlampe herumleuchten, was von den Angeschienenen jedesmal mit neuem Geschnatter beantwortet wurde. Keines der Kinder wagte zu reden.

Dann getraute sich doch einer der Quirkos – es stand wohl fest, daß sie das sein mußten –, auf sie zuzutreten. Er schien den Kindern irgendwie bekannt, fast wie ein alter Freund. Roter Anzug mit weißem Kragen und weißumrandete Mütze, Geschenkesack über der Schulter, langer, schlohweißer Bart und ein freundliches Lächeln im windgegerbten Gesicht – natürlich: es war niemand anderer als der Weihnachtsmann!

»Ho – ho – ho, seid gegrüßt!« rief er mit tiefer Stimme, die merkwürdig hohl klang – etwa so, wie man sich die Stimme von einem riesigen Kürbis vorstellen würde. »Wer seid ihr, und was führt euch zu uns?«

Die Kinder zögerten. Sie mußten all ihren Mut zusammennehmen, um zu reden. Viele der Quirkos plapperten noch immer aufgeregt durcheinander, während andere sich langsam beruhigten und das Interesse verloren. Allmählich trennten sich die Gruppen, und alle wandten sich wieder ihrer jeweiligen Dauerbeschäftigung zu. Dabei befaßten sie sich ausschließlich mit der Tätigkeit, die man von den Mitgliedern ihrer Gruppe oder ihres Berufs erwarten würde.

Luzie fand als erste die Sprache wieder. »Wir sind gekommen, um die Angst-Monster aufzuspüren«, sagte sie tapfer.

»Und sie zu verscheuchen!« rief Daniel, wobei er wieder wild schattenboxte. Dies hatte zur Wirkung, daß einige der Quirkos erschrocken zusammenfuhren und sich in den Ecken verkrochen.

Hierauf faßte auch Jesse sich ein Herz und setzte hinzu: »... Und ihren Landeplatz zu zerstören, so daß sie nie, nie wiederkommen!«

Doch von den Quirkos hörte kaum einer noch hin. Beim Wort »Angst-Monster« hatte allenthalben das Geschnatter wieder begonnen, hier und da begleitet von Schluchzen und lautem Gejammer. Etliche schüttelten in grimmiger Verneinung den Kopf, während andere sich die Ohren zuhielten oder das Gesicht bedeckten. Einige fingen an zu lachen, wiederum andere begannen erregt zu debattieren.

»Ich bitte um Ruhe!« rief ein Politiker mit schallender Stimme. »Genossen, hört mir zu! Wir sind im Besitz verläßlicher Informationen, denen zufolge die als 'Angst-Monster' betitelten Wesen nicht existieren. Sie sind eine von den Gegnern unseres Manifests verbreitete Lüge. Wir von der FAAP, der Fortschrittlichen Anti-Angst-Partei, inspiriert vom Heldenmut jener, die im Dienste der Noblen Idee ihr Leben ließen, stehen fest zusammen in unerschütterlichem Engagement–«

»Hört nicht auf ihn!« schrie ein anderer, der ein Gewehr trug. »Alle Politiker sind Lügner. Leute, nehmt das Gesetz in die eigenen Hände! Tretet der Aktion 'Sauberes Volk' bei, die sich dem totalen Kampf gegen Verbrechen, Drogen, Alkohol, Sex und Geschwindigkeitsbegrenzungen verschrieben hat!« Er sprach weiter, doch seine Stimme ging in allgemeinem Aufruhr unter. Einige versuchten ihn niederzuschreien, während andere wild applaudierten.

Allgemein jedoch schien man sich einig, daß jeder weitere Gedanke an die Angst-Monster zu vermeiden sei. Binnen kurzem gaben sich alle wieder ihrer jeweiligen Tätigkeit hin. Die Politiker fuhren fort mit ihrer Propaganda. Ein Rock-Sänger stimmte die Gitarre für die nächste Nummer. Nonnen und Mönche beteten weiter. Lehrer unterrichteten unaufmerksame Schüler. Eine Stripteasetänzerin tanzte Striptease. Ein Guru predigte Nächstenliebe, während Soldaten kämpften. Krämer boten Waren feil, Werbefachleute priesen die Vorteile von Schund, Taschendiebe stahlen Brieftaschen. Polizisten verhafteten Verbrecher ebenso wie Unbeteiligte, und Richter sprachen Urteile über alle, die ihnen über den Weg liefen.

Primadonnas trällerten Arien. Wirtschaftsexperten bastelten an der Sanierung der Wirtschaft. Journalisten erfanden Sensationsmeldungen, Erfinder tüftelten an Neuigkeiten, und Konzerndirektoren bauten in endlosen Konferenzen ihre Macht aus oder schrumpften sich gesund.

Die Weihnachtsmann-Gestalt setzte mehrmals zu weiteren Erklärungen an. Doch eine Zeitlang interessierten sich die Kinder mehr für das, was um sie herum vorging.

Das Seltsame war, daß tatsächlich alle das, was immer ihre Wesensart oder ihr Beruf ihnen vorschrieb, pausenlos und ohne jegliches Interesse an irgendetwas anderem verrichteten. Sie fingen immer wieder neu damit an, als hätten sie keine andere Wahl. Alle waren sie mit Herz und Seele dabei; und doch schien niemand recht Spaß daran zu haben.

Als der Weihnachtsmann schließlich aufgeben und gehen wollte, wurde Luzie hellhörig.

»Hört doch mal«, rief sie den Jungen zu. »Er will uns noch was sagen!«

»Ja, hört zu, es ist wichtig!« sagte der Weihnachtsmann ernst mit hohler Stimme. »Die Angst-Monster–« Er hielt inne und schüttelte traurig den Kopf, ehe er fortfuhr. »Ach, Kinder, geht lieber rasch dahin zurück, wo immer ihr herkamt! Denn sie sind wahrhaft grauenvoll. Niemand kommt gegen sie an.«

»Das stimmt nicht!« rief Jesse. »Ich hab schon einen getroffen, und er hat mich nicht geschnappt! Es war in Wirklichkeit nur ein graues Männchen mit feurigen Augen.« Aber ganz so sicher, wie er tat, fühlte er sich dabei doch nicht. Bildete er sich das ein – oder kletterte ihm da nicht schon wieder die Schreck-Zecke gemächlich über den Rücken?

»Genau das isses!« rief der Weihnachtsmann. »Die feurigen Augen! – Hast du ihm tatsächlich in die Augen geblickt? Und bliebst verschont?«

»Nein, ich hab ihn nicht angesehen«, gab Jesse zu. So unsicher, wie er gewesen war, hatte ihn bestimmt nur das gerettet!

»Aber wer sind Sie denn überhaupt?« fragte Luzie. »Und all diese komischen Leute – sind das die Quirkos? Und Sie vielleicht auch?«

»Ich dachte, Sie sind der Weihnachtsmann«, meinte Daniel, obwohl er natürlich zu alt war, um an den noch zu glauben. »Arbeitet der jetzt schon im Oktober?«

»Der Weihnachtsmann ist doch jederzeit beliebt, oder nicht? – Meine Angst, nicht gemocht zu werden, habe ich immer damit besänftigt, daß ich jedermann ständig mit Geschenken beglückte. Daher wurde mir diese Rolle zugeteilt, nachdem die Monster-Augen mich innerlich verbrannten. Ja, wir sind Quirkos. Und hier ist auch was für euch, nehmt nur!« Damit reichte er ihnen eine Handvoll Süßigkeiten aus seinem Sack.

Eifrig wickelten sie sie aus und aßen sie. Sie schmeckten köstlich.

»Seht ihr«, fuhr der Alte fort, »da ausnahmslos jeder an Weihnachten glauben *möchte* – obwohl niemand es tut –, bin ich in der Lage, für alle in diesem Mausoleum zu sprechen. Und–«

»Macht es Ihnen denn Spaß, Weihnachtsmann zu sein?« unterbrach ihn Luzie. Das mußte sich doch toll anfühlen, eine so wichtige Rolle zu spielen!

»O nein, mein Kind, ich hasse es! Wie sehr wünschte ich, ich könnte damit aufhören! Das Schlimme ist, ich kann es nicht. Nicht nur zu Weihnachten, sondern an jedem Tag des Jahres muß ich meine Rolle weiterspielen – wie es allen geht, die unter den Bann jener Augen geraten. Und nie wieder werde ich frei davon sein...« Seine freundlichen Augen füllten sich mit Tränen, die er rasch mit dem Ärmel wegwischte. »Hier, Kinder, nehmt noch ein paar Bonbons vom Weihnachtsmann.«

Und er reichte jedem noch ein paar von den köstlichen Süßigkeiten.

»Könnt ihr denn hier nicht raus?« fragte Jesse.»Durch die Tür da?«

»Sie läßt sich von innen nicht öffnen, nicht durch uns. Außerdem: wohin könnten wir denn gehen? Und was könnten wir tun, wenn wir dort wären – außer dem, was wir sowieso tun? Seht ihr, wir haben unsere Seele an diese Monster verloren! Nein, nein – hier im Mausoleum mit den anderen ist es schon besser. Es ist doch ein bißchen Heimat.«

»Ihr habt eure Seele verloren?« Luzie konnte das kaum glauben.

»Seht her!« Und der Weihnachtsmann zerrte an seinem Gesicht, so daß sie sehen konnten: es war eine Maske. Eine Maske, die sich bewegen und strecken ließ, indem er an allen Seiten zog, die aber offensichtlich nicht abging.

»Ich krieg' sie nie mehr runter«, erklärte er. »Es gehört zum Fluch der Angst-Monster, daß wir unsere selbsterwählten Masken nun für immer und ewig tragen müssen. Täten wir's nicht – könnten wir sie abnehmen, so würden sie uns noch Schrecklicheres antun, dessen bin ich mir sicher. – Seht doch.« Er wies umher. Luzie folgte seiner Hand mit der Taschenlampe, vor deren Licht die Leute wiederum auseinanderstoben. Doch dann hielt sie inne. Eigentlich war es hier drinnen ja gar nicht so dunkel. Die Kostümierungen der Quirkos gaben ein mattes Licht ab, stärker noch als die Schals der Kinder. War man einmal an die Beleuchtung gewöhnt, so konnte man ihre Träger auch ohne Taschenlampe erkennen.

»Wir sitzen hier alle im gleichen Boot – im gleichen Grab, oder Kerker, sollte ich wohl sagen. Und es gibt noch weit mehr solcher Mausoleen, zu tausenden...«

War das möglich? überlegte Jesse. So viele Menschen unter dem Bann der Angst-Monster? Doch dann fiel ihm ein, daß sie ja dem Weg ins 'DEREINST' gefolgt waren. All dies lag also wohl noch in der Zukunft. Oder? Stimmte das denn? Wie konnte man sicher sein? ...

»Ihr fragt euch vielleicht, warum die Leute hier vor eurem Licht flüchten?« fuhr der Weihnachtsmann fort, als Luzie gerade den gleichen Gedanken hatte. »Noch ein Grund, weshalb wir hier nie wieder rauskommen werden: Licht macht uns blind. Auch dies gehört zu jenem Fluch. Der Schimmer, der von unseren Kostümen ausgeht, reicht uns. Mehr Licht tut uns weh. Und das ist das Schlimmste von allem: nie werden wir das Licht des Lebens wiedersehen.« Nur mit Mühe unterdrückte er ein Schluchzen.

»O doch!« rief Daniel aus. »Deshalb sind wir ja hier. Hört mal zu, ihr alle! Wenn wir die Angst-Monster erst mal in die Flucht geschlagen haben, ist deren Macht gebrochen – und ihr seid frei!«

»Das wird nie sein«, sagte der Weihnachtsmann betrübt. Und:

»Das wird nie sein!« kam der Ruf von anderen, die mitgehört hatten. Und wiederum andere ließen sich jetzt vernehmen mit Rufen wie: »Es gibt gar keine Angst!« – »Alles ist okay, bloß nicht soviel nachdenken!« – »Tu, was du mußt, und sei still!« – »Macht euch lieber über die Inflation Gedan-ken statt über solche Märchen!« – »Weshalb sich sorgen, es wird ohnehin bloß schlimmer!« – »Laß sie vor dir zittern, dann hast du nichts zu fürchten!« – »Mach dich klein, und du wirst nicht verletzt!« – »Mach dich groß, und keiner greift dich an!«

Was war das? Hatten sie es vorher in dem Dämmerlicht nur nicht bemerkt, oder war dies etwas Neues? Überall unter den Quirkos sahen die Kinder jetzt deutlich eine ganze Schar von Jags herumlaufen. Ihr Auftreten war das von hohen Offizieren, die sich unter gemeine Rekruten begeben haben. Kein Zweifel: sie waren die Herren. Hin und wieder stießen sie mit jemandem zusammen oder traten einem anderen auf die Zehen. In jedem solchen Fall war es der Quirko, der sich mit einer tiefen Verbeugung entschuldigte.

»Guckt mal, da!« rief Daniel. »Ihre eigenen Jags!«

Tatsächlich standen auf den Gewändern dieser Jags genau jene Sätze geschrieben, die die Quirkos ausgerufen hatten – und natürlich noch viele, viele andere... Kein Wunder, daß die Armen überzeugt waren, ihr Leben in diesem Mausoleum beschließen zu müssen!

»Und wo sind die Angst-Monster?« wandte sich Jesse an den Weihnachtsmann. »Ich seh' gar keine. Sind die auch hier?«

»Wo die sind? Wer weiß das schon... Wo immer sie sich aufhalten: wenn sie uns einmal verwünscht haben, zeigen sie sich nie wieder. Wir sollen ja gar nichts über sie wissen: das ist das Geheimnis ihrer Macht. Viele von uns glauben überhaupt nicht mehr an sie.«

»Heißt das, sie kommen nie hierher? Ihr seht sie nie?«

»O nein. Solange wir brav unsere Rolle spielen, lassen sie uns in Ruhe. Vorausgesetzt, daß wir auch an nichts anderes mehr denken. Besonders nicht an das Leben oder die Liebe und dergleichen. Und darauf achten ja ihre Helfer. Sie passen auf, daß sich nichts hier unten je ändert.«

Natürlich, die Jags! dachte Jesse. »Wie sollen wir denn die Monster jetzt finden?«

»Natürlich finden wir die!« rief Luzie aus. »Wir gehen einfach weiter dem Stille-Klang nach. So kommen wir wenigstens ins Herzens-Reich.«

»Ja klar, also los!«

Also waren die Kinder wieder still und lauschten, aber es gab natür-lich viel zu viel Lärm in dem riesigen Raum.

»Wie kriegen wir die hier denn je zur Ruhe!« seufzte Jesse.

Daniel wußte Rat. »Paßt auf, ich krieg das schon hin. Luzie, gib mal die Taschenlampe! – Und jetzt: lauschen!« Und mit der Taschenlampe gegen die Decke leuchtend, tat er einen gewaltigen Luftsprung und brüllte zugleich aus Leibeskräften: »Buh!! Hilfe, die Angst-Monster!!«

Es wirkte wie ein Donnerschlag. Alle verstummten vor Schreck, und eine Sekunde lang herrschte Totenstille. Dann fing sofort wieder das Geschnatter und Geplapper an, lauter als zuvor. Doch die Pause hatte genügt.

»Ich hab's gehört – da drüben!« rief Luzie, und Jesse stimmte ihr zu: »Ja, ich auch!«

Sie wies nach links; Daniel folgte mit dem Licht. Da der Raum so groß war, mußten sie sich ihren Weg durch die Menge bahnen. Dann erblickten sie an der Seitenwand eine kleine Tür.

»Es kam von da, ganz bestimmt – hinter der Tür!« sagte Luzie. Und, an den Weihnachtsmann gewandt: »Vielen Dank, wie-immer-Sie-heißen! Sie waren sehr nett und hilfreich.«

»Ja, danke – und tschüß!« riefen die Jungen.

»Gern geschehen«, sagte der Quirko im Weihnachtsmannkostüm. »Ich wünsche euch wirklich Glück. Ich hab das Weihnachtsmanndasein so satt! Dauernd alle mit Geschenken beglücken zu müssen, ob sie's wollen oder nicht – das ist wahrlich kein Leben.«

»Keine Sorge«, versicherte Daniel, »Wir befreien euch schon von den Monstern.« Beim Gedanken daran fühlte er sich recht wichtig.

Die Quirkos machten bereitwillig Platz, als sie jetzt auf die kleine Tür zugingen. Doch sobald das Ziel der Kinder klar wurde, wurden etliche von ihnen sehr aufgeregt.

»Nein, nein!« kamen Warnrufe von allen Seiten. »Nicht dorthin!« – «Das ist gefährlich!« – »Um Himmels Willen, laßt die Tür zu!«

»Was wollen die denn?« verwunderte sich Daniel.

In der Nähe der Tür sahen sie es. Sie war mit Warnungen gepflastert. *»Achtung! Lebensgefahr!«* stand da unter einem Totenkopf, und: *»Kein Durchgang!« – »Zutritt strengstens verboten!«* und anderes dergleichen.

»Geht da nicht ran!« ertönte es hinter ihnen. »Die Tür steht unter Hoch-spannung!« – »Ihr bringt euch um!« .

Der Weihnachtsmann war ihnen gefolgt. Auch er blickte besorgt drein. »Vielleicht solltet ihr doch lieber nicht?« meinte er zweifelnd.

»Stimmt denn das mit der Hochspannung?« fragte Jesse.

Er wiegte den Kopf hin und her. »Ich bin nicht sicher. Ich glaube, niemand weiß das genau, aber alle sind überzeugt davon. Deshalb ist diese Tür noch nie geöffnet worden in all den Jahren, seit ich hier bin. Und das ist sehr, sehr lange, das könnt ihr mir glauben.«

Unter den Quirkos, die die Kinder umringt hatten, herrschte jetzt atemlose Stille. Eine halb erschrockene, halb erwartungsvolle Stille, wie unter dem Publikum, das einer Tänzerin auf dem Hochseil unter der Zirkuskuppel zusieht. Würde das Furchtbare sich ereignen?...

Die Kinder wurden selber unsicher. Doch in dieser Stille vernahmen sie das Klingen jetzt deutlicher denn je. Ja, es kam von hinter jener Tür!

»Es kann nicht gefährlich sein«, entschied Luzie. »Sonst hätte Esthia uns doch nie gesagt, wir sollten dem Stille-Klang folgen. Diese Quirkos sind dumm.« Damit machte sie einen weiteren Schritt auf die Tür zu. Ihr Zö-gern war so winzig, daß es niemand wahrnahm.

»Wenn ich vertraue, kommt auch Hilfe«, rezitierte Jesse im Geiste den Krag, der ihm oft geholfen hatte. Das fühlte sich gut an; und er konnte Luzie folgen, ohne wieder von der Schreck-Zecke belästigt zu werden.

Doch Daniel sprang an ihnen vorbei. Ehe seine Freunde herangekommen waren, hatte er bereits die Klinke erreicht – von Warnrufen und erschrockenem Geschrei auf allen Seiten begleitet.

Die Tür ließ sich mit Leichtigkeit öffnen. Sobald sie hindurch waren, fiel sie hinter ihnen zu.

20

Im Herzens-Reich

Sie standen auf einer kleinen, balkonähnlichen Plattform, von der eine Stiege wie eine Feuerleiter steil nach unten führte. Die Luft war hier gut zu atmen, so daß sie die Schals nicht benötigten. Auch war es nicht völlig dunkel; ein schwacher Lichtschein drang von irgendwo tief unten bis hier herauf.

Als sie vorsichtig ein paar Schritte vorwärts taten, um hinunterzublicken, gewahrten sie an der Treppe eine Gestalt.

»Halt!« rief sie gebieterisch.

Die Kinder waren sehr überrascht, als sie den Unbekannten mit der Taschenlampe anleuchteten.

»Ein Schutzengel!« rief Luzie aus.

»Schutzengel – Quatsch!« befand Daniel, aber auch er staunte. »Ein Wachtposten ist das – sieht man doch am Helm!«

»Aber die Flügel...« flüsterte Luzie.

Ja, das Wesen hatte Flügel, und dazu ein weißes Gewand, zu dem die helmartige Kopfbedeckung gar nicht so recht paßte.

»Halt!« rief es erneut, obwohl sie sich nicht rührten. »Wo wollt ihr hin?«

Also, die Stimme klang nicht wie die eines Engels! Sie hatte eher etwas vom Befehlsgebell eines Unteroffiziers an sich.

»Wir sind unterwegs zum Herzens-Reich«, sagte Luzie. Jesse staunte, wie selbstsicher sie sich gab.

»Diesen Ort gibt es nicht!« kam die scharfe Antwort. »Kehrt sofort um!«

»Aber wir sollen doch—« begann Daniel protestierend; doch der Wächter, oder was immer er war, schnitt ihm das Wort ab.

»Das Herzens-Reich ist ein Märchen, das leichtgläubige Gemüter ansprechen soll. Durchaus verständlich, daß Kinder darauf reinfallen. Aber es tut mir leid. Man hat euch irregeleitet.«

Die Kinder sahen sich ratlos an. Konnte das denn sein? War denn der ganze bisherige Weg umsonst gewesen?

»Man hat euch hier runtergeschickt, um euch loszuwerden«, fuhr die

Stimme fort – jetzt viel sanfter, ganz Güte und Freundlichkeit. Jesse fühlte sich erinnert. Genau diese Stimme hatte er doch schon einmal gehört – wo war das nur? Wenn es ihm bloß einfallen würde! Es war im Augenblick einer Gefahr gewesen, kam es ihm vor.

»Oh, oh! Da steckt ihr ja ganz schön in der Klemme, ihr armen Kinder! Aber dort drinnen habt ihr Gesellschaft und freundliche Helfer. Geht also wieder hinein, das ist das Beste, was ihr jetzt tun könnt.«

Sie loszuwerden – das sollte Esthia gewollt haben? Und daß sie im Mausoleum bleiben sollten?... Das war wirklich schwer zu glauben!

Wie sie schweigend standen, diese Möglichkeit erwogen und dann als unmöglich verwarfen, vernahmen sie von unten ganz deutlich das Klingen.

»Wenn ich vertraue, kommt auch Hilfe, « sagte Jesse sich vor.

»Gib mal den Spiegel her«, flüsterte Luzie ihm zu; und beide lasen, nachdem sie gedrückt hatte: *»Allein Esthia * ist unsere* Führerin!«*

»Ich helfe euch«, säuselte die Stimme. »Leuchtet mal, ich mache euch auf.« Damit schritt der Wächter an ihnen vorbei auf die Tür zu. Sie folgten ihm mit den Blicken, indem Luzie leuchtete. Das ölige Lächeln auf seinem Gesicht war fast wie ein Grinsen.

Natürlich – das Grinsen und die glatte Stimme! Genauso hatten die Jags ihn angesprochen, auf dem Krater, als die Mauer erschienen war! Für Jesse bestand kein Zweifel mehr. – Nee, mich legst du nicht rein!

Zu demselben Schluß wie er waren offenbar auch seine Freunde gekommen. »Allein Esthia ist unsere Führerin!« verkündete Luzie mit lauter Stimme. Und Daniel, der ebenfalls den Spiegel befragt hatte, stimmte ihr bei, indem er verkündete: »Wir lassen uns nicht aufhalten!«

Kaum waren die Worte ausgesprochen, als sie hinter sich eine Bewegung bemerkten. Sich umwendend gewahrten sie vier weibliche Figuren an der Treppe. Vier Krags, auf deren bunten Gewändern genau diese Sätze prangten!

Als der Wächter die Krags 'WENN-ICH-VERTRAUE, KOMMT-AUCH-HILFE', 'MICH-LEGST-DU-NICHT-REIN!', 'ALLEIN-ESTHIA-IST-UNSERE-FÜHRERIN' und 'WIR-LASSEN-UNS-NICHT-AUFHALTEN!' erblickte, wich er erschrocken zurück und wandte sich zur Tür. Bei der heftigen Bewegung fielen ihm die Flügel ab. Im Licht der Taschenlampe zeigte sich, daß sie Teil eines Kostüms waren, auf dessen Rücken in grellen Jag-Farben geschrieben stand: *»Da unten könnte Gefahr lauern!«*

Der Wächter hantierte hastig an der Türklinke, bis die Tür sich öffnete. Ehe er sich jedoch hineinbegab, sprang er nochmals einen Schritt vor. Jetzt offen grinsend wies er er auf die steile Treppe.

»Da runter ins Herzens-Reich? Hahaha! Dann versucht's mal! Seht nur zu, wie weit ihr kommt mit euren prächtigen Krags!« Und unter höhnischem Gelächter verschwand er hinter der zufallenden Tür im Mausoleum.

Die Krags sahen ihm lächelnd nach und winkten dann den Kindern einen freundlichen Gruß zu.

»Viel Glück da unten!« rief 'WIR-LASSEN-UNS-NICHT-AUFHALTEN!'

»Kommt ihr nicht mit?« fragte Luzie.

Sie schüttelten den Kopf. »Vorerst haben wir das unsrige getan«, bemerkte 'ALLEIN-ESTHIA-IST-UNSERE–FÜHRERIN!' Und 'WENN-ICH-VERTRAUE, KOMMT-AUCH-HILFE' versicherte: »Wenn ihr uns braucht, werden noch andere von uns euch beistehen. Verlaßt euch darauf.« Wieder winkten sie. Diesmal schien es, als wollten sie die Kinder zur Eile antreiben.

Die Treppe, obwohl steil, erwies sich als nicht sehr hoch. Fröhlich kletterten sie hinab. Es war beruhigend, so starke Krags in der Nähe zu wissen. Diesmal führte wieder Daniel mit der Taschenlampe, gefolgt von Luzie, während Jesse als letzter ging.

Unten fanden sie sich wieder in dem gleichen Marmor-Korridor, in dem sie zuvor auf die Blockierung gestoßen waren. Die Schuttbarriere war deutlich zu sehen, lag jetzt jedoch hinter ihnen. Der Weg durch das Quirko-Mausoleum war wohl eine Umleitung – ein Umweg, der durch diese Blokkierung notwendig geworden war oder jedenfalls damit zusammenhing.

Von vorn kam jetzt nicht nur das Klingen, lauter und deutlicher als zuvor, sondern auch der Lichtschein, den sie schon von der Plattform aus schwach wahrgenommen hatten. Doch als sie ihm folgten, stießen sie schon nach wenigen Schritten auf eine Mauer.

Es war eine hohe Backsteinmauer, die quer durch den Gang ging und ihn versperrte. Nur oben reichte sie nicht ganz bis an die Decke des Korridors. Durch diesen Spalt strahlte helles Licht über sie hinweg. Seine Quelle lag offenbar nicht weit dahinter.

Das Klingen kam ebenfalls von dorther. Und auch ein unbeschreiblich süßer Duft wehte herüber und vermischte sich mit dem klammen Modergeruch, der hier unten alles durchdrang.

Die Kinder bleiben ratlos stehen. Doch als Daniel umherleuchtete, erblickten sie eine kleine Tür, ähnlich dem Hinterausgang des Mausoleums.

»Mann, ich hatte schon Angst, hier ging's nicht weiter«, sagte Daniel erleichtert und drückte die Klinke. Doch die Tür rührte sich nicht.

»Das darf doch nicht wahr sein!« Er rüttelte heftig. »So'n Mist!«

Alles Rütteln half nichts. Die Tür war und blieb verschlossen.

»Ich dachte schon, wir wären jetzt da«, meinte Jesse enttäuscht.

Freilich: an Hindernissen war ihr Weg ja bisher nicht gerade arm gewesen. Zuerst der reißende Fluß. Dann der Wasserfall und der Lichtvorhang. Das Labyrinth und die Losungsfrage. Das Tor zum 'DEREINST' und die Stahltür neben dem Reinigungsofen. Die Schuttbarriere und das Mausoleum. Doch schließlich hatte nichts sie aufhalten können. »Die anderen Hindernisse haben wir auch geschafft«, erinnerte er seinen Freund.

Daniel reagierte gereizt. »Da war immer offen, diesmal aber ist zu!« Er rüttelte erneut. »Fest verschlossen. Sense!«

»Rüberklettern!« schlug Jesse zaghaft vor, mit einem Blick auf den Spalt oben, durch den das Licht strahlte. Aber er war selber nicht überzeugt. Die Mauer war ganz glatt, und es gab nichts, womit sie sich hätten hochziehen können.

»Du bist'n Witzbold«, sagte Daniel. »Das schaffe nicht mal ich.«

»Und wenn du Luzie auf die Schultern nimmst?«

Luzie schüttelte den Kopf. »Der Spalt da oben ist viel zu schmal. Da komm' ich nie durch!«

Es entstand eine ratlose Pause. Von jenseits der Mauer lockten nicht mehr nur die Klänge, sondern auch das Licht und der wundersame Duft.

»Vielleicht gibt's ja irgendwo einen Schlüssel?« überlegte Jesse.

»Na, klar – da war doch sowas!« rief Luzie und überlegte. »Der Wunderspiegel! Wozu haben wir den denn. Gib mal her!«

Er reichte ihn ihr. Sie drückte und schien mit der Taschenlampe darauf. *»Das Wesen des Lichts ist die Liebe«,* lasen sie.

»Aber das Licht ist drüben, und wir sind hier!« ärgerte sich Daniel.

»Nein, nein!« Jesse wackelte erregt mit dem Zeigefinger. »Das ist doch Kiangas Zauberspruch, der alle Türen öffnet! Weißt du nicht mehr?! Er hat gesagt: ... Wie ging das noch weiter?«

Keiner konnte sich erinnern. Sie waren damals viel zu beeindruckt gewesen von dem Lichtvorhang.

»Ich weiß es aber! Gib her. Jetzt kommt das mit dem Schlüssel ... Es liegt mir auf der Zunge...« Er drückte den Spiegel. Und richtig! – es kam der Satz: *»Und sie ist der Schlüssel zu allem.«*

»Ich glaube, ich weiß, wie's weitergeht!« rief nun auch Daniel, indem er die Hand nach dem Spiegel ausstreckte. Ja, tief im Innern wußte er es, und es erschien der Rest von Kianga's Spruch: *»Das Licht ist in mir, und ich bin das Licht. Kein Wall kann mich hindern, vergeß ich das nicht!«*

»Genau – das ist der Spruch!« Jesse war ganz begeistert.

»Wir haben ihn, wir haben ihn!« stimmte Luzie mit ein. »Das ist der Schlüssel, bestimmt!«

»Wartet – ich sage ihn auf! Den ganzen Spruch.« Jesse war überzeugt, das würde gehen wie bei 'Sesam, öffne dich!' Und mit vor Aufregung bebender Stimme rezitierte er:

»Das Wesen des Lichts ist die Liebe,
und sie ist der Schlüssel zu allem.
Das Licht ist in mir, und ich bin das Licht.
Kein Wall kann mich hindern, vergeß ich das nicht!«

Gespannt starrten sie auf die kleine Tür, auf die jetzt Luzie den Strahl der Lampe gerichtet hielt. Nichts geschah. Nur die klingenden Töne von der anderen Seite waren lauter und harmonischer geworden; sie bildeten eine richtige Musik. Doch darauf achteten die Kinder jetzt nicht.

»Nichts!« rief Daniel enttäuscht. »Du hast ihn nicht richtig gesagt.«

»O doch, hab ich schon!«

»Wir haben's doch von dem Wunderspiegel«, sagte Luzie. »Und der erinnert sich richtig!«

»Genau. Da, wo die Gedanken herkommen, die er anzeigt«, erklärte Jesse seinem Freund, der noch immer skeptisch dreinblickte, »da irrt man sich nie.«

»Na, du vielleicht doch«, murrte Daniel gereizt.

»Hört auf, euch zu streiten!« rief Luzie. »Esthia hat extra gesagt, wir sollen uns unterstützen.« Sie hatte sich inzwischen noch einmal bei dem Spiegel Rat geholt. »Wir müssen den Spruch gemeinsam aufsagen!«

»Meinst du«, zweifelte Daniel.

»Also, kommt, wir versuchen das jetzt!« schlug sie vor. »Kommt, wir nehmen uns bei den Händen.« Daniel murrte zögernd, aber dann streckte er doch die Hände aus, und sie bildeten einen Kreis.

»Und laßt uns alle hierhersehen und fest daran denken: dies ist die Tür zum Herzens-Reich. Die öffnen wir jetzt.«

Daniel murmelte einen unverständlichen Einwand.

»Und jetzt seid ganz still, damit wir wenigstens das Klingen hören! Wenn ich mich räuspere, fangen wir alle gemeinsam an und sagen den Spruch langsam – alle gleichzeitig!«

Alle drei waren jetzt still. Es war ein magischer Augenblick dort unten in dem schmalen Höhlengang. Die wundersame Musik und der süße Duft kamen mit dem zauberhaft schimmernden Lichtschein über die Mauer herübergeweht wie eine Frühlingsbrise aus einem klingendem Paradiesesgarten. Sie sandte den dreien im Kreis einen eigenartig wohligen Schauder über den Rücken.

Luzie räusperte sich, und feierlich sprachen sie im Chor:

»Das Wesen des Lichts ist die Liebe,
und sie ist der Schlüssel zu allem.
Das Licht ist in mir, und ich bin das Licht.
Kein Wall kann mich hindern, vergeß ich das nicht!«

Der Schauder veränderte sich zu dem Gefühl einer köstlichen Wärme und Leichtigkeit, ähnlich wie zuvor bei ihrem Durchschreiten des Lichtvorhangs. Ihnen war, als leuchteten sie von innen her...

...Und dann schlug der Blitz ein!

Das Ganze währte nur eine Sekunde. Was sie als Blitz erlebten, war nichts anderes als das gebündelte Licht, das sie beim gemeinsamen Sprechen, ein jeder für sich, aktiviert hatten. Es fuhr direkt ins Türschloß, welches golden aufleuchtete.

Die Kinder standen wieder im Dunkeln, aber etwas hatte sich verändert.

»Mannomann!« rief Daniel. »Habt ihr das gesehen?«

Doch Luzie duldete keine Unterbrechung. »Quassel' nicht so viel!« sagte sie drängend, selber noch außer Atem. »Das Schloß!...«

Sie versuchte die Tür. Die war diesmal ganz leicht zu öffnen.

Nun ließen sie ihrem Erstaunen und ihrer Erleichterung freien Lauf. Aufgeregt durcheinanderredend traten sie hindurch.

Und standen abermals stumm, wie vom Donner gerührt, der auf den Blitz folgt...

»Ich glaub', ich spinne!« hauchte Daniel in die Stille hinein, und hielt sich sofort verlegen die Hand vor den Mund.

»Ein Edelstein!« stammelte Jesse. Aber wie gewaltig der war!

Das Licht, das die Mauer überstrahlt hatte, kam von einem mächtigen Gebäude her. Es war eine Struktur, wie sie noch nie eine auch nur annähernd ähnliche erblickt hatten.

Ein aus sich heraus leuchtender, purer Kristall. Er hatte die Form eines gigantischen Eis, doch sah man nur die obere Hälfte davon. Die untere, von dem Punkt in der Mitte an, wo er sich wieder verjüngte, war in den Erdboden hineingegraben. Der sichtbare Teil bildete eine glitzernde Kuppel, deren Spitze sich oben in strahlendem Licht verlor. Von der Decke des Schachts, in dem sie sich befanden, war hier nirgendwo etwas zu sehen. Es war, als sei über diesem Kristall der Himmel offen.

Ebenso wie das Licht ging auch das Klingen eindeutig von dem Kristall aus. Es war jedoch nur ein Teil einer Melodie aus vielen unterschiedlichen Tönen, die, wie sie nun aus der Nähe deutlich vernahmen, Harmonien von unsagbarer Schönheit bildeten.

Im Einklang damit folgte das Leuchten der geheimnisvollen Struktur einem regelmäßigen Rhythmus. Es verstärkte sich, um sich dann wieder abzuschwächen. Es war wie ein sanftes Ein- und wieder Ausatmen. Und gleichfalls im Einklang damit veränderte sich fortwährend auch die Farbe des Kristalls – von Weiß-golden zu Tiefrosa, und dann wieder hell....

Direkt vor ihnen gab es eine kreisrunde Öffnung. Dort hindurch traten sie, sobald sie sich von ihrem Erstaunen etwas erholt hatten, nacheinander langsam und andächtig ein in das wundersame, Licht und Klang atmende, Kristall-Ei – und fanden sich in einem Paradies voller Geheimnis, von überwältigender Schönheit.

Hier drinnen schien alles lebendig, selbst die glitzernden Wände und der Boden, auf dem sie standen. Alle Farben des Regenbogens waren vertreten – in sanften, schimmernden, nie gesehenen Tönen: Mattrosa, Azurblau und Smaragdgrün, Gelb und Lila und alle erdenklichen Schattierungen von Rot. Überall flatterten und spazierten Vögel aller Arten und Größen umher: Paradiesvögel, Papageien und Kakadus, Pfauen und viele kleinere in allen Farben. Der Gesang, mit dem sie die Luft erfüllten, fügte sich ein in die ringsum ertönenden Harmonien.

Es gab Teiche mit Wasserlilien und tropischen Fischen von seltsamster Gestalt, Springbrunnen und kleine Wasserfälle, und überall Blütenbüsche und duftende, bunte Blumen. Unter ihnen entdeckten sie eine Vielfalt von Orchideen, eine jede einmalig in Form und Farbkombination. Und eine jede verbreitete ihren ureigenen, berauschenden Duft. Die Luft selbst war so klar und erfrischend, daß es eine Lust war zu atmen.

Über ihnen im oberen Teil der hohen Kuppel erstreckten sich ringsum Emporen, zu welchen kristallene Wendeltreppen hinaufführten. Jede dieser Galerien hatte ihre eigene typische Farbe, und glitzernde Türen führten zu geheimnisvollen Räumen dahinter.

Doch direkt vor ihnen schien eine schimmernde Wendeltreppe, aus einem einzigen, reinen Kristall gehauen, dazu aufzufordern, hinunterzugehen. Sie sahen sich fragend an; dann stiegen sie mit vorsichtigen Schritten nacheinander hinab.

Die Treppe endete in einem Raum, der ihnen vorkam wie das Innere eines Diamanten. Er war hell erleuchtet von einem rosafarbenen Schimmer, den die Wände ringsum reflektierten. Und mitten im Raum gewahrten sie ein einzigartiges Wunder: die Quelle des Lichts.

Es war ein mächtiger, grün und rosa funkelnder Opal. Er erinnerte an einen Altar in Form eines Herzens. Er war der Ursprung nicht nur des Lichts, sondern auch jener wundersamen Klänge, die hier rings von den Wänden zurückhallten. Genau in seiner Mitte befand sich eine große, gelbgrüne Blüte mit Dutzenden von Blütenblättern.

Die Kinder näherten sich langsam, auf Zehenspitzen und schweigend. Sie spürten, daß es nicht passend wäre, die Klänge ringsum mit dem Geräusch von Schritten oder leerem Gerede zu übertönen. Außerdem waren sie gänzlich überwältigt von Verwunderung über all das, was sie hier sahen und vernahmen.

»Willkommen, meine Kinder!« begrüßte sie eine sanfte Stimme hinter ihnen – eine Stimme, die ihnen seltsam vertraut vorkam. Wie sie sich umwandten, sahen sie einen Mann in einem orangefarbenen Gewand, die Arme zur Begrüßung ausgestreckt, auf sie zukommen. Auf seiner Schulter hockte ein kleines, affenähnliches Tier, und ein Löwenjunges ging neben ihm her. Ein Mann mit freundlichen Augen in einem schwarzen, von tiefen Falten durchzogenen Gesicht und struppigem, eisgrauem Bart – den kannten sie doch! War das möglich?

Ja, er war es – deshalb war ihnen die Stimme so vertraut! Vor ihnen stand Kianga. Doch wie anders er schien, wie verwandelt! Eine Art König oder Priester, ja vielleicht gar ein Zauberer! Auf jeden Fall ein weiser und mächtiger, sicher auch heiliger Mann. Wie konnte das sein? Und wie war er wohl hierher geraten?

»Willkommen im Herzens-Reich!« wiederholte er. »Es freut mich sehr, daß ihr es so rasch geschafft habt. Und ganz besonders freut mich, daß ihr euch so rasch erinnert habt, wie das Tor zum Herzens-Reich aufgesperrt werden kann! – Setzt euch.«

Er wies auf drei kristallene, mit rosafarbenen Kissen bedeckte Hocker, während er selber auf einem thronartigen Sessel Platz nahm, dessen Armlehnen mit glitzernden Opalen besetzt waren. Das Äffchen sprang von seiner Schulter und spielte mit dem Löwenjungen, direkt vor ihnen!

Gehorsam nahmen sie Platz. Noch wagten sie nicht, ihrer Verwunderung Ausdruck zu geben.

»Wie ich sehe, erstaunt es euch, mich hier anzutreffen.« Seine Stimme klang eine Spur anders als sonst – sehr tief und ruhig und voll majestätischen Selbstvertrauens. »Aber es ist nicht so erstaunlich. Denn hier, im Herzens-Reich, bin ich der Herrscher.«

»Aber du bist doch Kianga!« platzte Jesse heraus. »Das stimmt doch – oder etwa nicht?«

»Wie kommst du denn hierher?« fragte Daniel. »Bist du auch durch's Mausoleum gekommen?«

Luzie war völlig verwirrt. »Warst du die ganze Zeit hier, als ihr nicht mehr da wart?« hauchte sie nur.

»Es stimmt, man nennt mich Kianga – dort oben in der Welt, in der ihr mich kennenlerntet«, erwiderte der Alte, ohne die anderen Fragen zu beachten. »Hier jedoch bin ich Premando, Herrscher im Reich der Liebe.«

»Aber das geht doch gar nicht!« flüsterte Luzie.

»Man kann doch nicht zwei Leute auf einmal sein!« stimmte Jesse zu.

»O ja!« kam die Antwort. »Ich freilich bin, als Premando, heimisch in diesem Reich, das von den Menschen nur in Ausnahmefällen so erlebt wird wie heute von euch. Und nur in Ausnahmefällen trifft man mich als 'Kianga' dort an, wo ihr daheim seid. Aber seht mal, jeder Mensch ist zugleich weit mehr als die Person, in deren Gestalt man ihn kennt – hier, im Herzen. Alle meinen zwar, sie wären auf die eine, ihnen seit je vertraute Gestalt festgelegt. Deswegen stecken sie alle so fest in ihrem Leben, selbst wenn es arm und elend und voller Angst ist. Sie leben nur als diese eine Person – eine einzige von all jenen, die sie sein *können.*

Doch ihr alle – auch ihr drei –, je nachdem, wo und wann, und mit wem ihr zusammen seid, könnt weit mehr von jenen Personen *leben,* die ihr im Herzen seid.«

»Ich?« fragte Jesse und sah seine Gefährten an. Sie schienen nicht weniger zu zweifeln als er. Daniel lachte verlegen.

»Ja, auch du.« Der Alte lächelte zwinkernd. »Ebenso gut wie der kleine Jesse kannst du ein tapferer indianischer Krieger sein; denn auch das bist du in deinem Herzen. – Und du«, wandte er sich an Daniel, »kannst der König David als Junge sein, der den Goliath besiegt, genauso gut wie der trotzige Dan. – Und du bist nicht bloß Luzie, sondern genau so gut eine furchtlose Zigeunerprinzessin, wann immer du willst.«

»Wie alle Menschen, so habt auch ihr jeder eine bestimmte Aufgabe im Leben, die niemand anders erfüllen kann. Und ihr selber könnt sie manchmal nur dann erfüllen, wenn ihr aus eurer normalen, kleinen Identität hinaus- und darüber hinwegsteigt, um mehr zu sein und eine ganz andere Person, als die, die ihr gewöhnlich zu sein meint.«

»Das kapier' ich nicht«, meinte Daniel.

»Ich auch nicht«, stimmte Jesse ihm bei.

»Ich weiß, es ist nicht leicht zu verstehen, aber es wird euch bald klarer werden. Eure jetzige Aufgabe ist es, die Angst-Monster aufzuspüren und zu vertreiben. Das wird euch Kindern sicherlich nicht ganz einfach erscheinen, oder?«

Sie schüttelten die Köpfe.

»Deshalb seid ihr jetzt hier.«

»Ja, um dir den Wunderspiegel zu bringen«, sagte Jesse, indem er ihn hervorzog. »Das hat Esthia uns aufgetragen. Hier.«

Kianga/Premando nahm ihn entgegen und betrachtete ihn lächelnd. »Gut«, nickte er. »Ich werde ihn mit der Herzens-Energie aufladen, welche die Kraft der Liebe und der Wahrheit ist. Dann wird er euch zeigen, wer ihr im Herzen sein könnt.«

»Und sind wir dann –« begann Luzie zu fragen, um sogleich verwirrt innezuhalten. »Ich meine, wie die Quirkos. So werden wir doch nicht, oder? – Nein, das ist dumm von mir…«

»Aber die sind doch gar nicht wirklich, die sind doch wie tot!« rief Daniel aus.

»Klar, weiß ich ja. Es war eine dumme Frage.«

»Sie war gar nicht so dumm«, sagte Kianga/Premando. »Es gibt aber einen gewaltigen Unterschied. Ihr werdet bestimmt nicht wie die Quirkos. Seht mal, die sind so verzaubert, daß sie nicht mehr sie selbst sein können. Sie können nie irgendeine von den Personen sein, die sie in ihrem Herzen sind – die sie sein *könnten* – denn sie stehen unter dem Bann der Angst-Monster. Sie können nichts als pausenlos die Rollen durchspielen, die sie einmal angenommen haben, um ihre Angst nicht mehr zu spüren und sich besser zu fühlen. Zum Beispiel, sich größer zu machen, weil sie sich klein fühlen.«

In diesem Moment riß der kleine Löwe das Maul auf und fauchte das Äffchen an, so daß es sich erschrocken verkroch. Sie lachten.

»Und stärker«, sagte Jesse, »weil sie denken, sie wären schwach.«

»Ja, oder kleiner, weil sie sich zu groß fühlen. Oder sie jammern unablässig, weil sie meinen, es ginge ihnen so schlecht – oder geben sich grausam, weil sie immer wütend sind – oder ständig blödelnd, weil sie sich nie geliebt fühlten, wenn sie ernst waren – oder umgekehrt: immer bierernst, weil sie nie Spaß haben durften. Man kann seine Angst auf so viele Arten verstecken – nicht nur vor anderen, sondern auch vor sich selber.«

»Manche Erwachsene tun nichts anderes, als Zeit zu vergeuden«, warf Daniel ein.

»Ja – aus Angst davor, zu leben. Oder sie tragen eine Verkleidung, in der sie ständig als Schenkende dastehen, weil sie meinen, sie selber seien nicht gut genug, um gemocht zu werden.«

»Wie der Weihnachtsmann.« bemerkte Luzie. Die Jungen lachten zustimmend.

»Genau. Und in all diesen Verkleidungen und Masken stecken sie nun für immer fest.«

»Sie kriegen sie gar nicht mehr runter, das haben wir gesehen!« rief Daniel aus.

»Eben – sie können nichts anderes mehr tun oder sein. Es ist echt ein Fluch. Du kannst nicht mehr du selbst sein – und merkst es nicht einmal!

Kinder zum Beispiel sollten ja wohl höflich und hilfsbereit sein, und das bist du ja sicher auch – oder?« Sein Blick ruhte kurz auf Daniel. Dem war die Frage sichtlich unangenehm.

»Aber nun stell dir vor«, fuhr der Alte fort, »ein Angst-Monster hat dich hypnotisiert, so daß du ständig »Liebkindchen Immer-Brav« sein mußt. Du kannst jetzt nicht mehr anders, als brav sein, helfen und tun, was immer man dir aufträgt – egal, von wem es kommt, oder um was es geht.«

»Das finde ich blöd«, murmelte Daniel.

»Genau, das ist es! Jeder Angeber und Schikanierer kriegt dich nun dazu, ihm zu folgen. Du würdest vielleicht manchmal viel lieber weinen –

oder wütend sein, weil man dir ganz dumme Sachen befiehlt. Aber du würdest dich nie mehr trauen aufzumucken. Als »Liebkindchen« darf man ja sowas unmöglich. – Und bist du dann überhaupt noch du selbst?«

»Nein«, erwiderten die Kinder gleichzeitig.

»Und sicher würde dir das nicht gefallen«, fuhr er fort. »Doch nach Jahren, wenn du erwachsen bist, merkst du es nicht mehr. Du hast dich dann so ans Jasagen und Gehorchen gewöhnt, daß du dich auch in schlimme Sachen reinziehen läßt – nur, damit die anderen dich ja mögen. Deine wahren Gefühle spürst du gar nicht mehr.

So geht es den Quirkos. Mit dem Wunderspiegel ist es eine ganz andere Geschichte. Wenn er mit der Herzens-Energie aufgeladen ist, zeigt er euch eine der vielen anderen Personen, die ihr sein *könnt* – mitsamt den Gefühlen, die ihr gerade benötigt. Das können sogar solche sein, vor denen ihr euch sonst vielleicht fürchtet, wie etwa Mut oder Liebe oder das Glück der Freiheit. So werdet ihr euch lebendiger fühlen, als je zuvor. – Also, dann wollen wir mal!«

Damit wandte er sich dem grünrosa funkelnden Opal zu und legte den Wunderspiegel feierlich direkt in die Mitte der Blüte. Er murmelte etwas, was sie nicht verstanden, und sagte dann laut mit klarer Stimme:

»Höchste Macht in dieser Welt,
die erzeugt, ernährt, erhält:
laß in Liebe und Vertrauen
jeden, der den Spiegel hält,
wenn er's braucht, sein Kraft-Ich schauen!«

Das Glitzern verstärkte sich, und die Blüte leuchtete auf in Farben von atemberaubender Schönheit: einer Mischung der zartesten, nie zuvor wahrgenommenen Töne von Rosa und Grün, mit golden funkelnden Sternen dazwischen. Zugleich verspürten die Kinder eine wundersame Wärme in der Region ihres Herzens. Sie erfüllte sie mit der festen Zuversicht, daß, was immer auch komme, gut und richtig sein würde.

»Schon getan«, verkündete Kianga/Premando. Er nahm den Spiegel aus der Blüte und reichte ihn Jesse zurück.

Jesse betrachtete ihn. Er sah noch genauso aus wie zuvor.

»Er ist verändert«, sagte der Alte. »Bisher zeigte er euch die Jags oder Krags an, von denen ihr beim Drücken der Taste erfüllt wart. Er zeigte euch auch, was euch drei verbindet, und daß jeder Jammergedanke im-mer irgendwelche Kraftgedanken verdeckt, die nur darauf warten, euch zu unterstützen. Doch mit der Herzens-Energie vermag der Spiegel noch weit mehr. Von all den vielen Personen, die ihr *auch* sein könnt, wird er euch immer diejenige zeigen, die euch jetzt gerade am hilfreichsten ist: euer jeweiliges 'Kraft-Ich'. Und dabei wird er euch Körper und Geist mit jenen besonderen Eigenschaften ausstatten, die diesem angehören.«

»Dürfen wir ihn mal ausprobieren?« fragte Jesse. Er war sehr gespannt, was da wohl kommen würde.

»Eigentlich solltet ihr ihn zu diesem Zweck nur benutzen, wenn es wirklich nötig ist. Sonst kann seine Kraft sich mit der Zeit vermindern. Aber jetzt dürft ihr euch mal ansehen, wie das geht.«

Wie man sich denken kann, ließen sie sich das nicht zweimal sagen. Als Jesse es ausprobierte, blickte ihn aus dem Spiegel tatsächlich ein indianischer Krieger mit seinen eigenen Gesichtszügen an! Luzies 'Kraft-Ich' war, wie Kianga angedeutet hatte, eine Zigeunerprinzessin, und Daniel sah sich als den jungen König David mit der Schleuder.

Aufgeregt wechselten die Kinder sich immer wieder darin ab, ihr eigenes, so unvertrautes Spiegelbild zu betrachten.

»Und vergeßt nicht«, erinnerte sie Premando. »Im Spiegel erkennt ihr, wer ihr sein *könnt*. Wenn ihr das seht, ist es wichtig, daß ihr es auch wollt.«

Er ließ sich den Spiegel geben und hielt ihn mit beiden Händen vor sich hin. »Sprecht dann im Geist die Worte: *Laß in Liebe und Vertrauen mich mein wahres Kraft-Ich schauen!*«

Er hieß die Kinder den Satz mehrmals wiederholen, bevor er hinzufügte: »Und wenn Zeit dazu ist, holt euch auch einen Krag, der sagt: *Das bin ich, und mein ist all die Kraft, Weisheit, Tapferkeit und was sonst immer diesem meinem Bild angehört.* Dann stehen euch all diese Eigenschaften zur Verfügung, soweit und solange ihr sie braucht.«

Noch eine Weile redeten die Kinder vergnügt lachend darüber, wer sie alles sein könnten oder wollten, und wie sie als jene 'neuen Personen' die Monster in die Flucht schlagen würden. Dann mahnte Premando, daß es Zeit sei, weiterzuziehen.

»Aber stärkt euch zuvor noch ein wenig für die Aufgabe, die euch bevorsteht.« Mit diesen Worten führte er sie zu einem kleinen Tisch in einer Ecke des Raumes. Dort stand eine Kristallschale mit seltsamen

Früchten, die sie noch nie gesehen hatten. Sie sahen Pfirsichen ähnlich, doch hatten sie eine ganz schrumpelige Haut und sie dufteten überaus köstlich.

»Greift zu. Es sind Quazzulis. Sie verhelfen zu einem standhaften Geist, mit dem man sich jeder Aufgabe gewachsen fühlt.«

Die Früchte schmeckten so köstlich wie sie dufteten. Außerdem sättigten sie, und als sie jeder zwei gegessen hatten, fühlten sie sich wie nach einer guten Mahlzeit.

Dann führte der Alte sie zu einer anderen Wendeltreppe, die jener, auf welcher sie herabgestiegen waren, aufs Haar glich.

»Noch weiter runter?« fragte Jesse zweifelnd.

»Wo sind denn diese Monster!« wollte Daniel wissen.

»Ihr Versteck liegt sehr tief. Sie haben einen Geheimweg errichtet, der das Herzens-Reich umgeht. Ihr habt sicher gesehen, daß die Gänge hierher an vielen Stellen von Schutthaufen blockiert sind. Eine Menge von dem Schutt ist Zeug, für dessen Reinigung den Sentis keine Zeit blieb; aber wiederum ist auch vieles davon überhaupt nicht wirklich. Es ist nur von den Angst-Monstern so gemacht worden, daß es wie wirklich aussieht.«

»Die Mauer, die sie um mich herum gebaut hatten – was war denn die?« fragte Jesse.

»Die war sicher auch nicht wirklich. Aber dir kam sie bestimmt wirklich genug vor, nicht wahr? Das ist das Entscheidende: man sieht den Unterschied nicht. Deswegen findet kaum jemand mehr hierher. Der einzige direkte Weg, den man noch sehen kann, führt durch das Quirko-Mausoleum – und wer hat schon den Mut, jenen Raum durch die nie geöffnete Tür mit all den Warnungen und den Wächtern dahinter zu verlassen? – Man muß sich schon von dem Stille-Klang leiten lassen – und das Zauberwort kennen, das die Tür hierher öffnet.«

Er hielt nachdenklich inne, ehe er fortfuhr: »Das Herzens-Reich ist dieser Tage sehr schwer zugänglich. Und die Gänge und Treppen, die drum herumführen, sind so eng und steil, daß sich dort auch nur die wenigsten hinuntertrauen. Die aber führen zu den Monstern. Jede Nische, die gewöhnlich nicht betreten oder erforscht wird, gilt ihnen als geeignetes Versteck.

Und seid auf der Hut: die Angst-Monster sind ganz groß im Täuschen. Den Quirkos machen sie oft weis, sie existierten überhaupt nicht. Und denjenigen, die sie anlocken wollen, denen spiegeln sie vor, sie seien riesengroß und mächtig und all ihr Tun nur gut und richtig.«

»Ich falle nicht wieder auf sie rein!« versicherte Jesse. Seine Freunde pflichteten ihm bei.

»Ich wünsche euch alles Gute«, lachte der Alte. »Glaubt ja nicht, daß irgendetwas, was die Monster euch zeigen oder sagen, je gut ist! Das kommt nicht vor. Gerade wenn es gut aussieht, ist es eine Lüge. Es ist immer falsch, wenn nicht tödlich. –

Und nun nur noch eines. Ehe ihr geht, laßt euch noch von dem Licht stärken!«

Eines nach dem anderen hieß er die Kinder vor den leuchtenden Opal treten. Dann griff er mitten in die Blüte und, indem er Worte murmelte, die wie ein Gebet klangen, hob er ein schimmerndes Objekt heraus. Sie sahen nicht genau, was es war, sondern nahmen nur ein intensiv rosa scheinendes Licht wahr.

Mit diesem Licht-Objekt in der Hand umkreiste er ihren ganzen Körper. Dabei verspürten die Kinder abermals jenes wärmende Glücksgefühl, das sie bereits von ihren früheren Begegnungen mit dem Licht her kannten. Doch diesmal war es noch stärker als zuvor. Ach, es fühlte sich so gut, so befreiend an, sie hätten auf der Stelle jauchzen und tanzen können vor Freude!

Dennoch hielten sie still. Sie ahnten, daß ihnen das Licht, das dieses Glücksgefühl verursachte, bleiben würde, solange sie es im Herzen bewahrten. Und in schwierigen Situationen würde es ihnen beistehen. Etwa, wenn wieder einmal ein wichtiger Weg versperrt oder eine Schreck-Zecke auf dem Anmarsch war.

»Ihr seid nun mit dem Licht der Herzens-Energie umkleidet«, verkündete Premando. »Wann immer ihr jetzt eines eurer Kraft-Ichs wählt, wird sich euer ganzer Körper für eine Zeitlang in jene 'andere Person' verwandeln und euch so helfen, sie tatsächlich 'zu sein'«.

»Kriegen wir jetzt den Spiegel wieder?« fragte Jesse. Er konnte ihn nirgendwo sehen. Hatte der Alte vergessen, ihn zurückzugeben?

Premando schüttelte lächelnd den Kopf. »Euer Spiegel wird vorerst noch anderswo benötigt. Ihr werdet bald sehen, wofür.« Er zog ihn aus den Falten seines Gewands hervor. »Aber keine Sorge, ihr werdet ihn zur rechten Zeit zurückerhalten.«

Damit neigte er sich zur Seite und stieß einen lockenden Ton aus. Sofort kam das Äffchen angesprungen; es hatte zuletzt auf dem Rücken des kleinen Löwen gesessen, der neben dem Quazzuli-Tisch eingeschlafen war.

Der Alte hielt ihm den Spiegel entgegen, indem er ihm etwas zuflüsterte. Eifrig nickend nahm ihn das Äffchen in beide Hände und verschwand damit die Treppe hinab, gefolgt von den erstaunten Blicken der Kinder.

»So, und nun müßt ihr wieder weiter«, wandte sich Premando an sie. »Folgt einfach jener Treppe, wo immer sie euch hinführt. Und vergeßt nicht: eure Krags begleiten euch, solange ihr das wollt – auch, wenn ihr sie mal nicht wahrnehmt. Wenn ihr den Spiegel benutzen müßt, denkt an die Zauberformel: *Laß in Liebe und Vertrauen mich mein wahres Kraft-Ich schauen!* Solange ihr das nicht vergeßt, wird alles gutgehen.«

Mit einem aufmunternden Nicken, das alle Fragen, die sie noch hatten, zum Schweigen brachte, umarmte er die Kinder, eines nach dem anderen.

Sie fühlten sich auf wundersame Weise gestärkt und voll guten Mutes, als sie sich so auf die letzte Wegstrecke dieser Reise begaben – jene kristallene Treppe hinab in die tiefste Tiefe…

21

Im Versteck der Monster

Immer weiter ging es hinab. Auf der steilen Wendeltreppe wurde den Kindern doch ein wenig bang ums Herz. Die Wärme, die Musik und das wundersame Leuchten des Herzens-Reiches lagen nun hinter ihnen. Nicht einmal der Wunderspiegel gab ihnen noch Sicherheit. Wo mochte er sein, und wie würden sie ihn zurückerhalten?

Daniel kletterte mit der Taschenlampe voran, Luzie diesmal als letzte. Es war stockfinster ringsum. Doch da die Kinder vom Herrscher des Herzens-Reiches in Licht gekleidet waren, gaben sie nun selbst einen Schimmer ab. Er war heller und für das Auge noch wärmer und angenehmer als der, welcher von ihren Schals ausgegangen war. Die Luft war feucht, aber auch hier, selbst ohne die Schals, leicht zu atmen.

Sie waren froh, als die Treppe schließlich endete und sie einen Tunnel betraten. Um sie atmete die Erde. Sie schien von einem geheimnisvollen, eigenen Leben beseelt. Diese lebendige Energie hüllte sie so warm ein, daß sie sich hier unten irgendwie daheim und geborgen fühlten.

Dann machte der Tunnel eine Biegung. Er wurde enger und war an einigen Stellen mit Felsbrocken übersät, über die sie mühsam hinwegklettern mußten. Ein anderer Tunnel, der jedoch gänzlich zugeschüttet war, mündete hier zur Rechten in den ihren ein. Dann kam wieder ein breiter zur Linken. Dieser war offen und frei. Vielleicht diente er den Monstern als Umweg um das Herzens-Reich?

Allmählich wurde die Tunneldecke immer niedriger. Bald konnten sie nicht mehr aufrecht gehen und mußten schließlich mühselig auf Händen und Füßen kriechen. Hieß dies wohl, daß sie sich dem Monster-Land näherten? Ein matter Schimmer vor ihnen deutete etwas Neues an.

Direkt nach einer Linksbiegung mündete der Höhlengang urplötzlich in einen großen Raum. Hier konnten sie endlich wieder aufrecht stehen!

Es war hell hier; indirekte Beleuchtung verbreitete ein bläuliches Licht. Die Einrichtung war hochmodern. Sie hätte aus einem Raumschiff stammen können: glatte Plastiktische, Bildschirme, Instrumententafeln, Tastaturen, Joysticks und was sonst noch dazugehört. Doch es gab auch einen einladenden kleinen Tisch. Eine Vase mit Plastikblumen stand darauf, sowie ein Krug mit einem Getränk. Um ihn waren drei Stühle gruppiert, und vor jedem Platz stand ein Glas. Es sah ganz so aus, als würden sie hier erwartet!

Aus Lautsprechern ertönte sanfte Musik, und dann eine Frauenstimme – die allerdings etwas künstlich klang, fast wie die eines Computers: »Willkommen in deiner ureigenen Zukunft, wo dir jeder Traum erfüllt wird! Laß dich bedienen und verwöhnen – die Welt wartet auf deinen Befehl!«

Dies ging sofort in ein zackiges Lied über:

»Komm mit, mach mit dem Alten Schluß,
hier zählt nur Lust und Hochgenuß!
Mach alles nieder, was dich stört,
auf daß die Welt nur dir gehört!«

»Mensch, das klingt ja toll!« sagte Daniel zu Jesse. Er war ganz überrascht von der freundlichen Begrüßung.

Jesse nickte zustimmend. »Mann, und ich hab so'n Durst! Guckt euch das an!« Ohne Umschweife nahm er auf einem der Stühle Platz und schenkte sich das Glas voll. Seine Freunde taten es ihm nach.

»Mm, köstlich!« Luzie füllte ihr Glas gleich ein zweitesmal.

Unterdessen ging das Lied im Lautsprecher weiter:

»Hier gilt nicht Fühlen, sondern Kraft!
Belohnt wird nur, wer tüchtig schafft!
Schneller, besser, höher –
und du selbst zählst mehr!«

Und wieder Musik, diesmal ein schneidiger Marschrhythmus.

»Hört mal!« rief Luzie aus. »Ist das nicht einer von den Jags, die wir für Krags gehalten haben? *'Schneller, besser, höher'* ?«

»Ja, stimmt!« meinte auch Jesse.

»Nee, das ist doch kein Jag!« widersprach Daniel. »Wir sollen Spaß haben – uns wohlfühlen! Kianga, oder wie er jetzt heißt, meinte das auch!«

»Und er hat uns gewarnt!« erinnerte Luzie. »Sie würden uns täuschen und betrügen, wo sie nur könnten. Ich weiß nicht mehr, wie er es sagte, aber das hat er gemeint.«

»Ich weiß.« Jesse fiel es jetzt wieder ein. »Sie fangen uns ein mit Versprechungen, und dann hypnotisieren sie uns, und wir müssen spuren.«

»Genau!« schrie Daniel lachend. »Und ab mit uns ins Mausoleum!«

»Um da denselben Spaß immer wieder zu haben«, kicherte Luzie. »Wieder und wieder, in alle Ewigkeit!«

»Wieder und wieder – und immer wieder –« stimmten die Jungen ein.

Und dann war da noch eine andere Stimme, die mitzukichern schien. Erstaunt gewahrten sie das Äffchen aus dem Herzens-Reich. Wieso das? War es ihnen gefolgt? Es war doch vor ihnen die Treppe hinabgeklettert!

In beiden Händen hielt es den Spiegel; den reichte es jetzt Daniel, der ihn überrascht entgegennahm. Und schon sprang es wieder davon – den Weg entlang, den sie gekommen waren.

Die Kinder sahen sich verblüfft an. Doch ehe sie etwas sagen konnten, bemerkten sie, daß noch eine andere Gestalt im Raum stand. Sie mußte verstohlen durch eine Tür eingetreten sein, die sich soeben hinter ihr schloß.

Auf den ersten Blick erschien die Frau erschreckend groß, schemenhaft unwirklich und bedrohlich. Doch als die Kinder näher hinschauten, schrumpfte sie sichtlich und nahm zugleich deutlichere Form an. Sie war sehr hübsch, wie ein Mannequin – mit langem, strohblonden Haar, Beinen wie eine Barbie-Puppe, und in einen eleganten, grauen Anzug gekleidet. Sie wäre ihnen wirklich nett vorgekommen, hätte es nicht hinter ihren Augen so unangenehm geflackert. – Was das wohl bedeutete? ...

»Willkommen, liebe Kinder«, sagte sie mit der gleichen freundlichen Computerstimme, die sie zuvor über Lautsprecher gehört hatten. »Es tut gut, zu sehen, wie ihr genießt!« Die Kinder schwiegen. »Wirklich tapfer von euch, uns hier unten zu besuchen, das traut sich kaum sonst ein Kind!«

Sie hörten aufmerksam zu, waren jedoch alle drei entschlossen, sich auf keinen Fall auf irgendetwas einzulassen, was sie ihnen auftragen mochte!

»Aber ihr seid goldrichtig hier«, fuhr sie fort, »wo wir euch beibringen können, wie man sich unbeschwert vergnügt. Jeder Komfort. Das köstlichste Essen und Trinken, das es überhaupt gibt. Es stimmt wohl, wir erwarten Disziplin und einen gewissen Beitrag zum Wohl der Wirtschaft – das ist aber leichte Arbeit – nicht schwerer, als eine Tastatur zu betätigen.«

Indem sie redete, begannen ihre Augen immer stärker und bösartiger zu flackern. Den Kindern war inzwischen klar, was das hieß. Sie hüteten sich, ihr mit einem unsicheren Blick zu begegnen.

»Und es lohnt sich für euch!« Die hübsche Monster-Dame wurde richtig enthusiastisch. »Uneingeschränkter Spaß zu jeder Tageszeit – oder auch Nachtzeit, aber als Kinder weilt ihr dann ja selig im Traumland, nicht wahr? Auf jeden Fall tagsüber, wenn ihr nicht gerade mit eurer leichten Arbeit beschäftigt seid. Und selbst dabei könnt ihr von den Vergnügungen träumen, die euch nach Feierabend erwarten. Brandneue Sensationen jeder Art! Gameboys und all diesen Kram dürft ihr getrost vergessen – 'Virtual Reality' heißt jetzt das unschlagbare Schlagwort! Und dieser Spaß kann euer sein – heute und in aller Zukunft!«

Sie hielt inne, wie um ihre Worte wirken zu lassen. Dann wies sie einladend auf eine kleine Tür zu ihrer Linken. »Also kommt mit!« Es war eine andere als die Tür, durch die sie eingetreten war.

»Na kommt schon, nicht so schüchtern – wir beißen doch nicht!« forderte sie erneut die Kinder auf, die regungslos am Tisch sitzengeblieben waren. Sie lachte verkrampft. »Ihr glaubt doch nicht die schlimmen Lügengerüchte, die über uns verbreitet werden von Verleumdern, die nicht wissen, was es heißt, Spaß zu haben. Hört mal, wir sind überhaupt nicht so! Wir sind eure Freunde. Uns liegt das unbeschwerte Wohlergehen von jedermann am Herzen. – Kommt mal mit! Wir zeigen es euch und bringen euch bei zu genießen. Ich kann euch versichern, ihr werdet es nie bereuen. Ehrlich: ihr werdet gar nicht mehr weg wollen!«

Daniel stand auf. Jesse und Luzie taten es ihm zögernd nach. Was hatte er vor? Auf keinen Fall würden sie ihr folgen!

Verstohlen wies Daniel auf die Tür, durch die sie eingetreten war.

»Oh nein, nicht da lang!« Sie hatte seine Geste bemerkt. Ihr Ton wurde schrill. »Das ist privat – und außerdem geschlossen! Hier lang, wenn ich bitten darf!«

Daniel war klar, daß er jetzt handeln mußte. Er war der älteste, und ihm hatte das Äffchen den Spiegel gereicht. Er hatte bemerkt, daß die Tür, auf die er die anderen aufmerksam gemacht hatte, durch ein Kombinationsschloß gesichert war. Es war eine Tastatur, auf der man die richtige Zahlenkombination wählen mußte.

Jetzt drückte er rasch den Spiegel und sprach dabei in Gedanken die Zauberformel, die er sich gut gemerkt hatte: *»Laß in Liebe und Vertrauen mich mein wahres Kraft-Ich schauen!«* Dazu rief er sich ein paar unterstützende Krags in den Sinn – wie: *»Von dieser Ziege lasse ich mich nicht aufhalten!«*

Zu seiner Überraschung erblickte er sich auf dem winzigen Bildschirm in einer Gestalt, die er sofort als 'der junge Einstein' erkannte – mit großer Nase, Wuschelmähne und offenem Sporthemd: ein Zahlengenie!

Nun wußte er genau, was weiter zu tun war! Die Monster-Dame stand mit auffordernder Geste ungeduldig wartend an der Seitentür. An ihr vorbei sprang Daniel mit einem gewaltigen Satz zu der anderen Tür. Kaum einen Moment bediente er die Zahlenknöpfe, als er auch schon auf die richtige Kombination stieß. Er konnte es selber kaum glauben, aber es war so: ein grünes Licht leuchtete auf, und die Tür ließ sich öffnen!

Jesse und Luzie kamen rasch herangelaufen – ihnen hinterher die Monster-Dame mit schrillen Rufen: »Halt, halt! Verboten! Das ist privat – hört ihr denn nicht? Eintritt strengstens verboten!!«

Doch die Kinder waren schon drinnen.

Sie standen in einem Konferenzraum, wie er in jedem großen Hotel zu finden ist, wo Führungskräfte aus Wirtschaft und Industrie ihre Tagungen veranstalten. Und da saßen die Angst-Monster – vielleicht zwanzig oder mehr – um einen riesigen Tisch versammelt. Als sie die Kinder erblickten, sprangen sie alle auf, indem sie böse, feurige Blicke auf sie warfen.

»Seht sie mit festem Blick an!« warnte Daniel, der junge Einstein. Doch im Moment starrten seine Freunde auf *ihn*. Er sah so komisch aus in diesem Aufzug, mit der Mähne des weltbekannten Genies! Es paßte so gar nicht zu ihm!

»Hier, du bist dran!« Flüsternd reichte Daniel Jesse den Spiegel.

Eines der Angst-Monster war vorgetreten und erhob gebieterisch doch beherrscht die Stimme: »Also, so geht das nicht!! Kinder haben im Konferenzsaal keinen Zutritt. Bitte verlaßt unverzüglich den Raum!«

Bei seinen Worten spürte Luzie auf einmal die Schreck-Zecke ihren Rücken hinaufkrabbeln – und dann eine zweite, die in ihren Magen kroch, um sich da festzubeißen. Verzweifelt wünschte sie sie fort. »Rasch, den Spiegel!« rief sie Jesse zu und wurde dabei immer verwirrter.

Er reichte ihn ihr und sie drückte krampfhaft. Doch da sie die Zauberformel und auch die Krags vergessen hatte, erschien auf dem Bildschirm nur ein uralter Jag: *»Mir wird das alles zuviel!«*

»Hört ihr nicht?« Die Stimme des Angst-Monsters bebte drohend. »Verlaßt jetzt den Raum! – Seht mal hierher! Seht mich bitte an!!«

Luzie konnte nicht anders, sie mußte der Stimme Folge leisten. Indem sie den Blick hob, erinnerte sie sich: man muß ihnen nur standhaft und fest in die Augen schauen, dann schrumpfen sie zusehends und werden machtlos. – Wenn ich das nun aber nicht schaffe?...

»Seht her zu mir, habe ich gesagt!« dröhnte die Stimme.

Die Schreck-Zecken waren jetzt auch im Anmarsch auf ihr Gehirn. Mit festem, klarem Blick... Aber dieses Wesen war so riesenhaft! Und als sie verstohlen hinsah, schien es noch zu wachsen! Die anderen Monster bildeten hinter ihm eine drohende Mauer. Hatte nicht Jesse über diese Mauer etwas gesagt? Wurde sie nun auch eingemauert?

Sie hatte alle Krags vergessen; und obwohl sie krampfhaft versuchte, ihren Blick klar und fest zu machen, war er alles andere als das. Die Schreck-Zecken krabbelten überall herum und brachten ihren ganzen Körper zum Zittern. Diese Gestalten – so schattenhaft riesig... Sie schienen bereit, sie jederzeit anzuspringen. Nichts war mehr klar zu erkennen außer dem Flackern in den Augen des Monsters vor ihr!

Und in ihrem Geist, nicht mit den Ohren, sondern dort, wo die Schreck-Zecke sich im Gehirn ausgebreitet hatte, hörte Luzie nun Worte, die überaus freundlich klangen, glättend und erleichternd.

»Komm, meine Kleine, ist schon gut! Solang du nur tust, was ich dir sage. Was machst du denn am liebsten, wenn du dich sicher fühlen willst – geborgen und angenommen und weit weg von all diesen schrecklichen Sorgen und Ängsten? Sag's mir getrost! Du kannst es jetzt tun, und immer wieder, und alles Unangenehme dabei vergessen! Ich will dir gern helfen.«

Jemand rüttelte sie heftig an der Schulter. Es war der junge Einstein. »Einen Krag brauchst du – einen Kraftgedanken! Hier, drück ihn dir selber!« Sie senkte den Blick, sah den Spiegel und nahm ihn gedankenlos. Unsicher versuchte sie sich zu erinnern...

All dies hatte nur ein paar Sekunden gedauert. Daniel fühlte sich inzwischen ganz daheim in seiner Rolle als das Genie, dem niemand etwas vormachen kann, und das alle Probleme mit Leichtigkeit löst. Selbstsicher starrte er herausfordernd auf das Monster, das geredet hatte.

»Laß meine Freundin in Ruhe!« hörte er sich sagen. »Mich kannst du nicht reinlegen; ich sehe genau, was du da machst, und was du bist!« Er legte Verachtung in seine Stimme, und es schien Erfolg zu haben: schon sah er das Monster schrumpfen und all die anderen hinter ihm ebenfalls!

Jesse hatte den Arm um Luzies Schulter gelegt. Sie schien kaum noch bei sich zu sein. Am ganzen Körper zitternd, hielt sie den Blick gesenkt. Den Spiegel hatte sie noch in der Hand.

Er rüttelte sie. »Zigeunerprinzessin – Zigeunerprinzessin! – *Wenn ich vertraue, dann kommt immer Hilfe!* Unser bester Krag! Weißt du nicht mehr? – Sieh her, und sprich mir nach ...«

Wie aus weiter Ferne mischte die Stimme ihres Freundes sich unter das Dröhnen jener anderen, die noch immer – fast! – ihren Geist ausfüllte, glatt und verführerisch alles andere übertönend: »Du kannst es jetzt tun und immer wieder...«

Zigeunerprinzessin – ja, das gefiel ihr. Und die sein, das konnte sie auch. Der Gedanke, so schwer es ihr fiel, ihn festzuhalten, machte sie gleich fröhlicher. Sie hatte gute Freunde um sich.

»Sprich mir nach«, drängte Jesse. »*Laß in Liebe und Vertrauen mich mein wahres Kraft-Ich schauen!* «

Schon wurde die Monster-Stimme in ihrem Hirn schwächer. Ein Freund, ja, – und auf den war Verlaß! Und indem sie die Augen öffnete und den Bildschirm vor sich sah, sprach sie es aus: »*Laß in Liebe und Vertrauen mich mein wahres Kraft-Ich schauen!* «

Die ölige Stimme sprang aus ihrem Kopf und dröhnte jetzt von außen wieder umso lauter in ihr Ohr: »Hört doch – draußen bekommt ihr alles, was ihr nur mögt! Die neueste Software – da könnt ihr spielen nach Herzenslust. Geht nur erstmal zurück; ich und meine Freunde kommen gleich nach und zeigen euch—«

Nicht ablenken lassen ... Klarheit – Liebe und Vertrauen... Gestärkt durch Krags, von denen ihr jetzt etliche einfielen, drückte sie den Spiegel, indem sie die Formel wiederholte.

Und da war sie! Ihr wahres Kraft-Ich: eine Prinzessin, die Selbstvertrauen und Kraft ausstrahlte – Herrscherin über ihr Reich. Sie war in ein buntes, mit kostbaren Steinen besticktes Gewand gekleidet, mit Goldspangen im pechschwarz gelockten Haar, und von faszinierender Schönheit.

Einen Augenblick konnte sie nur ihr Spiegelbild anstarren. Dann fielen ihr wieder die Monster ein. Sie bildeten jetzt eine drohende Reihe zwischen den Kindern und dem Konferenztisch. Ihr Anführer leierte noch immer seine schleimigen Aufforderungen. Doch ihrer selbst in der neuen Gestalt nun wieder ganz sicher, trat Luzie einen Schritt auf ihn zu und blickte ihm gerade in die Augen.

»*Ihr* verlaßt jetzt den Raum!« rief sie gebieterisch. »Auf der Stelle – ihr alle! Ihr seid leblos und hohl. Ihr könnt uns nichts tun, weil wir euch durchschauen!«

Die Wirkung war verblüffend. Indem die Reihe hinter ihm zusehends zu einer Schar mickriger Büromännchen zusammenschrumpfte, wich der Sprecher augenblicklich vor ihr zurück!

Unterdessen hatte auch Jesse im Spiegel das Ich gefunden, das ihm helfen konnte: ein Karate-Meister mit schwarzem Gürtel! Mit einem mächtigen Satz sprang er vor. »Los jetzt – raus! Oder wir machen euch Beine!«

Die Monster hatten mit alledem offenbar nicht gerechnet. Aufgeregt redeten sie durcheinander. Schließlich riß einer hinten im Raum eine Tür auf, und ein anderer rief gellend einen Befehl: »Wachen! Wachen! Den vorläufigen Rückzug decken! Wir kommen zurück mit Verstärkung!«

Indem sie durch die Tür hinausdrängten, füllte sich der Raum von allen Seiten mit Jags. Im Nu war ein ganzes Battaillon von ihnen versammelt. In Reih und Glied strammstehend wie grell uniformierte Spielzeugsoldaten blockierten sie den Weg zu der Tür. Mehr konnten sie nicht tun, denn es waren ja keine Jags, die die Kinder zur Zeit im Sinn hatten.

Ganz im Gegenteil: die Kinder lachten über ihre Bemühungen, sie für sich zu gewinnen. Denn nun begannen die Jags mit verführerischer Stimme wieder jene lockenden Phrasen zu singen, die zuvor über die Lautsprecher ertönt waren:

»Hier gilt nicht Fühlen, sondern Kraft!« – »Belohnt wird nur, wer tüchtig schafft!« – »Schneller, besser, höher – und du selbst zählst mehr!«

Zugegeben, es klang nicht schlecht – und sogar noch besser, wie sie es dann als Kanon sangen. Doch obwohl Jesse und Luzie schon einen Moment lauschten, ließ sich keines der Kinder dadurch mehr beirren.

»So ein Quatsch!« rief Daniel, das Einstein-Genie. »Die sind doch alle nichts als ein Haufen fetter Lügen! Los, kommt – den Monstern nach!«

Nicht im geringsten eingeschüchtert von der strammen Truppe vor der Tür, rannte er schnurstracks darauf zu. Dabei folgten ihm jetzt nicht nur Prinzessin Selbstbewußt und Karate-Kid, sondern auch etliche Krags, die urplötzlich unter den Kindern aufgetaucht waren.

In großer Verwirrung traten die Jags beiseite und machten den Weg durch die Tür frei.

22

Die Verfolgungsjagd

Draußen war nichts. Nur eine schier endlose Ebene, leer und glatt wie eine Tischplatte. Die Kinder nahmen es wahr, indem sie auf eine neue Reihe von Jags zurannten, die ihnen den Weg versperrten. Diese hielten die Arme verschränkt und blickten weit grimmiger drein als die im Raum.

Keuchend blieben sie stehen.

Hinter den Jags hastende Schatten. Motoren heulten auf und Reifen quietschten. Die Angst-Monster starteten offenbar zur Abreise.

»Hurra – sie fliehen!« rief Daniel.

»Die rasen doch bloß in ein anderes Versteck!«, widersprach Luzie, »Wenn wir sie nicht einholen, können wir sie nicht zu ihrem Landeplatz treiben – und dann hauen sie nie ab! Kommt schon!«

Sie hatte recht. Sogar das Einstein-Genie hatte das nicht bedacht.

»Wir brauchen Hilfe!« rief Jesse, indem er, ihr nach, wieder losrannte, wobei er sich mit seinem Lieblingskrag anfeuerte: *»Wenn ich vertraue, kommt auch Hilfe!«*

»Ganz bestimmt – Esthia hat's uns versprochen!« bestärkte ihn Prinzessin Luzie. Im Weiterlaufen bemerkte sie, daß die beiden Krags, die sie soeben ausgerufen hatten, sie jetzt begleiteten.

Vor dem Ansturm der Kinder mit ihren Krags zerbröckelte auch die Reihe dieser Jags. So schnell sie konnten liefen sie hinter den Monstern her. Der Motorenlärm machte deutlich – es gab keine Zeit zu verlieren! Waren die Angst-Monster erst weg, würde es schwierig sein, sie wiederzufinden.

In diesem Moment hörten die Kinder hinter sich ein Geräusch. Jesse sah sich um und blieb verblüfft stehen. Auch die beiden anderen hielten an.

Auf einem riesigen Emu näherte sich ein Ritter mit wehenden, blonden Haaren. In der Linken hielt er einen speer-ähnlichen Stab. »Rasch, Kinder – hinter mich, auf Libidenaj! » rief er und streckte ihnen die rechte Hand entgegen. »Wir kriegen sie noch!«

Ohne Zögern ließen sich die Kinder auf den gewaltigen, gefiederten Rücken hinaufhelfen. Sie zweifelten nicht, daß dies der versprochene Helfer war. Als sie ihm ins Gesicht blickten, erkannten sie ihn. Es war ihr Begleiter Jimmy!

»Ja, ich bins«, rief er, indem er Luzie als letzte hochzog. »Der Ritter Juvinius, in den sich euer Jimmy mit Hilfe des Wunderspiegels verwandelt hat!« Nun wußten sie, was das Äffchen mit dem Spiegel gemacht hatte!

»Aber jetzt still!« fuhr der Ritter fort. »Gut festhalten und aufgepaßt, daß ihr nicht die Balance verliert!«

Und schon ging's los mit einer Geschwindigkeit, die ihnen den Atem verschlug. Fest klammerten sie sich aneinander und an den Reiter.

»Seht ihr?« lachte Jimmy/ Juvinius. »Emus sind sowieso schnell, aber Libidenaj hier ist kein gewöhnliches Emu. Mit ihm kommen die Monster-Fahrzeuge nicht mit.«

Und er spornte das Tier weiter an, indem er ihm ins Ohr sang:

»Libidenaj, mein treues Roß,
komm leih mir deine Energien:
mit Schnelligkeit und Kraft gestärkt
will ich dem Sieg entgegenziehn.

Hilf, gegen jene Monster-Wesen,
die im Versteck der Ängste lauern,
den Liebesfunken abzuschießen
– und es zerbröckeln ihre Mauern.«

Und mit erhobener Stimme fügte er hinzu:

»So wird ihr Reich nicht länger dauern!«

– woraufhin der schwarze Riesenvogel noch schneller wurde.

Schon sahen sie die flüchtenden Fahrzeuge der Angst-Monster vor sich und kamen ihnen immer näher. Es mochten ihrer sieben oder acht sein. Während die Fahrzeuge bisher beisammen geblieben waren, begannen sie, als sie ihre Verfolger bemerkten, sich in alle Richtungen zu zerstreuen.

In diesem Moment benutzte Jimmy/Juvinius das, was die Kinder anfangs für einen Speer gehalten hatten. In Wirklichkeit war es ein Zauberstab. Mit ihm konnte man einen Laser ausstrahlen, um Schwierigkeiten zu verhindern.

»Paßt mal auf, wozu dieser Stab imstande ist!« Er richtete ihn gegen die Räder der flüchtenden Fahrzeuge.

Einer nach dem anderen explodierten die Reifen. Die Fahrzeuge gerieten mächtig ins Schleudern und hielten an. Den Monstern blieb nichts anderes übrig, als auszusteigen und loszurennen. Und das taten sie auch. Diesmal flohen sie alle in dieselbe Richtung.

»Sie laufen zu ihren Raumschiffen, das gibt uns Zeit!« Juvinius zügelte Libidenaj. »Wir brauchen nur noch sicherzustellen, daß sie abreisen. Und müssen dann ihre Lande-Plattformen zerstören, so daß sie nicht so bald zurückkönnen.«

Nun trotteten sie also gemächlich dahin, während die Monster, jetzt alle zu Fuß, um's liebe Leben rannten.

»Wo kommen die eigentlich her?« wollte Jesse wissen.

»Sie erscheinen aus dem Nichts, sobald irgendwo genügend Jags versammelt sind, um ihnen eine Lande-Plattform zu errichten. Und es liegt auf der Hand: je mehr Jags da sind und daran bauen, umso mehr Monster können landen. Doch ohne die Jags sind sie machtlos. Sie können uns dann nicht einmal hypnotisieren und zu Quirkos machen.«

»Also die Jags vernichten!« schlug Daniel vor.

»Wir brauchen niemanden zu vernichten«, entgegnete Juvinius. »Auch die Jags haben ja keine Macht, wenn Krags in Erscheinung getreten sind. Sie können nur dort existieren, wo alle Kraftgedanken eingeschlafen oder weggesperrt sind. Sind genügend wache Krags anwesend, so kann unmöglich eine neue Lande-Plattform für die Angst-Monster errichtet werden. Denn dann gibt es niemanden, der sie bauen könnte!«

Im Moment jedoch gab es die Landeplätze noch. Langsam ritten sie darauf zu. Fünf riesige, runde Plattformen aus Stahl mit Instrumententafeln darunter und Treppen, die hinaufführten.

Auf einer jeden stand abfahrbereit eines der Raumschiffe mit laufendem Antrieb. Sie waren nicht kreisrund, wie man sich 'fliegende Untertassen' vorstellt, sondern hatten die Form von Eiern, so daß sie eher an Bomben erinnerten. An der Seite eines jeden war eine große Öffnung.

Schon kletterten die Angst-Monster eiligst die Treppen hinauf. Wie klein und unscheinbar sie jetzt aussahen in ihren grauen Anzügen! Sie verschwanden durch die Öffnungen, die sich sofort hinter ihnen schlossen. Und das war das letzte, was die Kinder von ihnen sahen.

Die bombenähnlichen Fahrzeuge begannen sich zu drehen – schneller und schneller. Dann erhoben sie sich steil in die Luft. Noch ehe die Emu-Reiter die Plattformen erreicht hatten, waren sie bereits verschwunden.

Juvinius gebot Libidenaj Halt und forderte die Kinder auf, abzusteigen und sich zu strecken. Luzie begann sofort ihren ureigenen Siegestanz, und die Jungen schlossen sich an. Sie hüpften und sprangen umher und sangen dazu ein Liedchen, das Luzie spontan eingefallen war: *»Die Monster sind fort, die Monster sind fort! Die Jags sind besiegt, Krags haben das Wort!«*

Juvinius lachte, als er sie so fröhlich herumhopsen sah – die Zigeunerprinzessin in der Mitte zwischen Karate-Kid und dem jungen Einstein. »Wir sind noch nicht fertig!« rief er ihnen zu.

Die Kinder blieben neugierig stehen. Der Ritter richtete seinen Stab auf die nächstgelegene Plattform. Augenblicks glühte sie auf und fing Feuer, und innerhalb von Sekunden hatte sie sich zu Asche verwandelt. Genauso erging es dann den anderen Landeplätzen. Bald war nichts von ihnen übrig als fünf kleine Aschenhaufen, die der nun aufkommende Wind bald weggefegt haben würde.

Es war ein kühler Wind, begleitet von schweren, schwarzen Wolken. Der Himmel verfinsterte sich. Zeit, daß wir weiterziehen, dachte Jesse.

»Wo sind wir denn?« fragte Luzie ihren Helfer.

»So wie ich's einschätze, in der tiefsten Tiefe«, kam die Antwort.

Sie schüttelte sich. »Mir ist kalt.«

»Es ist so einsam hier«, stellte Daniel fest.

»Nur, weil die Angst-Monster es so erscheinen lassen«, erklärte Juvinius. »Kalt, einsam und vollkommen leer. Doch so wird es jetzt nicht lange bleiben. Was hier weht, ist der Wind des Wandels, der alles wieder ins richtige Lot bläst. In Wahrheit ist dies die Küste des Meers der Glückseligkeit. Die Monster hatten sie besetzt, nachdem ihre Jags beim Bau der Plattformen alles eingeebnet hatten. Aus der tiefsten Tiefe greifen sie immer am liebsten an, weil sich da normalerweise kaum einer hinunterwagt. Hier konnten sie sich unerkannt und sicher fühlen.«

»Und die Jags – wo sind die jetzt? »erkundigte sich Jesse.

»Die sind noch hier!« rief Daniel. »Siehst du nicht? Da... da... Überall tauchen sie wieder auf!«

»Sieh mal genauer hin«, schlug Juvinius vor. »Sind das wirklich Jags?«

Es waren keine. Diese Gestalten waren viel größer und eindeutig weiblich. Und trotz der einbrechenden Dämmerung konnten die Kinder noch einige der Aufschriften auf ihrer Kleidung entziffern: *»Ich lasse mich nicht mehr reinlegen.« – »Kein Grund zur Angst!«– » Ich bin stark und voller Energie.« – »Ich kenne den Weg, der für mich stimmt.« – »Es lohnt sich, auf der Welt zu sein.«*

Das waren aber nur die, die sie im schwindenden Licht noch lesen konnten, doch es gab noch weit mehr. Ja, noch immer schienen neue hinzuzukommen.

Erfreut darüber, daß die Kinder sie erkannt hatten, blieben die Krags stehen und winkten ihnen grüßend zu.

»Werden die Jags sie nicht angreifen?« fragte Daniel.

»Das können sie nicht«, kam die Antwort. »Nur, wenn man sie unterstützt. Ja, dann greifen sie an und können auch vorübergehend gewinnen. Und dann könnten sie auch einigen Monstern eine neue Plattform bauen.«

»Ich weiß«, sagte Jesse. »Als ich oben im Krater war, hab ich das gemacht. Ich hab an sie geglaubt, und dadurch haben sie gewonnen.«

»Bis wir dir den Krag schickten«, erinnerte ihn Luzie.

»Genau. Sowie ich anfing, Krags zu denken —«

»Von da an hatten die Jags keine Chance mehr, stimmts?« sagte Juvinius. »Das ist das Entscheidende. Irgendwelche Krags sind ja immer da. Wenn klar ist, daß ihr sie im Geist mit eurer eigenen Energie unterstützt, sind die Jags verloren. Sie mögen noch in dunklen Ecken auf Lauer liegen, so wie die, die hier versucht haben, uns aufzuhalten. Doch ihre Zeit kommt nie. Eure Krags sorgen schon dafür, daß die Plattformen nicht wieder aufgebaut werden.«

»Dann haben die Monster keinen Landeplatz mehr?« fragte Daniel. Juvinius nickte. »Wenn ihr eure eigenen Krags nicht im Stich laßt, können die Angst-Monster nicht zurückkehren.«

Der Wind war allmählich zu einem heulenden Sturm geworden. Juvinius bedeutete den Kindern, wieder hinter ihm aufzusitzen. »Es ist besser, wir sind hier weg, wenn der Wandel kommt. Wir kommen später hierher zurück, aber auf viel angenehmere Art.«

Was war das wohl für ein Wandel, der kommen würde, und wann würden sie zurückkehren? Die Kinder fanden kaum Zeit, darüber nachzudenken. Schon war das Emu in Bewegung. Wieder lief es so schnell, daß sie gut aufpassen mußten, um nicht herunterzufallen.

Im Dahinrasen beantwortete Juvinius ihre nicht gestellte Frage. »Wenn das hier wieder Küstenland ist!« rief er ihnen über die Schulter zu. Die Luft wurde neblig und so feucht, daß sie nach einer Weile kaum noch wußten, ob sie ritten oder schwammen.

Da gewahrten sie vor sich ein Licht. Als Libidenaj anhielt, befanden sie sich am Eingang einer Höhle.

»Hier steigen wir ab!« rief Juvinius und half den Kindern nacheinander vom Rücken des Riesenvogels herab. Dann streichelte er Libidenaj und flüsterte ihm etwas ins Ohr, ehe er sich ihnen wieder zuwandte.

»Hier rein!« Er öffnete eine kleine Tür, die in den Höhleneingang eingelassen war, und trat hindurch. Drinnen wartete er auf sie.

Es war eine wundersame Höhle. Sie war ziemlich groß, feucht und dunstig. Doch den Dunst durchdrang ein Schimmer des gleichen Lichts, welches das Herzens-Reich erhellt hatte. In seinem Schein glitzerten unzählige Stalaktiten, die sich an der Decke gebildet hatten – kristallartige, herabhängende Formen, ähnlich solchen, die Wachs bildet, das von einer Kerze fließt. Von diesen tropfte ohne Unterlaß Wasser.

»Die Höhle der tiefempfundenen Tränen«, erklärte Juvinius. »Eine sehr tiefe und intime Region des Herzens-Reiches. Sie wird von jenen aufge-sucht, die wegen eines großen Unglücks oder Kummers weinen müssen.«

Langsam traten die Kinder ein und betrachteten staunend die seltsamen Formen, die von der Decke herabhingen.

»Würdet ihr glauben, daß dies vor kurzem noch der Konferenzraum der Monster war?« fragte Juvinius. »Wo sie versammelt waren, als ihr ihnen das erstemal begegnet seid?«

»Aber der sah doch ganz anders aus!« wandte Jesse ein.

»Ja, er hatte diesen endlos langen Plastiktisch in der Mitte!« Luzie erinnerte sich gut. »Und jede Menge von Stühlen, und —«

»Ich weiß. Das war vor dem Wandel, als noch alles von den Angst-Monstern verzaubert war. Die Formen, die hier von der Decke hängen, waren in Einrichtungsgegenstände verwandelt worden. In Wirklichkeit sind es ungeweinte Tränen. Wenn die, denen sie gehören, sie endlich weinen, schmelzen sie und lösen sich auf.«

Jetzt sahen sie etwas, was sie bei dem Anblick der Stalaktiten zuvor nicht bemerkt hatten. In der Höhle befanden sich noch andere Menschen. In jeder Ecke standen sie, als undeutliche Schattengestalten – manche direkt unter einem Stalaktiten. Sie standen da einfach herum, triefend wie Wassergespenster.

»Auch die ungeweinten Tränen«, erklärte Juvinius, »dienten den Monstern, zu kaltem Plastikmaterial eingefroren, als Baumaterial. Mit ihrer Flucht jedoch schwand ihre Macht zu Nichts dahin – und desgleichen löste sich alles wieder auf, was sie damit errichtet hatten.«

Während er noch sprach, bemerkten die Kinder unter den triefenden

Gestalten in der Nähe eine, die ihnen bekannt vorkam. War das nicht der Quirko Weihnachtsmann? Aber nein, er sah viel jünger aus. Tatsächlich verwandelten sich seine Züge vor ihren Augen.

Luzie zeigte auf ihn. »Guckt mal, da!«

»All die Leute hier sind ehemalige Quirkos«, fuhr Juvinius fort. »Als erstes ist das Mausoleum zu Staub zerfallen, und die Quirkos fanden sich vor dieser Höhle, wo sie endlich ihre ungeweinten Tränen weinen konnten. Das bringt auch ihre Masken zum Schmelzen. Einige sind noch dabei, aber die meisten sind wohl schon fertig geworden, während wir hierher ritten.«

Der Mann, der bei den Quirkos die Weihnachtsmannrolle gespielt hatte, war nun auch fertig. Beim Schmelzen seiner Maske hatte er sich in einen pausbäckigen Jüngling mit dunklem Bart verwandelt. Das Weihnachtsmanngewand war er los, und seine noch feuchten Augen sprühten vor Leben. Seine Stimme, als er sie jetzt ansprach, hatte den zuvor so hohlen Ton verloren. Sie klang kraftvoll und selbstsicher.

»Ich hoffte, ihr würdet auf diesem Weg zurückkommen!« Er reichte allen nacheinander eine nasse Hand. »Beim Zerbröckeln des Mausoleums war mir klar, daß ihr die Monster in die Flucht geschlagen hattet. Ich kann euch nicht genug danken, und zwar auch im Namen all der anderen, die ihr befreit habt. Wie schnell das plötzlich alles ging! O Gott, was bin ich glücklich – jetzt kann ich endlich leben, anstatt das ganze Jahr lang Geschenke verteilen zu müssen!«

Er hatte kaum ausgeredet, als sich, gleichfalls triefend, ein anderer Mann näherte und den Kindern zuwinkte. Er schien in den Siebzigern zu sein, strahlte jedoch jugendliche Lebenskraft aus. Die ältere Dame, mit der er Hand in Hand ging, grüßte sie mit einem strahlenden Lächeln.

»Kennt ihr mich noch?« fragte er. »Der mit den Fotos. Jetzt verbrenne ich sie alle. Damals fiel es mir sogar schwer, ins Mausoleum zu kommen.« Er lachte. »Der eigenen Vergangenheit nachzulaufen, ist gar nicht so einfach – das hält einen ganz schön auf Trab.«

»Sind Sie—?« begann Luzie. Sie konnte es kaum glauben. Er war so verändert!

»Genau – zwischen der Zeit steckengeblieben, das war ich! Ich suchte nach verflossenen Stunden, aber jetzt hab ich die Frau meiner Zukunft gefunden!«

Die Frau neben ihm nickte. »Ich war eine der Klatschbasen. Konnte nicht aufhören, Geschichten über andere zu verbreiten. Ohne Unterlaß, stellt euch mal vor – wie öde! Aber damals hab ich das nicht so gesehen. Es schien ja so entsetzlich wichtig. Und jetzt, da die ganzen Angst-So-und-Sos weg sind, merke ich selber, wie komplett blöd das doch war!«

Beide drückten sich lachend die Hände, und den Kindern noch einmal fröhlich zuwinkend waren sie im dämmerigen Dunst verschwunden.

»Viel Glück! – Ein schönes Leben miteinander!« riefen die Kinder ihnen nach.

»Das finden sie jetzt bestimmt«, meinte Juvinius.

»Wohin gehen sie denn?« fragte Luzie.

»Zurück in ihren Körper, um wirklich zu leben. In der Tretmühle der Quirkos spielen sich ja nur geistige Spielchen ab, während Körper und Seelen kaum noch lebendig sind.«

Jesse staunte noch immer. »Er sieht so viel jünger aus!«

»Weil er ins Leben zurückgefunden hat«, nickte Juvinius.

Sie wanderten weiter durch die Höhle. In das Geräusch des Tropfens mischte sich von überall her fröhliches Lachen. Erleichtert kamen die Menschen aus den wässerigen Ecken und Nischen hervor, in denen sie sich endlich ausgeweint hatten.

Vor einer Treppe aus purem, leuchtendem Quarz-Kristall machten sie halt. »Seht mal!« rief Juvinius. »Der direkte Weg zum Inneren des Herzens-Reiches ist jetzt wieder offen. Nur ein paar Stufen. Aber wir nehmen jetzt einen anderen Weg. Erinnert ihr euch an den Raum vor dem Konferenzraum, der wie die Steuerkabine eines Raumschiffs aussah?«

Daniel nickte. »Wo die Monster-Dame Hallo sagte.«

»Und wo es das köstliche Getränk gab!« erinnerte sich Luzie.

»Genau. In jenem Vorraum empfingen sie alle, die den Mut aufbrachten, sie aufzusuchen – um sie von dort ins Mausoleum zu scheuchen. Hier.« Er wies auf eine kleine Tür. »Hinter dieser Tür lag er. Dort erwartet euch noch eine Überraschung.«

Die Kinder drängten ungeduldig zu der Tür. Aber Juvinius hieß sie zurücktreten.

»Wartet. Ich begleite jeden von euch, aber ihr sollt wieder einzeln hineingehen. Nacheinander. – Doch keine Sorge«, beruhigte er Jesse, der ein langes Gesicht zog. »Diesmal kannst du nichts falsch machen.«

Er ließ ihn selbst öffnen und trat mit ihm als erstem hindurch.

23

Das Meer der Glückseligkeit

Jesse sah sofort, daß der Raum zum Herzens-Reich gehörte. Er war wie das Innere eines Diamanten und hatte die Form einer vierseitigen Pyramide. Die dreieckigen Wände ringsum glitzerten golden, während der Boden glatt war und in einem sanften, rosafarbenen Licht schimmerte. Es gab keinerlei Einrichtung, doch ein wundersamer Blütenduft lag in der Luft.

Mitten im Raum stand, noch immer in Orange gekleidet, Kianga – oder auch Premando, wenn es denn einen Unterschied gab. Er streckte ihnen grüßend die Hände entgegen.

Jesse war froh, ihn wiederzusehen. Beim letztenmal hatte er sich in seiner Gegenwart so voller Frieden und Glück gefühlt.

»Willkommen Jesse!« rief der Alte. »Du hast dich gut gehalten. Wie ihr den Angst-Monstern entgegentratet und sie dann verfolgt habt, das war mutig von euch allen. Ihr habt verdient, daß man euch etwas Besonderes zeigt – etwas, das nur wenige Erwachsene in ihrem ganzen Leben zu sehen bekommen. Obwohl sie, wären sie nur bereit dafür, jeden Tag die Erfahrung haben könnten, die du jetzt machen wirst.«

Auf Jesses Lippen lag die Frage, was für eine Erfahrung das denn sei. Doch die Stille im Raum war so feierlich, daß er nicht wagte, sie zu unterbrechen. In dieser Stille vernahm er jetzt wieder das Klingen – nein, mehr: eine ganze Reihe von Tönen in unsagbar lieblichen Melodien. Sie kamen von unterhalb des Bodens, auf dem er stand, und hallten rings von den dreieckigen Wänden wieder. Dabei verbanden sie sich mit neuen Klängen, die durch die Wände hindurch aus anderen Sphären des gewaltigen Kristalls, der das Herzens-Reich bildete, herübertönten.

Und riefen dazu auf, daß man ihnen folge...

»Du fragst dich wohl, wo diese Klänge herkommen?« Premandos liebevolle Stimme war selbst wie ein Klang jener Harmonien. »Nimm Platz auf dem Boden und blicke hinab. Und du wirst sehen... »

Jimmy hatte den Raum unbemerkt verlassen. Gespannt auf ein neues Abenteuer setzte Jesse sich auf den Fußboden. Tatsächlich bestand dieser aus einer Art Glas, durch welches man hindurchblicken konnte, wenn man ihm nahe genug war.

Was er dort sah, war so überwältigend, daß es ihm den Atem verschlug.

Von Tauchern gibt es begeisterte Beschreibungen von der großartigen Schönheit eines Korallenriffs – den unterschiedlichen, fantastischen Farben und Formen der Korallen und den seltsamen Gestalten der bunten Fische und vieler anderer Meereswesen, die jenes wässerige Paradies dort unten bevölkern.

Was Jesse erblickte, war ähnlich – doch es war viel einfacher, und zugleich ging das Gefühl bei diesem Anblick weit tiefer. Es floß durch ihn hindurch bis geradewegs an jene Tür des Glücks, die tief im Herzen eines jeden Menschen vorhanden ist, und berührte sie, so daß sie aufsprang und sein ganzes Wesen durchflutete mit Welle um Welle desssen, was man gemeinhin 'Glückseligkeit' nennt. Mit einer viel reicheren Empfindung also, als wir sie für gewöhnlich verspüren, wenn wir meinen, glücklich zu sein. Sie ist ein Glücksgefühl ohne Ursache und Begründung, das sanft und warm den ganzen Körper umfängt und durchflutet, und das dich, wenn du es zuläßt, Tränen der Freude weinen läßt.

Damit einher geht die Gewißheit, daß du geliebt bist – immerfort geliebt und beschützt und daheim, egal, wo und in welcher Gesellschaft du sein magst. Daß es keinerlei Grund gibt, Angst zu haben – niemals, weil eine große, liebende Macht um dich ist, die stets für dich sorgt. Und die immer, zu jeder Stunde und Minute des Tages, genau weiß, was du gerade brauchst.

Dies ist, was man 'Glückseligkeit' nennt, und was Jesse verspürte, als er durch den Boden der Kristallpyramide hinunterblickte.

So einfach das war, was er sah, läßt es sich doch kaum beschreiben. Man könnte es als ein Meer von Sternen bezeichnen oder eine Milchstraße voll bunter Lichtblasen. Viele tausende dieser Lichtpunkte gab es, und doch schien jeder einzelne von anderer Farbe. Sie umtanzten einander in einem Tanz von unerklärlicher Bedeutung, dem zuzuschauen die reine Freude war. Und all dies begab sich in einem Raum von Musik, nach deren wahrhaft himmlischen Harmonien der Reigen der Lichter sich ausrichtete.

Unfähig, den Blick abzuwenden, vernahm Jesse undeutlich Worte an seinem Ohr. Es brauchte allerdings ein paar Minuten, bis er richtig zuhören konnte.

»Was du hier siehst«, sprach Premando, »ist die Wirklichkeit jenes Meeres, an dessen Küsten die Angst-Monster ihre Landestätte errichtet hatten. Des Meeres der Glückseligkeit. Dies ist der wahre Ozean, von dem der Teich der Erfahrung nur ein matter Abglanz ist.«

»Deswegen hat er so wunderbar geleuchtet!« erinnerte sich Jesse, ohne den Blick zu heben.

»Genau. Und doch ist er nur ein recht schwaches Spiegelbild dieses Ozeans. Du mußt wissen, daß das Herzens-Reich seinen Ort direkt unter dem Teich hat. Dieser Kristall bildet den Kern des Vulkans, in dem das Feuer der unendlichen Liebe machtvoll lodert – immer und ohne Unterlaß. Du erinnerst dich doch sicherlich an den Wegweiser mit der Aufschrift 'IMMER', der steil nach unten zeigt?«

Jesse spürte sein Herz pochen, Während er das Gesicht zu Premando emporhob. »Sind wir jetzt dort?« fragte er. »Ist dies das 'IMMER'?«

Der Alte wies lächelnd nach unten. »Dort«, nickte er. »Dort, im Meer der Glückseligkeit, ist es. Da liegt der Ursprung von allem. Auch von dem Feuer, in dem die Brocken gereinigt und poliert werden, so daß sie scheinen und klingen. Und dieser Kristall befindet sich direkt darüber. Dadurch wirkt er wie ein Spiegel, der zusätzlich einen Abglanz der Farben und Harmonien jenes Ozeans auf den über ihm liegenden Teich wirft.«

»Deswegen die Musik und die prächtigen Farben!« erinnerte sich Jesse.

»Ja. Und sie wird es auch dort oben immer geben, solange der Teich klar und noch nicht durch den Einfluß der Jags getrübt ist.«

»Und wenn aber die Jags—?« begann Jesse stockend.

Premando nickte ernst. »Du hast es erlebt: wenn sie die Macht übernehmen, dann werden auch die Schwingungen des Lichts und der Musik, die vom Ozean her kommen, abgeschwächt. Man nimmt sie dort oben nicht mehr wahr.«

»Im 'DEREINST' war es alles weg«, nickte Jesse.

»Ja, das war ein furchtbarer Zustand. Doch nun, dank eurer Hilfe, wird er sicherlich nie eintreten.«

»Und die Zukunft, die wir im 'DEREINST' sahen – die wird nie sein?«

»So wie es jetzt aussieht, wohl kaum. Doch selbst wenn – egal, was da oben je abläuft: hier unten können das Licht und die Musik, die Schönheit und die Freude, die dieses Meer ausstrahlt, nie verlöschen. Hier besteht das alles in Ewigkeit. An den Küsten mögen die Angst-Monster landen und sie in leere Einöde verwandeln, doch mehr als das schaffen sie nie.«

Bei diesen Worten wurde es Jesse leicht ums Herz. Während er durch den gläsernen Boden weiterhin die darunterliegende Herrlichkeit betrachtete, verspürte er eine große Dankbarkeit für alles, so wie es gekommen war.

»Jetzt aber«, fuhr Premando fort, » kannst du diese Klänge und Farben in ihrer wirklichen Form nicht nur betrachtend genießen. Weit mehr als das: du kannst, wenn dies dein Herzenswunsch ist, selber ein Teil davon werden. Dafür ist lediglich notwendig, daß du dich durch keine Jags abhalten läßt. – Nun? Wie sieht es aus?«

»Ja, ich wünsche mir–«, nickte Jesse eifrig. »Ja, ich möchte wirklich–«. Er war verwirrt. Fast wurde ihm alles zuviel.

»– ein Teil davon werden und dich darin verlieren, nur für ein Weilchen?« fragte Premando. »Es ist natürlich absolut sicher. Du darfst gewiß sein, daß du hinterher in dein normales Leben zurückkehrst.«

Jesse nickte nur noch. Er hätte sonst nichts zu sagen gewußt, aber er wußte mit Bestimmtheit: was immer es war, wozu er hier eingeladen wurde – ja, er wünschte es sich.

»Gut, dann steh auf und komm her.« Premando trat an die Wand vor ihm und drückte einen verborgenen Knopf. Ein kleiner Ausschnitt der Wand öffnete sich. Dahinter lag ein winziger Raum, der an einen Fahrstuhl erinnerte. Er war kreisrund, rings weich gepolstert und eben groß genug, so daß eine Person darin sitzen konnte.

»Steig ein«, ermutigte Premando Jesse. »Ich werde mich in einen anderen begeben und mit dir Kontakt halten, solltest du eine Frage haben.«

Ohne zu zögern kletterte Jesse hinein. Er konnte gar nicht anders; viel zu groß war sein Verlangen, durch jenes Meer zu reisen, und auch sein Vertrauen, daß es ihm dabei gut gehen würde.

Hier befand er sich wahrlich in einer behaglichen Aussichtskabine: halb liegend, halb sitzend in einer weichgepolsterten Blase, die ihn von allen Seiten umschloß – mit durchsichtigen Wänden, durch die er direkt in jenen großen, geheimnisvollen Ozean hineinblicken konnte.

Wie sich die Tür hinter ihm schloß, verspürte er mit einem Mal seine Mutter neben sich. Ganz klar vernahm er ihre vertraute Stimme, die zu ihm sprach:

»Glaubst du nun, daß ich dich liebe und auch von da, wo ich jetzt bin, immer für dich sorge? Sei glücklich, mein lieber Junge! Ich verspreche dir, daß du in deiner Welt bald eine andere Mutter finden wirst. Sie und ich werden gemeinsam die Freude teilen, dich heranwachsen zu sehen.«

»Ja, Mutter«, war alles, was er sagen konnte. Ihre Anwesenheit hier war so real, er konnte deutlich spüren, wie sie ihm eine jener kuscheligen Umarmungen gab, die er immer so gern gemocht hatte, als sie noch gesund gewesen war. Und er sagte: »Danke, Mutter«, und: »Ich hab dich lieb« – wortlos im Herzen.

Und dann vergaß er sie völlig, während er fühlte, wie er dahinschwebte und sich drehte, tanzte und sanft rollte in seinem behaglichen Kokon – ganz für sich, aber nicht allein – und gänzlich eins mit allem, was er um sich herum sah und spürte.

Es sah aus, als seien all die Lichtpunkte, an denen er vorbeikugelte, all diese bunten Sterne in einem endlosen Meer, genau solche Bläschen wie jenes, in welchem er saß. Und in einem jeden befand sich ein Mensch. Kianga konnte er in der Blase neben sich deutlich ausmachen, aber er meinte auch Luzie und Daniel zu sehen, wie sie ihm aus ihrem eigenen Lichtkokon fröhlich zuwinkten. Und war das dort nicht Esthia, die ebenfalls winkte, mit beiden Händen ...?

Auch andere vertraute Gesichter vermeinte Jesse nun zu erkennen. Ja, einen Augenblick lang kam ihm der Gedanke, daß womöglich jeder Mensch, dem er je begegnet war, gemeinsam mit ihm in jenem Ozean der Glückseligkeit umhertollte.

Erneut durchflutete ihn eine Welle der Freude. Im selben Moment beschleunigte sich plötzlich seine Blase. Sie schoß jetzt nur so dahin.

Befand er sich noch immer in dem Ozean? Bewegte er sich noch durch Wasser, oder war er zur Sternschnuppe geworden, die durch den Weltraum raste, vorbei an einer Milchstraße nach der anderen? Würde er je zurückfinden oder sich auf ewig in jener Unendlichkeit verlieren?...

Er hätte es nicht sagen können, und – um bei der Wahrheit zu bleiben – es war ihm vollkommen egal. Er war jetzt ausschließlich mit der einen Sache beschäftigt, die seine ganze Aufmerksamkeit in Anspruch nahm: sich 'glückselig' zu fühlen. In diesem Gefühl verspürte er einen tieferen Frieden, als er je gekannt hatte.

Eine Stimme erklang an seinem Ohr: »Mach dich bereit, Jesse – es wird Zeit, zurückzukehren.« Es war das erstemal, daß er Premandos Stimme nur ungern hörte.

»Ich will noch bleiben – bitte laß mich!« bat er.

»Das geht nicht«, kam die Antwort. »Wenn man zu lange auf einmal darinnen bleibt, fängt der Kokon an zu schmelzen.«

»Prima, dann schwimm' ich eben! Ist doch nicht gefährlich, oder?«

»Das nicht. Aber dann kannst du nie wieder normale Luft atmen. Nur dies hier.«

»Na und? Ist doch toll!«

»Tut mir wirklich leid, Jesse. Du bist noch nicht dran damit.«

Die Blase schien sich jetzt langsamer zu bewegen. mit einem Mal blieb sie schwebend stehen wie ein Falter, der sich überlegt, auf welcher Blüte er landen soll.

Jetzt war er ein Stern am Himmel. Tief unter ihm erstreckte sich ein wunderschönes Tal – grün, mit viel Gras, Bäumen und Blütenbüschen, bebauten Feldern und Teichen. Und überall standen die seltsamsten Gebäude: sechseckige Kuppelbauten, die im Licht der untergehenden Sonne in einem goldenen Rot erstrahlten. Um ein Feuer herum sah er fröhliche Menschen beim Tanz – Erwachsene wie auch Kinder; und es gab Musiker mit Trommeln, flötenähnlichen Instrumenten und Didjeriduhs.

»Ich will runter, ich will dahin!« rief er über die Musik hinweg, die er von so fern dort unten doch deutlich hören konnte.

»Da kommst du bald hin«, erklang die Antwort. »Doch im Moment mach dich bereit für den Abstieg. Wir müssen zurück.«

Das Bild des Tals verblaßte. Wieder schien Jesse dahinzutreiben. Dann auf einmal begann er zu rollen, immer schneller, drehte sich kopfüber, so daß ihm sekundenlang das Lachen im Magen steckenblieb, und schaukelte schließlich mit atemberaubender Geschwindigkeit durch eine Ewigkeit voller Bewegung, Licht, Farbe und Klang ...

... stets gewahr, daß er nicht allein war, daß seine Freunde und unzählige andere sich in der Nähe befanden, im gleichen Gefühl der Glückseligkeit mit ihm vereint. Oh, es machte eine solche Freude, daß er vor Vergnügen jauchzte und quietschte!

Dann richtete sich die Blase auf und verlangsamte sich. Die Farben draußen verschwammen in einem dunstigen Nebel. Einen Augenblick lang wurde es dunkel, während er sich jetzt stetig in einer Richtung bewegte. Doch irgendwo in der Ferne gab es noch Licht. Und er näherte sich ihm, fühlte sich dabei hinaufgezogen, -gesogen – höher und höher ... Diesmal fühlte es sich an, als sauste er im Lift einen Wolkenkratzer empor zum so-und-sovielten Stock.

Und höher, immer höher ...

Und er schnellte empor an die Oberfläche.

24

Heimkehr

Der Auftrag war erfüllt, die Reise näherte sich ihrem Ende. Begonnen hatte das Abenteuer in der Inneren Welt, als unsere Freunde bei einem gewaltigen Felsen auf einem Baumstamm den Fluß überquerten. Und hier endete es auch.

Nicht weit von jenem Stamm, der noch immer eine natürliche Brücke über das Wasser bildete, tauchten sie nacheinander, jeder in seinem kleinen Blasen-Kokon, an der Oberfläche des Flusses auf. Die Kinder zuerst, gefolgt von ihren erwachsenen Beschützern. Kaum waren sie oben, da platzten die Blasen auf wie riesige Meeresmuscheln, die aus der Tiefe des Ozeans seltsame Lebewesen heraufspülen. Langsam trieben sie ans Ufer, wo ihre Insassen hinauskletterten.

Für ein paar Minuten hatte das Abenteuer den Kindern die Sprache verschlagen. Doch bald fanden sie sie wieder und begannen alle gleichzeitig, aufgeregt durcheinanderzureden. »Wo bist du gewesen?« – »Was hast du gesehen?« – »Mann, war das cool!« – »Wolltest du auch immer und ewig dableiben?« – »Ich hab dir zugewunken, hast du mich gesehen?«... Beim Vergleich ihrer Erfahrungen stellten sie fest, daß jedes von ihnen so ziemlich dasselbe erlebt hatte.

So wanderten sie nun plaudernd hinter den Erwachsenen her. Die sahen alle drei wieder genauso aus wie zuvor auf der Reise – als wären Premando und Juvinius nur Gestalten aus einem Traum gewesen.

Der Weg ging das Flußufer entlang auf den Baum zu, unter dem ihr Auto geparkt war. Es war früher Morgen. Die Sonne war vor kurzem blutrot über den Horizont gestiegen, und es wurde schon zunehmend heißer. Ein halber Tag und eine Nacht waren seit ihrer Ankunft vergangen. Eine mit Abenteuern vollgepackte Zeit, in der sie keinen Schlaf hatten. Doch verspürten sie keinerlei Müdigkeit. Im Gegenteil: kaum je hatten sie sich munterer und mehr voller Leben und Energie gefühlt als an diesem Morgen.

Sie machten Halt an einer kiesigen Stelle, die noch im Schatten des aufragenden Felsens lag. Hier bereiteten Esthia und Jimmy allen ein Picknick. Und nun, um ein leckeres Frühstück von Müsli und Obst geschart, waren die Erwachsenen an der Reihe, ausgefragt zu werden.

»Wieso sind wir wieder hier gelandet?« erkundigte sich Jesse.

Kianga gab die Antwort. »Das Meer der Glückseligkeit hat geheime Verbindungen mit allen Gewässern der Welt. Man könnte sagen, sein Wasser fließt sogar in unserem Blut – obgleich das wohl nicht leicht zu verstehen ist. Wenn ihr wollt, nennt es ein Wunder der Natur. Hier ist die Verbindung deutlicher als anderswo, weil dieser Fluß, wie ihr wohl bemerkt habt, einen Teil des Eingangs zur Inneren Welt bildet.«

Die Kinder schwiegen nachdenklich. Kianga hatte gesprochen, als gäbe es hierzu nichts mehr zu fragen.

»Wie wär's, wenn wir jetzt einpacken und unterwegs weiterreden?« schlug Esthia vor. »Wir sollten losfahren, um das Reisen in der Mittagshitze zu vermeiden.«

Als dann alle wieder bequem in dem großen, alten Wagen saßen, ging die Befragung weiter.

»Wieso seid ihr plötzlich wieder Kianga und Jimmy?« wollte Daniel wissen.

Jimmy lachte. »Und wieso seid ihr nicht mehr in euren Prinzessin-, Einstein- und Karatemeister-Kostümen?«

Das stimmte: auch die Kinder waren wieder genauso gekleidet wie zuvor, und sie hatten es nicht einmal bemerkt! Als sie es jetzt feststellten, kugelten sie sich vor Lachen.

»Wie Kianga euch wohl gesagt hat«, übernahm Esthia das Wort, »tragen wir jeder so manche ungeahnte Talente und viele unterschiedliche Personen oder Qualitäten in unserem Herzen. Euer Spiegel, nachdem er mit der Herzens-Energie aufgeladen war, zeigte euch einige von denen, die *ihr* sein könnt – und die wart ihr dann ja auch, stimmt's?«

Die Kinder nickten. Es hatte sich gut angefühlt, anders zu sein – so voller Mut und Kraft.

»Weil ihr das brauchtet«, nickte Esthia. »Ihr habt es geschafft, solange es notwendig war, diese Personen zu 'sein'. Unsere Aufgabe in diesen Tagen war ähnlich. Sie bestand darin, jene Eigenschaften zu verkörpern, ohne die ihr die eurige nicht hättet erfüllen können: das Innere Wissen« – sie wies auf sich selbst –, »und die schöpferische Energie« – damit stubste sie Jimmy mit dem Finger auf die Brust, so daß er lachen mußte.

»Und Kianga?« fragte Luzie. »Oder wie heißt er jetzt?«

»'Kianga ist ok. Doch er kommt direkt aus dem Inneren Reich, wo ihr ihn besucht habt.«

Kianga nickte. »Wo eigentlich alle Menschen zu Hause sind – nur weiß es keiner. Besser: keiner konnte es wissen, solange die Verbindung durch die Angst-Monster abgeschnitten war.«

Wieder entstand eine nachdenkliche Pause.

»Um die zu vertreiben«, fuhr Esthia fort, »habt ihr das benötigt, was wir für euch sein konnten. Und wir brauchten *euch*. Seht ihr, in gewisser Weise wird jeder Mensch auf der ganzen Welt gebraucht, damit alle anderen das erfüllen können, wozu sie bestimmt sind. So ist es auch immer mit Erwachsenen und Kindern: je auf ihre Weise kommen sie nicht ohne den anderen aus.«

»Woher weißt du denn das alles?« entgegnete Daniel. »Wer hat dir gesagt, was du machen sollst – und daß wir das alles tun sollten?«

Esthia suchte eine Weile nach den richtigen Worten. »Sagen wir mal«, schlug sie dann vor, »die Allmacht hat es uns mitgeteilt.«

»Wer ist das denn?«

»Kein Mensch wie wir, obwohl wir sie uns manchmal als Person vorstellen. Dann reden die Menschen von Gott und denken dabei oft an einen weisen, alten Mann.«

»Als wir Kianga da unten begegneten«, sagte Jesse, »da hab ich zuerst gedacht, das ist Gott.«

»O je«, schnaubte Daniel verächtlich. »Ich glaube nicht an Gott.« Wieder einmal kam er sich viel älter und weiser vor als sein Freund.

»Wie wir diese Macht nennen, ob 'Gott', oder 'Schöpfer' oder auch 'Universelle Liebe', spielt gar keine Rolle«, sagte Esthia. »Das bleibt jedem selbst überlassen. Fest steht: Jimmy und ich wurden aufgerufen von ihr. Wir vernahmen den Ruf deutlich im Herzen. Und da wir zusammenleben, stellten wir bald fest, daß wir beide den gleichen Ruf empfangen hatten. Wir sollten losfahren in die Stadt, um drei Kinder zu finden und hierherzubringen. Alles andere war uns am Anfang noch unklar. – Das Übrige wißt ihr selber.«

Indem die Kinder noch darüber nachdachten, fügte sie hinzu: »Jetzt sollten wir aber wirklich weiter, ehe es zu heiß wird.«

»Hast recht, wie immer«, bemerkte Jimmy, der schon am Steuer saß. Laut stotternd kam der Motor in Gang, und sie fuhren los.

Diesmal erkundigte sich keines der Kinder, wohin es ging. Noch vor Mittag würden sie irgendwo ankommen – das genügte ihnen.

Sie redeten jedoch noch viel über ihr Abenteuer und verfolgten nochmals Schritt für Schritt seinen Gang, angefangen von dem Augenblick, wo sie den Wasserfall durchquert hatten und von dem Ablenker-Zwerg ins Grübel-Labyrinth gescheucht wurden.

Als Jesse sich erinnerte, wie er zugelassen hatte, daß die Jags ihn angriffen und einmauerten, stieß er wieder auf eine Frage, die ihm seither nie ganz aus dem Kopf gegangen war.

»Ich wüßte nicht, was ich machen sollte, wenn mir das nochmal passiert. Was tut man denn, wenn die Jags plötzlich zuschlagen? Was machst du dann, Luzie? Wenn der ganze Kopf voll so blöder Gedanken ist wie: 'Alles ist schrecklich – ich möchte mich jetzt nur verstecken und heulen'. Lauter so'n Zeugs – was machst du dann?«

»Ich weiß nicht«, sagte Luzie. »Vielleicht – lachen?« Das Lachen lag ihr allerdings, aber diesmal schien sie sich doch nicht so sicher.

Jimmy wandte sich im Fahren an sie. »Hört mal, Kinder. Ich weiß, es ist schwierig, wenn die Jags hinter einem her sind – besonders, wenn sich gleichzeitig eine Schreck-Zecke in einen verbeißt. Was ich dann mache: ich singe irgendein fröhliches Lied. Und schon wird mir leichter ums Herz und der Kopf wieder klar.«

»Ich weiß eines«, sagte Kianga. »Es ist nur ein kleiner Reim, aber er besitzt Zauberkraft. Wenn man ihn energievoll singt, vertreibt er jeden Jag und ruft zugleich Krags herbei, die dann helfen. Wollt ihr ihn lernen?«

Und ob sie wollten! Auch Esthia und Jimmy waren gleich mit dabei. Und Kianga sang ihnen vor, wobei er im Takt in die Hände klatschte:

»Liebe ich so gut ich kann,
bin ich wirklich glücklich dran,
die Sorgen ziehn dahin,
und fröhlich wird mein Sinn.

Liebe, Liebe, Liebe... nichts andres sieht mein Blick,
und jeder Mensch in meiner Näh',
und jedes Auto, das ich seh,
– der Boden selbst, auf dem ich geh:
strahlt Lächeln mir zurück.«

Alle lachten fröhlich, nur Luzie verzog das Gesicht. »Ausgerechnet Autos! Ich mag die vielen Autos in der Stadt gar nicht!«

»Gerade deswegen«, meinte Kianga, »solltest du deinen Ärger über sie mit Liebe verscheuchen. Wen oder was willst du denn sonst auf der Straße anlächeln? Wo du vielleicht selber in einem drin sitzt?«

Sie dachte einen Moment darüber nach; dann stimmte sie ein in das Gelächter der anderen.

»Es gibt noch einen Vers«, sagte Kianga. »Obwohl der erste schon ausreicht, um zahlreiche und starke Krags herbeizurufen. Aber hört euch auch diesen noch an.«

»Plagt Schmerz mich oder Leid,
Angst, Wut und Traurigkeit,
laß mit der Liebe Schein
ich Frieden in mich ein.

Liebe, Liebe, Liebe... sie lindert jeden Schmerz.
Sie läßt mich sehn, was mich erfreut
an jedem Ort und jederzeit.
Sie schenkt mir Kraft und Dankbarkeit
und öffnet mir mein Herz.«

Dann sang er das ganze Lied noch ein zweitesmal und schließlich gemeinsam mit den anderen. Die Kinder hatten es rasch gelernt. Sie wiederholten es nun immer wieder und lachten und wurden immer fröhlicher dabei.

Endlich hatten sie genug und wurden still. Langsam machte sich nun doch Müdigkeit bemerkbar. Eins nach dem anderen schliefen sie ein, während der alte Wagen sie sicher durch die heiße, staubige und leere Landschaft im Herzen Australiens dahintrug.

Bis nach ein paar Stunden die Straße eine Wendung machte, um dann in stetigen Kurven abwärts zu führen...

Da erwachten die Kinder.

Als sie hinaussahen, bogen sie soeben in ein weites Tal ein, das grün und fruchtbar war. Sie staunten. Diese Landschaft kannten sie doch! In der Tat hatten sie sie schon vorher gesehen – ein jedes für sich, als sie kurz vor dem Ende ihrer Reise in ihrem Blasen-Kokon hoch oben dahinschwebten. Das Tal mit den seltsamen sechseckigen Kuppelbauten und dem Feuer, an dem die Menschen so fröhlich musiziert und getanzt hatten.

Jetzt kamen Leute herangelaufen, um sie bei ihrer Ankunft zu begrüßen. Eine Horde von braunen, fröhlich durcheinanderschreienden Kindern machte den Anfang,

»Wir sind da«, sagte Jimmy, indem er den Wagen anhielt. »Dieser Ort heißt Yulunga. Er ist unsere Heimat.« Er mußte die Stimme heben, um sich über das Begrüßungsgeschrei hinweg Gehör zu verschaffen. »Wenn ihr mögt, könnt ihr hier bei uns bleiben.«

Für die Kinder war das keine Frage mehr. In dem Augenblick, als sie den Ort wiedergesehen hatten, wußten sie, daß sie nach Hause gekommen waren.

Und man bereitete ihnen ein warmes Willkommen!

Hier ist ein Lied, das Kianga noch am selben Abend, als sie erzählend und musizierend ums Feuer saßen, den Bewohnern Yulungas beibrachte. Auch diese Melodie, betonte er, hat die Eigenschaft, unfehlbar immer mehr Krags anzuziehen und alle Jags zu vertreiben.

Die Liebe ist innen ein Licht,
das jedes Dunkel durchbricht.
Erfüllt mich sein Schein, ist die ganze Welt mein,
bin geliebt ich und nie mehr allein.

Die Liebe ist Wahrheit im Geist,
die Weg und Bestimmung mir weist,
mein Führer und Hirt, der sicher mich führt,
so daß sich mein Schritt nicht verirrt.

Die Liebe ist, was mich erhält:
die Kraftenergie dieser Welt,
die alles durchdringt und Freude mir bringt,
so daß mein Herz froh ist und singt.

Auch meine Geschichte ist nun zu Ende. Zu berichten wäre noch, daß Kianga noch eine Zeitlang in Yulunga blieb, um einiges zu regeln. Er telefonierte mehrmals in die Stadt, unter anderem auch mit der Klinik, aus der die Kinder ausgerissen waren. Seine Bemühungen führten schließlich dahin, daß Jesse, Luzie und Daniel von Esthia und Jimmy adoptiert wurden und damit in ihnen – 'offiziell' – neue Eltern fanden.

Doch das geschah eigentlich nur wegen der Papiere und Stempel, welche die Erwachsenen auf ihre seltsame, erwachsene Art nun einmal benötigen, um in ihrer Welt miteinander leben zu können. Zum Glück waren an dem Ort, an dem sie angekommen waren, keinerlei Papiere vonnöten. Sie hatten jetzt so viele Mütter und Väter, wie es Frauen und Männer gab, die dort lebten. Und natürlich auch jede Menge Großeltern – von den vielen neuen Geschwistern ganz zu schweigen.

Wer könnte sich wohl Besseres wünschen?

Epilog

Gewiß wird der Leser sich fragen, woher ich die Geschichte habe, die in diesem Buch erzählt wird. Nun, es begab sich, daß ich eines Tages, als ich in unserem wunderschönen Land auf Reisen war, 'durch Zufall' (wie man so schön sagt) an jenen Ort Yulunga gelangte und dort den außergewöhnlichen Menschen begegnete, von denen meine Geschichte handelt.

»Yulunga« ist ein Wort aus einer Sprache der australischen Aborigines, das sowohl »Spielen und Tanzen« als auch »Versammlungsort« bedeutet. Dies ist ein Ort, wo wichtige und oft geheimnisvolle, aber in gewissem Sinne stets wahre Geschichten erzählt und gesungen und getanzt und gespielt werden.

Die Geschichte in diesem Buch war eine von denen, die ich bei meinem Aufenthalt in jenem wunderschönen Tal kennenlernte. Auch bei mir hinterließ sie die Fragen, die die Kinder gestellt hatten: wie wir mit unseren Jags umgehen, wie wir sie am sichersten erkennen und durch Krags ersetzen können. Und wie wir sicherstellen können, daß die Angst-Monster, wenn sie einmal abgezogen sind, nicht zurückkehren.

In Yulunga erklangen oft die Lieder, die die Kinder am Ende ihrer Reise gelernt hatten. Aber die Leute hatten dort, angeleitet von Kianga, mittlerweile auch andere Mittel eingeübt, mit denen man den Jags wirksam begegnen kann. Diese brachten sie mir gern bei.

So konnte ich vieles neu Erlernte von dort mit nach Hause nehmen, und ich bin froh darüber. Ich gebe es jetzt selber weiter – an dem Ort, wo ich lebe, den ich auch 'Yulunga' benannt habe. Denn ich meine, daß wir alle einen solchen Versammlungsort dringend benötigen.

Mit Hilfe gleichgesinnter Menschen bin ich nun bemüht, diesen hier zu einem ebenso fröhlichen und anziehenden Ort zu gestalten wie jenes Yulunga im Inneren, das so eng mit dem Traumland verknüpft ist.

ENDE

• im Arbor Verlag erschienen •

Ronimund Hubert von Bissing
Insel des Lichts

Zurück von ihrer Reise in das Land Feuergold, erleben David und Marie diesmal eine aufregende und ereignisreiche Zeit auf der Insel des Lichts, wo sie unter anderem lernen, ihrer inneren Führung zu vertrauen und zu folgen.

Eine spannende Erzählung für Kinder und Jugendliche.

Paperback, 153 Seiten, 13,5 x 21 cm

Unseren Gesamtkatalog schicken wir Ihnen auf Anfrage gerne kostenlos und unverbindlich zu.

arbor

Arbor Verlag • Am Saisen 4 • D- 79348 Freiamt